Michael Wanner

Totgeschrieben

Ein Tübingen-Krimi

Als Jurist vertritt **Michael Wanner**, geboren 1954, Gewerkschaftsmitglieder vor den Arbeits- und Sozialgerichten. Mit seiner Frau, die wie er Kriminalromane, Drehbücher und Theaterstücke schreibt, lebt Wanner in Tübingen, wo er auch studiert hat.

2. Auflage 2009

Lektorat: Michael Raffel, Tübingen.
Umschlaggestaltung: Wager ! Kommunikation, Altenriet.
Druck: CPI books, Leck.
Printed in Germany.

ISBN 978-3-87407-773-6

Mittwoch, 28. November

»Die Bedeutung eines Ausdrucks ist die Gesamtheit dessen, was frau mit ihm meinen kann.«

Hanna Kirschbaum, Professorin für Angewandte Sprachwissenschaft an der Universität Tübingen, machte eine Pause. Sie wusste, dass die Studierenden Zeit brauchten, diesen Kernsatz der Bedeutungstheorie zu verdauen, die das Grundgerüst von Hannas Habilitationsschrift gebildet hatte.

»Wenn zwei Dealerinnen von ›Stoff‹ reden«, erklärte die Professorin, »meinen sie etwas anderes, als wenn sich zwei Schneiderinnen über ›Stoff‹ unterhalten. Und wenn die Bankräuberin ihre Komplizin im Fluchtauto anherrscht: ›Los, gib Stoff!‹, ist wieder etwas ganz anderes gemeint.«

Dass Hanna konsequent die weibliche Form benutzte, war zu Beginn des Seminars von fast allen Studenten argwöhnisch und von den meisten Studentinnen mit Befriedigung zur Kenntnis genommen worden. Inzwischen hatten sich alle so daran gewöhnt, dass der Verzicht auf die männlichen Formen niemandem mehr auffiel.

»Es gibt also«, fuhr Hanna fort, »gar nicht *die* Bedeutung eines Ausdrucks. Vielmehr kann derselbe Ausdruck je nach situativem Kontext und Intention der Sprecherin ganz unterschiedlich gemeint sein. Und erst all diese Möglichkeiten, ein bestimmtes Wort zu verwenden oder zu verstehen, machen zusammen seine Bedeutung aus. Seien Sie also immer auf der Hut, sprachlichen Äußerungen, oder menschlichem Verhalten generell, vorschnell *eine* bestimmte Bedeutung beizumessen! Denken Sie immer daran: Alles könnte immer auch ganz anders gemeint gewesen sein! So, das war's für heute. Wir haben sowieso schon überzogen. Vielen Dank für Ihre Aufmerksamkeit, und wenn Sie wollen, sehen wir uns in zwei Wochen wieder.«

Diesen kleinen Tribut an die eigene Eitelkeit konnte sich Hanna nicht verkneifen. Es stand völlig außer Zweifel, dass ihr Anfängerseminar, das sie in zweiwöchigem Abstand abhielt, in der nächsten Sitzung genauso überfüllt sein würde wie heute. Einer der Gründe dafür war der Ort, an dem alle Veranstaltungen Hannas stattfanden. Kaum hatte sie ihre Stelle in Tübingen angetreten, begann sie damit, ihre Zimmer nach eigenen Vorstellungen zu gestalten. So verwandelte sie einen großen Seminarraum mit fleckigen Wänden und Plastikstühlen in eine Art Bistro. Die dazu erforderlichen handwerklichen Fähigkeiten besaß Hanna von klein auf, denn ihr Vater war Schreinergeselle gewesen. 1939 war er vor den Nationalsozialisten in die Schweiz geflohen und 1952 nach Deutschland zurückgekehrt, weil er sich bei einer Tour auf den Säntis Hals über Kopf in die deutsche Bergsteigerin verliebt hatte, die kurz darauf Hannas Mutter werden sollte. Hanna hatte also frühzeitig gelernt, mit Säge und Bohrer umzugehen. Deshalb handhabte Hanna ein schweres Werkzeug genauso sicher und selbstverständlich wie ihren Füllfederhalter oder die Tastatur ihres Notebooks.

Die Studentinnen und Studenten saßen nach Hannas Umbau an kleinen Tischen und konnten sich je nach Bedarf an der Espressomaschine oder am Getränkekühlschrank bedienen. An den Wänden hingen jeweils ein Semester lang Bilder noch unbekannter Künstlerinnen. Teppiche und Vorhänge in dezenten Farben sowie stets frische Blumen ließen eher an ein Wohnzimmer als an einen Seminarraum alter Schule denken. Wie bei einer Kleinkunstbühne gab es in der vorderen Hälfte des Raumes eine Art niedriges Podium mit Rednerpult, an dem Hanna es allerdings nie länger als die ersten fünf Minuten ihrer Lehrveranstaltung aushielt. Im Regelfall schlenderte sie dann um die Tische, blieb hier stehen, setzte sich dort zu einer Studentengruppe und nahm dann ihre Wanderungen wieder auf, um die Studierenden durch gezielte Fragen zum Mitdenken und Mitreden zu animieren. Gleichzeitig legte sie aber stets auch Wert darauf, Distanz zu ihnen zu wahren und nicht ins Kumpelhaft-Joviale abzugleiten. Ein vertrauliches »Du«, wie es sonst gelegentlich in den Seminaren praktiziert wurde, lehnte Hanna strikt ab.

Nach und nach leerte sich »Hannas Bistro«, wie der Seminarraum von den Studenten allgemein genannt wurde. Auch Hanna packte ihre Unterlagen zusammen und machte sich auf den Weg in ihr Büro. Sie legte das Skript auf ihren Schreibtisch und öffnete die Tür zum Vorzimmer.

»Frau Gerster, Sie können dann auch Schluss machen für heute.«

Marion Gerster, Hannas Sekretärin, blickte von ihrem Bildschirm auf. An den Tagen, an denen Seminare stattfanden, kam sie erst gegen 14 Uhr zur Arbeit und blieb dafür so lange, bis Hanna ihre Veranstaltung beendet hatte.

»Ich tippe nur noch schnell diesen Brief zu Ende«, freute sich Marion und wandte sich wieder dem Bildschirm zu.

»Tschüss, bis morgen. Sie schließen dann wie immer ab, ja?«, verabschiedete sich Hanna, machte sich auf den Weg zum Parkplatz vor dem Gebäude und steuerte auf ihren VW Passat zu. Dieses Auto erfüllte genau die Anforderungen, die Hanna an ihren fahrbaren Untersatz stellte. Es befriedigte durch einige nicht ganz billige Extras Hannas Bedürfnis nach einem Maximum an Sicherheit und Komfort. Und es bot genug Raum, damit Hanna die Beutestücke ihrer regelmäßigen Besuche im Baumarkt bequem nach Hause transportieren konnte. Mit routiniertem Schwung griff Hanna in ihre Handtasche, konnte aber den Autoschlüssel nicht ertasten.

Das kann doch wohl nicht wahr sein! Hab' ich ihn oben liegen lassen? Allmächtiger, ich fange an, vergesslich zu werden!

Hanna ließ den Fahrstuhl kommen und drückte die Taste für die fünfte Etage.

Quatsch! Ayfer hat ihn!

Hanna war eingefallen, dass sie am Nachmittag Ayfer Kaya ihren Schlüsselbund in die Hand gedrückt hatte, damit ihre wissenschaftliche Hilfskraft mehrere Aktenordner holen konnte, die Hanna im Auto vergessen hatte.

»Mist! Hoffentlich ist Frau Gerster noch da!«, schimpfte sie halblaut vor sich hin und verließ den Aufzug. Als sie in den Gang einbog, der zu ihrem Büro führte, war Marion Gerster gerade dabei, die Tür zu ihrem Zimmer abzuschließen.

»Warten Sie!«, rief Hanna ihrer Sekretärin zu. »Ich muss noch mal telefonieren! Suchen Sie mir bitte die Nummer von Frau Kaya heraus? Sie müsste im Ordner für die wissenschaftlichen Hilfskräfte stehen.«

»Nicht nötig. Ich habe Ayfers Nummer«, erwiderte Marion.

Sie öffnete die oberste Schreibtischschublade, förderte ein abgegriffenes Adressbuch zu Tage und blätterte, bis sie auf Ayfer Kayas Namen stieß. Hanna blickte über die Schulter ihrer Sekretärin und begann sofort zu wählen. Eine freundliche Bandstimme teilte Hanna mit, dass der Teilnehmer im Moment nicht erreichbar sei. Hanna zuckte mit der rechten Augenbraue, wie sie es regelmäßig tat, wenn sie sich ärgerte.

»Sie hat ihr Handy ausgeschaltet! So eine Sch...! Auto, Haus, nirgends komme ich mehr rein!«

Hanna überlegte kurz. »Es hilft nichts, ich muss hin. Gartenstraße wie viel wohnt Frau Kaya noch?«

»89/1; das ist hinten bei den Tennisplätzen. Ich hab' da früher mal gespielt.«

»Na Gott sei Dank! Wenigstens ist das einigermaßen in der Nähe!«

Der Weg zur Gartenstraße führte am Österberg entlang und unter den protzigen Verbindungshäusern vorbei, in denen auch für weniger begabten akademischen Nachwuchs dank der Beziehungen der jeweiligen Alten Herren Karrieren geschmiedet wurden.

»Sie wollen doch nicht etwa zu Fuß da hingehen?«, erkundigte sich Marion.

»Warum denn nicht? Ein paar Schritte an der frischen Luft werden mir sicher nicht schaden!«

Da Hanna sich häufig nach anstrengenden Tagen an der Universität durch längere Spaziergänge entspannte, war sie trotz der überwiegend sitzenden Tätigkeit und trotz ihrer 55 Jahre gut zu Fuß.

»Aber doch nicht bei so einem Wetter! Da! Werfen Sie mal einen Blick aus dem Fenster! Eisregen! Und ein Wind, dass sich die Bäume biegen!«

Hanna trat ans Fenster und blickte auf die Straße. »Igitt!«, schüttelte sie sich. »Bestellen Sie mir bitte ein Taxi?«

* * *

Die Anlage von insgesamt acht Mietshäusern mit jeweils sechs Parteien war nicht zu verfehlen. Nummer 89/1 lag direkt an der Straße. Auf der gegenüberliegenden Straßenseite, knapp 20 Meter vor Hannas Taxi, war ein Mann gerade dabei, seinen Pilotenkoffer, den er auf Rollen hinter sich hergezogen hatte, in den Kofferraum seines Autos zu hieven. Er zog seinen Regenmantel aus, verstaute ihn im Inneren des BMW 530d, stieg ein, startete den Motor und verschwand in der Richtung, aus der Hanna gekommen war. Hanna bat den Taxifahrer zu warten und stieg aus. Sowohl in der Erdgeschosswohnung als auch in der im ersten Stock brannte Licht. Aber vor der Tür war es so dunkel, dass sie die Namen am Klingelschild nicht lesen konnte. Hanna fand einen Schalter, mit dem eine Außenlampe eingeschaltet werden konnte. Sie drückte auf den Klingelknopf, neben dem der Name Kaya stand. Als keine Reaktion erfolgte, versuchte sie es noch einmal deutlich ausdauernder. Der Erfolg war derselbe. In der Hoffnung, dass der untere Klingelknopf zu der Wohnung gehörte, aus der Licht schien, versuchte Hanna hier ihr Glück. Nichts rührte sich. Hanna zog die rechte Augenbraue hoch, klingelte erneut und lauschte. Wieder nichts. Sie ging zu dem Fenster neben der Eingangstür, durch dessen Jalousieschlitze Licht schimmerte, und klopfte gegen den Rollladen.

»Was zum Teufel machen Sie da?«

Hanna fuhr herum. Die schneidende Stimme gehörte zu einem Zweimeter-Mann, der sich wie eine deutsche Eiche vor Hanna aufbaute.

»Ich muss unbedingt Frau Kaya sprechen. Und weil niemand aufgemacht hat, obwohl Licht brannte, wollte ich durchs Fenster sehen, ob ...«

»Was wollen Sie von Ayfer?«, bellte die Eiche.

»Sehen Sie, ich bin Professorin an der Uni und ...«

»Ihr Lebenslauf interessiert mich nicht! Was wollen Sie von ihr?«

»Das versuche ich Ihnen doch gerade zu erklären. Ayfer ist meine wissenschaftliche Hilfskraft. Ich habe ihr meinen Schlüsselbund gegeben. Ayfer hat ihn eingesteckt und dann vergessen, ihn zurückzugeben.«

»Sie wollen also zu Ayfer nur wegen einem Schlüsselbund?«

Hanna unterdrückte ihre spontane Regung, den Grammatikfehler zu korrigieren.

»Kommen Sie morgen wieder!« Die Eiche wandte sich ab und trabte auf die Haustüre zu. Hanna lief hinterher. »Ich brauche meine Schlüssel jetzt sofort! Ich komme weder in mein Auto hinein, noch in meine Wohnung! Soll ich bei diesem Hundewetter vielleicht auf der Parkbank übernachten?«

»Ihr Problem. Wenn sie nicht aufmacht, ist sie nicht da. Basta. Obwohl ..., komisch ist das schon ...«

»Was ist seltsam?«, hakte Hanna pikiert nach.

Die Eiche zeigte auf das erleuchtete Fenster im ersten Stock. »Dass sie nicht aufmacht, obwohl Licht ist.«

»Gibt es hier vielleicht so was wie einen Hausmeister?«, versuchte Hanna zu einer praktischen Lösung zu kommen.

»Der steht vor Ihnen«, grantelte Waldemar.

Meine liebe Frau! Dem möchte ich nicht in die Hände fallen, wenn ich meine Kehrwoche nicht picobello erledigt habe!

»Und? Würden Sie mir bitte die Haustür aufschließen, damit ich raufgehen und an ihrer Tür klopfen kann? Es wäre doch immerhin möglich, dass einfach nur Ayfers Klingel kaputt ist.«

»In meinem Haus ist keine Klingel kaputt!«, trumpfte Waldemar auf.

»Können wir nicht trotzdem kurz nachsehen?«, blieb Hanna stur.

Im Kopf des Hausmeisters arbeitete es heftig.

»Na gut«, brummelte er schließlich. »Von mir aus. Aber wir gehen da zusammen rauf! Klar?«

»Klar.«

»Ayfer ist total nett. Ich will auf keinen Fall Stress mit ihr!«

Hanna nickte eifrig.

Der Hausmeister schloss die Haustür auf. »Da entlang«, deutete er mit dem Daumen zur Treppe. Hanna ging voraus und blieb dann ein Stockwerk höher vor der Wohnungstür stehen. Hannas Blick fiel auf das Emailschild, auf dem A. und K. Kaya zu lesen war. »K. Das ist wohl ihr Bruder Kemal?«, erkundigte sie sich, erntete aber nur ein stummes Nicken. Hanna drückte auf den Klingelknopf neben der Wohnungstür. Ein gedämpftes Ding-Dong tönte aus der Wohnung.

»Na bitte! Die Klingel funktioniert einwandfrei!«, stellte die Eiche befriedigt fest. »Niemand da. Also: Abmarsch!«

»Moment! Vielleicht hört sie Musik.« Hanna hielt beide Hände über die Ohren. »Kopfhörer. Verstehen Sie? Ich mache Ihnen einen Vorschlag: Sie schließen die Tür auf, und wir sehen nach, ob Ayfer da ist.«

»Nein!«

»Wenn sie nicht da ist, verlasse ich die Wohnung sofort wieder«, versprach Hanna.

»Ohne in Ayfers Sachen zu wühlen?«, bröckelte der Widerstand des Hausmeisters.

»Ja«, versprach Hanna.

»Ohne irgendetwas anzurühren?«

»Ja doch!«

Der Hausmeister öffnete die Wohnungstür, die eine dunkle Diele freigab.

»Frau Kaya? Sind Sie zu Hause? Frau Kaya?«, rief Hanna. Dann blickte sie die Eiche fragend an. Ein stummes Nicken war die Antwort. Hanna fand den Lichtschalter. Sie ging langsam durch die Diele. Die beiden Türen rechts von ihr standen offen. Direkt neben der Eingangstür lag das Badezimmer, in dem es dunkel war, dahinter die Küche, in der Licht brannte. Die Fenster dieser Räume blickten zur Straße hinaus. Ayfer war nicht zu sehen. Links von Hanna befanden sich zwei Zimmer, deren Türen geschlossen waren. Auf Hannas fragenden Blick wies der Daumen zur hinteren Tür. Hanna klopfte. Als keine Reaktion erfolgte, öffnete sie die Tür und blieb auf der Schwelle stehen. Als einzige Lichtquelle leuchtete eine für Studentenbuden typische Klemmlampe lediglich die Platte des Schreibtisches aus, der an der gegenüberliegenden Wand stand.

»Niemand da! Wir gehen!«, gab die Eiche das Kommando zum Rückzug.

»Nur ganz schnell einen Blick auf den Schreibtisch. Ohne Anfassen«, widersprach Hanna und marschierte los, schaffte aber nur drei Schritte, weil sie über ein Hindernis stolperte, das sie nicht gesehen hatte. Hanna konnte ihr Gleichgewicht nicht halten und fiel vornüber auf den Boden. Sie rappelte sich wieder auf und sah, worüber sie gestolpert war, weil die Eiche inzwischen auf den Lichtschalter gedrückt hatte.

»Ayfer! Um Himmels Willen ...«, rang Hanna nach Worten.

»Was ist mit Ihnen? Geht's Ihnen nicht gut?« Hannas Puls stieg an. Sie beugte sich über den regungslosen, zierlichen Körper einer jungen Frau, der in der Mitte des Zimmers auf dem Boden lag. Die Eiche stand mit einem Satz, den Hanna ihm bei seiner Leibesfülle nicht zugetraut hätte, neben ihr und schob sie beiseite. Er drehte die auf der Seite liegende Ayfer auf den Rücken und hob sie hoch, um sie zu ihrem Bett zu tragen. Dabei rutschte Ayfers weißer Schleier ein wenig zur Seite, so dass die bisher bedeckte Gesichtshälfte sichtbar wurde.

»Scheiße! Verdammte Scheiße!«, stammelte der Hausmeister fassungslos und deutete erst auf das kleine, rotumrandete Loch in Ayfers linker Schläfe und dann auf die noch nicht eingetrocknete Blutlache auf dem Boden. Er legte Ayfer wieder zurück. Hanna fühlte, wie ihr Gesicht jede Farbe verlor.

»Sie ist tot! Ayfer ist tot!« Hanna drückte den Rücken ihrer linken Hand gegen den Mund. Die Knöchel traten weiß hervor.

Bitte nicht! Bitte nicht sie! Nicht Ayfer! Scheiße. Scheiße, Scheiße, Scheiße.

»Ein Spiegel. Haben Sie einen Spiegel dabei?«, schnitt die Eiche Hannas Gedanken ab.

»Ja ... ja, natürlich ...« Hanna fasste mechanisch in ihre Handtasche und förderte einen kleinen Kosmetikspiegel hervor. Der Hausmeister hielt ihn vor Ayfers Mund.

»Nicht beschlagen«, stellte er nach wenigen Sekunden fest.

»Wir müssen die Bullen anrufen!«

Er bewegte sich auf den Schreibtisch zu, auf dem Ayfers Handy lag.

»Lassen Sie!«, murmelte Hanna tonlos. »Mein Ex-Mann ist bei der Kripo.«

Sie nahm ihr Handy und wählte eine eingespeicherte Nummer. »Los, verdammt! Geh' ran!« Hannas rechter Fuß tippte auf dem Boden. »Ich bin's«, meldete sie sich hastig, als die Verbindung endlich zustande kam. »Ich habe eine Leiche gefunden. Ermordet. Vor höchstens 20 Minuten. Das Blut ist noch nicht fest.« Hanna hörte kurz zu und fuhr dann fort: »Du musst sofort hierherkommen, Gartenstraße 89/1, das erste Haus an der Straße, die Wohnung im ersten Stock.« Wieder lauschte Hanna kurz. Die Augenbraue hob sich.

»Natürlich bleibe ich hier, bis du da bist!« Hanna drückte die rote Taste, das Gespräch war beendet.

»Und was machen wir jetzt?« Die Eiche wirkte auf einmal ziemlich hilflos.

»Nichts. Wir warten, bis die Polizei kommt.«

Nach qualvollen zehn Minuten unterbrach ein energisches Klingeln das Schweigen. Hanna nahm den Hörer der Gegensprechanlage: »Ja, bitte?«

»Polizei. Bitte öffnen Sie die Tür!«

Hanna drückte auf den elektrischen Türöffner und wenig später betraten zwei uniformierte Polizisten den Raum. Sie warfen einen längeren Blick auf Ayfers Leiche. Der jüngere der beiden fragte dann forsch: »Wie heißen Sie?«

»Waldemar Staudinger.«

»Hanna Kirschbaum.«

Der ältere Polizist zückte einen kleinen Notizblock aus seiner Uniformjacke und notierte die Namen. »Schön, dann hätten wir das schon mal,« übernahm er die Gesprächsführung. »Wir sollten hier drin so wenig Spuren verwischen wie möglich. Gibt es noch ein anderes Zimmer, in dem wir uns weiter unterhalten können?«

»Gleich nebenan. Dem Kemal seins.«

Hanna zuckte leicht zusammen. Waldemar setzte sich in Bewegung, der Rest folgte im Gänsemarsch.

Kemals Zimmer war eine typische unaufgeräumte Männerbude. Sie fanden einen Platz auf dem ungemachten Bett und setzten sich. Die Beamten blieben stehen. »So, jetzt erzählen Sie uns mal ganz genau, wann, warum und wie Sie die Leiche gefunden haben«, wollte der jüngere Polizist im Verhörton wissen.

Schneidig, schneidig! Einer von diesen unerträglichen Jungdynamikern!

»Lass' gut sein, Manne! Wir müssen hier bloß sicherstellen, dass niemand abhaut, und dass keine Spuren verwischt werden. Der Rest ist Sache der Kripo«, pfiff der Ältere seinen Kollegen zurück.

»Mensch Herbert, wenn wir jetzt schon mal ...«, versuchte Manne einzuwenden.

»Nichts da! Wir machen unseren Job, und die machen ihren. Ende der Debatte!« Herbert ging zu dem Tischchen, auf dem ein Fernsehapparat stand.

»Sag' nicht, du willst jetzt Fußball gucken?«, starrte Manne Herbert fassungslos an.

»Wenn schon mitten in der schönsten Radioübertragung ...«

»Die du gegen die Vorschriften im Streifenwagen gehört hast.«

»... ein Einsatz kommt«, fuhr Herbert ungerührt fort, »dann will ich wenigstens wissen, wie's ausgeht!« Er angelte sich die Fernbedienung und zappte durch die Programme, bis er QR-TV gefunden hatte. Dann ließ er sich zufrieden zurück aufs Sofa sinken. Auch Waldemar wandte sich interessiert dem Fernsehbild zu.

»Und in diesem Moment pfeift der Schiedsrichter die erste Hälfte der Verlängerung ab. Wieder einmal Verlängerung. Ja, liebe Zuschauer, das ist der Reiz von Pokalspielen. Mein Gott, ist das heute Abend wieder spannend hier in der Allianzarena!« Der Reporter hatte seine liebe Mühe, die Zeit zu überbrücken, bis die Spieler die Seiten gewechselt hatten und zum Anpfiff bereitstanden. Aber noch bevor es so weit war, klingelte es erneut. Manne stürzte sofort los, schaltete den Fernseher ab und öffnete die Tür. »Guten Abend, Herr Kriminalhauptkommissar!«, nahm Manne Haltung an.

»N' Abend«, nuschelte Friedrich Holzwarth in seinen exakt getrimmten Dreitagebart. »Lassen Sie das! Wir sind hier nicht bei der Bundeswehr«, wies er Manne zurecht. »Hallo Hanna«, wandte er sich nur etwas freundlicher an seine Ex-Frau. Er war schlechter Laune, weil Hanna ihm mit ihrem Anruf einen gemütlichen Fußballabend bei sich zu Hause vermasselt hatte. »Wieso seid ihr eigentlich schon da?«, blickte Friedrich in Richtung seiner uniformierten Kollegen.

»Wir waren zufällig nur ein paar Straßen weiter, als wir von der Leitstelle angefunkt wurden«, berichtete Manne.

»Also, an die Arbeit! Wo ist die Leiche?«, brummte Friedrich.

»Nebenan. Erschossen«, informierte Hanna.

»Na dann los«, setzte sich Friedrich in Bewegung. Hanna wollte ihm auf den Flur folgen. Manne straffte den Oberkörper und stellte sich Hanna in den Weg. »Sie bleiben hier! Das ist gegen die Vorschrift!«

In Friedrichs Augen blitzte ein Funkeln auf, vor dem auch weniger ängstliche Naturen regelmäßig erschraken.

»Die einschlägigen Vorschriften sehen vor, dass Zeugen einzeln und in Abwesenheit der später zu hörenden Zeugen zu vernehmen sind«, zitierte er schneidend die Strafprozessordnung. »Merken Sie sich das!«

»Entschuldigung, Herr Kriminalhauptkommissar ... ich dachte nur ...«, gab Manne Hanna den Weg frei. Zusammen mit Friedrich betrat sie Ayfers Zimmer.

»Eigentlich hat er ja Recht. Du hast hier drin wirklich nichts verloren«, beruhigte Friedrich sich wieder.

»Wie frau es nimmt. Ich habe schließlich die Leiche gefunden. Und ich habe Ayfer gekannt. Vielleicht fällt mir etwas auf, das sonst übersehen würde. Ich habe dir das doch schon so oft erklärt: Erkenntnis hängt wesentlich vom erkennenden Subjekt ab. Ich sehe nur das, was ich weiß. Und du als Mann siehst möglicherweise Dinge nicht, die ich ...«

»Von mir aus«, unterbrach Friedrich verdrießlich. »Aber bitte hör' auf mit diesem theoretischen Quatsch. Und du rührst mir nichts an! Verstanden?« Friedrich kniete sich auf den Boden und betrachtete Ayfers Leiche ausgiebig, ohne etwas zu sagen. Dann ließ er seinen Blick kurz über den mit aufgeschlagenen Büchern und handschriftlichen Notizen übersäten Schreibtisch, die Bücherregale an drei Wänden und das ungemachte Bett schweifen, bevor er sich zu Hanna umdrehte.

»Wer ist sie?«

»Ayfer Kaya. Eine meiner Studentinnen. Meine wissenschaftliche Hilfskraft. Und meine Lehrerin.«

Friedrich schaute seine Ex-Frau verständnislos an.

»Sie leitet ... leitete einen Kochkurs. Türkische Küche. Wir sind sieben Frauen und treffen uns jeden Monat einmal bei einer von uns. Ayfer hat uns gezeigt, wie frau ein richtiges türlü güvec zubereitet. Es war großartig!«

»Und? Kennst du sie näher?«, drängte Friedrich.

»Ein wenig. Sie mochte mich. So etwas spürt frau. Und ich mochte sie auch. Sehr sogar. Vom ersten Tag an.«

Ayfer Kaya. Marschiert in den Vorlesungssaal und setzt sich in die erste Reihe. Rotzfrech. Obwohl sich zu Semesterbeginn sonst nie jemand in eine der ersten drei Reihen traut. Kommt rein, setzt sich mir unmittelbar gegenüber und grinst mich an! Und die Fragen, die sie stellte: Respekt! Die plapperte nicht nach, die dachte mit.

Und sie wusste, was sie wollte! Soziologische Rollentheorie am Beispiel des Beziehungsgeflechts der Personen in Goethes Torquato Tasso als Hausarbeitsthema! Auf so eine verrückte Idee wäre außer ihr kein Mensch ...

»Hey! Hallo! Hier spielt die Musik!«, fuchtelte Friedrich mit der rechten Hand vor Hannas Gesicht herum.

»Entschuldige«, fand Hanna zur Realität zurück. »Am Anfang war ich wohl eher so eine Art ... Vorbild für sie. Ich habe mich ein wenig um sie ... gekümmert.«

»Du meinst, du hattest wieder einmal ein Schäfchen gefunden, das du unter deine feministischen Fittiche nehmen konntest?«

»Erstens: Eine Frau ist grundsätzlich kein ›*Schäfchen*‹! Merk' dir das endlich!«, wies sie Friedrich zurecht. »Und zweitens: Ich habe sie gefördert, wo ich konnte, ja! Es nützt nämlich überhaupt nichts, sich ständig nur darüber zu beklagen, dass es viel zu wenig Professorinnen gibt. Wir Frauen müssen etwas dagegen tun! Frauen müssen Frauen dabei unterstützen, nach oben zu kommen, so gut es irgend geht. Männer profitieren schließlich auch von ihren Seilschaften! Und Ayfer hatte das Zeug dazu! Blitzgescheit. Originell. Sie hatte Mumm. Setzte sich durch.« Hanna machte eine kleine Pause, bevor sie einen Mundwinkel leicht verzog. »Davon könnte sich unser Fräulein Tochter weiß Gott eine ganze Scheibe abschneiden!«

»Jetzt mäkle nicht schon wieder an Magdalena rum!«, wurde Friedrichs Ton schärfer. »Sie ist inzwischen über 30!«

»Das weiß ich!«

»Du machst dein Ding, und sie macht ihrs! Dann sind alle zufrieden.« Friedrich lag daran, das Thema abzuschließen, da er nur zu genau wusste, wie viele fruchtlose Debatten sie in diesem Zusammenhang bereits geführt hatten. Statt dessen versuchte er, wieder auf Ayfer zurückzukommen. »Fällt dir spontan jemand ein, der das da«, deutete er auf die Leiche, »getan haben könnte?«

»Leider nicht!« Auch Hanna war ganz froh, dass die Familiendiskussion nicht weitergeführt wurde. »Aber ich muss wissen, wer diese junge Frau umgebracht hat! Und vor allem, warum. Also? Was machen wir als erstes?«

»Wir?« Friedrich stellte sich breitbeinig auf.

»Lass' die Spielchen! Du bist der Kommissar. Du leitest die Ermittlungen. Gar kein Thema«, verdrehte Hanna die Augen. »Aber wenn ...

wenn eine Frau, wie frau sie sich als Tochter nur wünschen kann,

... eine meiner hoffnungsvollsten Studentinnen das Opfer ist, wirst du mich nicht daran hindern, dass ich selbst auch ...« – Hanna suchte nach dem richtigen Ausdruck – »... Erkundigungen einziehen und meine Schlussfolgerungen ziehen werde, wenn ich das für erforderlich halten sollte.«

Hannas ›Erkundigungen‹ und ›Schlussfolgerungen‹ waren für Friedrich in der Vergangenheit bereits mehrfach sehr hilfreich gewesen. Er erzählte ihr von seinen Fällen. Und Hanna entwickelte aus den Ergebnissen polizeilicher Ermittlungsarbeit Hypothesen, die bereits zweimal ein entscheidender Wegweiser zur Überführung des Täters gewesen waren. Hanna wusste, dass Friedrich ihre Klugheit und ihre häufig unkonventionellen Denkansätze bewunderte. Aber andererseits war er es – auch daran hatte Hanna keinerlei Zweifel – seinem Selbstbild als Macher schuldig, sie immer wieder einmal in ihre Schranken zu weisen.

»Erzähl' mir alles, was du über sie weißt!«, stellte er deshalb Hannas Status als eine von ihm befragte Zeugin klar. Hanna zuckte mit der Augenbraue, beließ es aber dabei.

»Sie ist hier geboren«, begann sie. »Ihre Eltern kommen irgendwo aus dem kurdischen Teil der Türkei. Die Mutter spricht kaum ein Wort deutsch. Ihr Vater spielt den Pascha. »Was«, fügte Hanna mit einem Blick auf Friedrich hinzu, »auch manche deutsche Männer ganz gerne immer wieder probieren.«

»Bitte, wir wollen doch beim Thema bleiben!«

»Sie muss hin- und hergerissen gewesen sein. Hier die junge Studentin, die sich wie eine moderne junge Frau verhalten muss, wenn sie nicht von allen als Mauerblümchen behandelt werden will. Und in Mannheim wird von ihr erwartet, dass sie sich ausschließlich an traditionellen Werten ausrichtet.«

»Mannheim?«

»Das größte Klein-Istanbul in Baden-Württemberg. Ihre Eltern wohnen da. Zusammen mit dem ganzen Clan. Ayfer hat manchmal von einer ›Parallelwelt‹ gesprochen, in die sie am Wochenende fahre.«

»Hatte sie einen Freund oder so was?«

»Würde mich nicht wundern. Bewerber gab's auf jeden Fall genug. Ich habe sie letztes Semester einige Male zusammen mit Markus Kleinert in der Bibliothek und in der Stadt gesehen. Aber ich habe keine Ahnung, ob da was lief.«

»Wovon hat sie gelebt?«

»Kann ich dir nicht sagen. Die paar Euro Hiwi-Gehalt reichen natürlich hinten und vorne nicht. Aber sie war, vor allem in letzter Zeit, elegant und teilweise sogar richtig teuer gekleidet. Von irgendwem muss sie gesponsert worden sein. Wahrscheinlich von ihrem Vater. Der ist stolz wie Oskar auf seine Tochter.«

»Woher weißt du das?«

»Eines schönen Tages stand er bei mir im Büro. Er wollte allen Ernstes von mir wissen, ob Ayfer klug genug zum Studieren sei. Deshalb ist er extra von Mannheim hierher gefahren. Stell' dir das vor! Ich hatte meine liebe Not, ihn davon zu überzeugen, dass Zeit und Geld bei Ayfer alles andere als vergeudet ist.«

»Wie und mit wem hat sie ihre Freizeit verbracht? Freunde? Bekannte? Hobbys?«

»Ihre Freunde kenne ich nicht. Hobbys? Warte ... einmal hat sie von einer Show erzählt, bei der sie aufgetreten ist.«

»Show?«

»Ja, irgendwas in Richtung orientalischer Tanz.« Hanna nahm Friedrichs skeptischen Blick auf.

»Ich rede von echter Folklore, nicht von billiger Anmache für Türkeitouristen«, stellte sie klar.

»Dazu passen die Bilder hier«, deutete Friedrich auf gerahmte Kunstfotografien, auf denen Trachten tragende Frauen und Männer vor der Kulisse des anatolischen Hochlandes abgebildet waren.

»Wahrscheinlich ihre Familie. Beziehungsweise der Teil, der nicht nach Deutschland ausgewandert ist«, spekulierte Hanna.

»Sonst noch etwas?«, wollte Friedrich wissen.

Hanna dachte nach.

»Nein. Im Moment nicht.«

»Gut, dann werde ich mir jetzt den Tatort genauer ansehen!«

Friedrich nahm als erstes Ayfers Schreibtisch in Augenschein.

»›Einführung in die Praktische Semantik‹, ›Bedeutungstheorien‹«, stöberte er in den Büchern und Skripten herum. »Hier! Das ist interessant!« Friedrich entdeckte ein Buch mitten in einem Stapel. »›Polizeiliche Ermittlungsarbeit und Verhörmethoden.‹ Braucht man solche Bücher heutzutage für ein Germanistikstudium?«

»Ayfer schaute gerne auch einmal über den germanistischen Tellerrand hinaus. Das unterschied sie wohltuend von den meisten anderen. Zur Zeit hat sie sich besonders für Aussagepsychologie interessiert. Und da meine Lehrveranstaltungen seit jeher auf einem interdisziplinären Ansatz basieren, habe ich ihr ...«

»Bitte! Dieses Akademikergeschwafel macht mich krank. Das weißt du ganz genau!«

»Entschuldigung!« Hanna schaffte es nicht, einen leicht pikierten Unterton zu vermeiden.

»Und was wolltest du von ihr so spät am Abend?«, fragte Friedrich weiter.

»Ich wollte meine Schlüssel abholen, die sie aus Versehen mitgenommen hat. Der Hausmeister hat mich reingelassen. Und da lag sie dann.«

»Ihr habt sie doch hoffentlich nicht angefasst?«

»Leider doch. Herr Staudinger ...«

»Der Hausmeister?«

»Ja. Er war bei ihr und hat sie hochgehoben, bevor ich auch nur ›Piep‹ sagen konnte.«

»Schön. Dann wollen wir mal sehen.« Friedrich zog Latexhandschuhe an. Hanna blickte ihn auffordernd an. Friedrich zögerte.

»Ist es dir vielleicht lieber, wenn ich überall meine Fingerabdrücke verteile?«, verlieh Hanna ihrem Wunsch Nachdruck. Friedrich zuckte resigniert mit den Achseln und reichte ihr ebenfalls ein Paar. Er kniete sich neben die Leiche und drehte Ayfers Kopf so, dass er sich die Einschussstelle ansehen konnte. »Pistole. Neun Millimeter, schätze ich. Ungefähr aus einem Meter«, stellte Friedrich routiniert fest und stand wieder auf. »Um die Details soll sich der Doc kümmern. Wo bleibt der bloß wieder?«

Hanna hörte nicht zu. Ihr Interesse galt allein dem weißen Schleier, den Ayfer trug. »Er hat kein Loch!«

»Wer?«, fragte Friedrich verständnislos.

»Der Schleier. Er ist unversehrt. Ist dir klar, was das bedeutet?«

»Das heißt«, überlegte Friedrich vernehmbar, »dass er postmortal ...«

»Wie war das noch mit dem Akademikergeschwafel?«, erkundigte sich Hanna scheinheilig.

»Das macht nur dein schlechter Einfluss«, konterte Friedrich. »Der Schleier ist ihr also erst nach ihrem Tod angelegt worden«, wurde er sofort wieder ernst. »Von wem? Vom Täter? Aber warum?«

»Irgendwas Rituelles?«, schlug Hanna vor.

»Glaube ich nicht. Dafür gibt ein einzelner Schleier zu wenig her. Außerdem ist es im Moment für irgendwelche Hypothesen noch viel zu früh.«

Für kurze Zeit hingen beide stumm ihren Gedanken nach. Das Brummen, das von Ayfers Computer herrührte, war deutlich zu vernehmen. Der Bildschirm auf dem Schreibtisch befand sich im Stand-by-Modus. Hanna nahm einen Bleistift und drückte mit der spitzen Seite auf die Enter-Taste. »Schau!« weckte sie Friedrichs Interesse. Auf dem Bildschirm erschien ein Familienfoto als Bildschirmschoner.

»Ich darf nicht vergessen, die Jungs von der KTU zu bitten, dass sie sich die E-Mails ansehen. Vielleicht gibt das was her.« Friedrich stöberte in den Zetteln auf dem Tisch herum, fand aber nichts außer Notizen für eine Seminararbeit.

Hannas Neugier wurde durch einen Stoffvorhang geweckt, der von der Decke bis zum Boden eine kleine Nische verdeckte.

»Das ist seltsam!«, wunderte sie sich, als sie den Vorhang zurückgezogen hatte. Hinter dem Vorhang war Ayfers Wäsche und Oberbekleidung in einem offenen Regal ordentlich gestapelt. Friedrich besah sich das Regal ebenfalls. »Was ist daran komisch? Es muss ja nicht immer unbedingt ein konventioneller Kleiderschrank sein.«

»Darum geht es nicht. Hier!« Hanna faltete die beiden Röcke auseinander. »Knöchellang. Und hier: Blusen, die hochgeschlossener nicht sein könnten. Und hier: Unterwäsche wie bei uns vor 50 Jahren. Das passt nicht. Wenn sie bei mir im Seminar erschienen ist, trug sie Jeans, T-Shirts und kurze Röcke. Genau wie alle anderen Frauen auch.«

»Vielleicht ...« Friedrich wurde durch ein Klopfen gegen den Türrahmen unterbrochen. Herbert streckte seinen massigen Schädel durch den Türspalt. »Der Hausmeister lässt fragen, ob Sie ihn noch brauchen. Er würde gerne in seine Wohnung ...«

»Nein. Er soll warten. Ich komme gleich«, antwortete Friedrich. »Und Sie können schon anfangen mit den Nachbarn. Vielleicht hat jemand was gesehen oder gehört. Ihr Kollege soll aber bei dem Hausmeister bleiben.« Herbert verschwand.

Friedrich wandte sich von Ayfers Kleiderregal ab und schritt an den Bücherregalen entlang. »Jede Menge Fotoalben«, stellte er fest. »Sonst fast nur deutsche und amerikanische Autoren. Von der Literatur ihrer Landsleute scheint sie nicht besonders viel zu halten.«

»Oh, ich kenne da Menschen, die haben noch wesentlich weniger Bücher ihrer Landsleute zu Hause im Bücherregal stehen als Ayfer!«

»Kannst du mir vielleicht sagen, wann ich lesen soll? Bei meinem Job?«, reagierte Friedrich prompt mit einem Anflug von Gereiztheit.

»Könnte es nicht vielleicht sein, dass du den falschen Job hast?«

»Hanna, bitte!«

Hanna ließ es dabei bewenden und inspizierte ebenfalls Ayfers Bücherregale. »Hey! Den kenne ich!« Sie hielt eine billig gebundene Broschüre von kaum 150 Seiten in der Hand, die sie aus einer Reihe linguistischer Standardliteratur herausgezogen hatte. »Dissertation zur Erlangung der Doktorwürde an der Juristischen Fakultät der Freien Universität Berlin. Vorgelegt von Martin Volkmann«, las sie vor. »Da hat Ayfer eifrig gearbeitet: Jede Menge Anmerkungen in ihrer Schrift.«

»Martin Volkmann? Unser Staatsanwalt Volkmann?«, staunte Friedrich.

»Genau der.«

»Woher kennst *du* den?«

»Ich kenne in erster Linie seine Frau. Wir haben zusammen am Wildermuth-Gymnasium Abitur gemacht und ...« Weiter kam Hanna nicht, weil die Tür aufgerissen wurde und hinter dem Polizeiarzt Friedrichs Kollegen und Kolleginnen von der Spurensicherung hereinplatzten.

»Könnt ihr nicht ein einziges Mal eine Leiche während der normalen Dienstzeit finden?«, blökte der Arzt anstelle einer Begrüßung.

Ein Beamter im weißen Overall schob Friedrich zur Seite: »Würden Sie mich bitte an den Schreibtisch lassen?«

»Hanna!«, flüsterte Friedrich drängend in ihr Ohr »Du gehst jetzt sofort rüber!« Ein kaum wahrnehmbares Kopfnicken deutete auf die Beamten der Spurensicherung. »Ich will auf keinen Fall Gerede!«

»Und was ist mit meinen Schlüsseln?«, wandte Hanna flüsternd ein.

»Die bekommst du, sobald wir sie gefunden und fotografiert haben«, schob Friedrich Hanna in Richtung Tür.

Hanna wollte Friedrich Unannehmlichkeiten ersparen und verließ den Raum. Sie ging zurück in Kemals Zimmer, in dem Waldemar Staudinger immer noch wartete.

»Hey, wie lange soll ich eigentlich noch hier rumsitzen?«

»Der Kommissar vergisst Sie bestimmt nicht. Er ist sehr gewissenhaft«, versuchte Hanna den aufgebrachten Hausmeister zu beruhigen.

»Woher wollen Sie das wissen?«

»Das habe ich Ihnen doch schon gesagt: Er ist mein Ex-Mann«, antwortete Hanna knapp. »Sagen Sie, Herr Staudinger, wie lange kannten Sie Ayfer eigentlich schon?«

»Fast zwei Jahre.«

Hanna ließ ihm Zeit.

»Gab erst 'ne Menge Ärger beim Einzug«, fuhr er nach einer kleinen Pause fort. »Von wegen Türkenpack und so. Vor allem der Typ von ganz oben. Pilot! Aber doof wie ein Stück Feldweg! Dem hab ich Bescheid gesagt! Ich meine ...« – Waldemar deutete eine Faust an – »... dann war Ruhe.«

»Gab es später noch einmal Streit wegen Ayfer oder mit ihr?«

»Wenn ich für Ruhe sorge, dann *ist* Ruhe!«

»Hatte sie Kontakt zu jemandem vom Haus? Oder von außerhalb?«

»Nicht dass ich wüsste.«

»Sind die beiden zusammen eingezogen?«

»Ja. Ich glaube, er sollte so was wie ihr Aufpasser sein. Aber damit war es nicht so besonders weit her. Kemal ist in Ordnung. Er hilft mir manchmal. Und dann trinken wir ein Bier zusammen. Er ...« Die Eiche brach ab, weil Friedrich das Zimmer betreten hatte. »Hier, sie waren in ihrer Umhängetasche«. Er übergab den vermissten Schlüsselbund an Hanna und verschwand sofort wieder.

»Hatte Ayfer einen festen Freund?«, nahm Hanna das Gespräch mit Waldemar wieder auf.

»Keine Ahnung. Kann ich mir nicht vorstellen. Aber das heißt nicht unbedingt was. Ich steh' schließlich nicht hinter der Gardine und passe auf!«

»Natürlich nicht. Aber manchmal sieht frau etwas, auch ohne extra aufzupassen.«

»Ich bin doch keine Frau!«

Hanna lächelte nachsichtig. »Nein. Sicher nicht. Ich meine, dass *man* manchmal ...«

»Bernie vielleicht. Mein Sohn und Kemal sind Kumpel. Bernie hat sich in einer alten Scheune eine Werkstatt eingerichtet. Die beiden schrauben jedes Wochenende zusammen an alten Motorrädern rum und verhökern sie dann zu Preisen, dass einem die Ohren abfallen.« Waldemars Stolz auf seinen Sohn war nicht zu überhören.

»Wo kann ich Kemal oder Bernie erreichen?«, fragte Hanna.

»Beide in der Chirurgischen Klinik.« Waldemar bemerkte Hannas entsetzten Blick. »Keine Panik! Die beiden arbeiten da als Krankenpfleger.«

»Auf welcher Station?«

»B III. Wieso?«

»Ich denke, dass Kemal mir am ehesten etwas über seine Schwester erzählen kann.« Hanna fingerte in der Handtasche nach ihrer Visitenkarte und überreichte sie der Eiche. »Wenn Ihnen noch etwas einfällt, können Sie mich gerne anrufen.« Sie zog ihren Mantel an und verließ das Haus. Sie war sehr froh darüber, dass der Taxifahrer immer noch davorstand und sie zu ihrem eigenen Auto bringen konnte.

* * *

Das Klinikgebäude war nur noch schwach beleuchtet. Hanna betrat die Empfangshalle und steuerte auf den Aufzug zu, der sie zur Station B III brachte. Die Abteilung schien vollkommen ausgestorben zu sein. Erst als Hanna um eine Ecke bog, bemerkte sie einen Raum, durch dessen Glaswand Licht auf den Gang fiel. Hanna musterte das neben der Tür hängende Schild, auf dem ›Dr. Bickenbach, Stationsarzt‹ zu lesen war.

Sie klopfte an. Es dauerte einige Sekunden, bis sie ein widerwilliges »Herein« vernahm. Im Zimmer saß ein dicklicher Mann Ende 30 im weißen Kittel. »Was immer Sie wollen, machen Sie's kurz!«, herrschte er Hanna an, ohne von den Dienstplänen aufzusehen, über die er gebeugt saß.

»Ich suche einen Pfleger dieser Station, das heißt, sogar zwei«, erklärte Hanna. »Einer ist Türke und heißt Kemal Kaya. Der andere Bernhard. Bernhard Staudinger. Können Sie mir sagen, wo ich die beiden finde?«

»Selbst wenn ich es könnte, wüsste ich nicht, was es Sie anginge«, spuckte der Stationsarzt Feuer. »Guten Abend!«

Hanna holte Luft. Sie wollte gerade loslegen, dem Dicken die Meinung zu sagen, als sie durch die Scheibe eine junge Schwesternschülerin verhohlen winken sah. Hanna trat auf den Gang.

»Lassen Sie mich raten: Der Doktor hat Sie genauso abgekanzelt, wie er es mit uns immer macht?«, plapperte die Schülerin los.

»Besonders freundlich war er wirklich nicht«, gab Hanna zu.

»Was wollten Sie denn von ihm?«, erkundigte sich die Schülerin, die offensichtlich froh darüber war, dass sie ein Opfer für ihr Mitteilungsbedürfnis gefunden hatte.

»Ich suche einen Türken und einen Deutschen. Der eine heißt Kemal und der andere Bernhard oder Bernie.«

»Bernie hat Feierabend«, sprudelte die Schülerin. »Keine Ahnung, wo der sich rumtreibt. Und wo Kemal ist, würde ich selbst liebend gern wissen. Verschwindet einfach mir nichts dir nichts von der Station, obwohl er noch gar nicht Feierabend hatte! Sieht ihm eigentlich gar nicht ähnlich.«

»Und wann ist Kemal verschwunden?«

»Kurz vor der Übergabe.«

»Wann war das genau?«

»Die Nachtschicht beginnt um halb acht. Bernie und Kemal haben hier im Pausenraum eine Cola getrunken. Plötzlich gab es Streit. Sie haben sich richtig angeschrieen. Und dann rennt Kemal auf einmal wie von der Tarantel gestochen an mir vorbei zum Aufzug! Da, sehen Sie!« Die Schülerin deutete auf eine improvisierte Garderobe im Pausenraum, an der eine einzelne Lederjacke hing. »Ist einfach so rausgerannt. Ohne Jacke. Nur im Hemd. Obwohl es ja heute Abend wirklich schweinekalt ist. Und außerdem gießt es wie aus Kübeln.«

»Haben Sie zufällig gehört, worüber die beiden gestritten haben?«, versuchte Hanna den für sie uninteressanten Exkurs der Schülerin über Kemals Garderobe abzubrechen.

»Tut mir leid. Ich habe sie nur vom Gang aus im Pausenraum gesehen.«

»Trotzdem: Danke!«

»Was wollen Sie denn von Kemal?«, versuchte die Schülerin das Gespräch fortzusetzen.

»Nur etwas fragen. Ist nicht so wichtig«, blieb Hanna vage. »Vielen Dank noch einmal. Auf Wiedersehen!«

* * *

Auf dem Weg zum Auto rief Hanna zunächst die Auskunft und dann die Eiche an.

»Kemal ist noch nicht wieder hier aufgetaucht.«

»Und Bernie?«

»Um die Zeit am ehesten im Pfauen«, war die Auskunft, die sie erhielt. Sie spielte kurz mit dem Gedanken, die Kneipe in der Altstadt aufzusuchen.

Meine Güte! Wie lange bin ich schon nicht mehr auf ein Bier in einer Kneipe gewesen? Aber mein Aufsatz für die

Linguistischen Monatshefte muss unbedingt fertig werden. Und ab morgen werde ich kaum dazu kommen. Ayfer ist wichtiger! Also los, keine Müdigkeit vorschützen, Hanna Kirschbaum!

Hanna fuhr zurück zum Deutschen Seminar, das in einem Gebäude untergebracht war, das zwar offiziell Neuphilologikum hieß, aber seit Anfang der 1970er-Jahre selbst von Hannas konservativeren Kolleginnen und Kollegen nur noch »Brechtbau« genannt wurde. Sie setzte sich an ihren Schreibtisch und nahm das Diktiergerät in die Hand.

Donnerstag, 29. November

Gegen neun am nächsten Morgen verließ Hanna ihr kleines Bauernhaus in Reusten. Sie hatte es sich erst im vorletzten Jahr gekauft und nach und nach so umgebaut, dass etwa 150 Quadratmeter gemütliche Wohnfläche entstanden waren. Eine Sauna mit einem kleinen Schwimmbecken im Keller fehlte ebenso wenig wie ein Holzofen mit großem Sichtfenster im Wohnzimmer. Die Nachbarn waren zunächst positiv überrascht gewesen. Die Art und Weise, wie Hanna mit Ytong-Steinen und Rigipsplatten umzugehen verstand, nötigte auch den erfahrensten Häuslesbauern Respekt ab. Aber mit der Zeit sickerte durch, dass eine »richtige Professorin« aus Tübingen in das Haus einziehen würde. Hinter vorgehaltener Hand machte sich Skepsis breit. »So eine« war bestimmt hochnäsig und arrogant. Ob man mit »so einer« warm werden würde? Und die Skeptiker sollten aus ihrer Sicht Recht behalten. Hanna grüßte zwar stets freundlich, ließ aber auch keinen Zweifel daran, dass sie im Übrigen gerne in Ruhe gelassen werden wollte. Ihre Vorliebe, nachts zu arbeiten und dementsprechend morgens lange zu schlafen, rief ebenso Missbilligung hervor wie die Tatsache, dass sie ihren Garten verwildern ließ.

»Wer tut denn so etwas? Die schönen Johannisbeeren! Eine Sünde und eine Schande ist das!«, wurde Empörung laut.

Und dann stellte sich mit der Zeit auch noch heraus, dass Hanna in größeren Abständen einzelne Gäste beiderlei Geschlechts mit nach Hause brachte. Der Besuch blieb über Nacht und verschwand dann genauso plötzlich von der Bildfläche, wie er erschienen war. Das ganz Dorf tuschelte. Hanna sah keinerlei Veranlassung klarzustellen, dass es sich bis auf wenige, von ihr sehr sorgfältig ausgewählte Ausnahmen lediglich um Gastdozenten handelte, die Hannas gemütliche Wohnung einem tristen Hotelzimmer vorzogen. Und so hatte sie schon bald einen entsprechenden Ruf, ohne sich – und das war das Schlimmste in den Augen ihrer Nachbarschaft – auch nur das Geringste daraus zu machen. Einer ihrer Besucher allerdings kam, wenn auch in großen Abständen, regelmäßig. Und wenn er übernachtete, dann nicht im Gästezimmer, sondern in Hannas Bett. Es war Friedrich. Er und Hanna hatten sich vor 32 Jahren auf einem Examensfest für angehende Gymnasiallehrer kennengelernt. Sofort zu Beginn bemerkte Hanna den jungen Mann, den ihre Freundin Katharina Sendlinger, heute die Frau von Martin Volkmann, mitgebracht hatte und der äußerlich nicht zur Feier passen wollte: Seine professionell geschnittene Kurzhaarfrisur stieß auf den Kragen eines Sakkos, unter dem er ein ordentlich gebügeltes Oberhemd trug. Makellos saubere Markenjeans rundeten das Bild ab.

Hanna verlor ihn zunächst aus den Augen, wurde aber in dem Moment wieder auf ihn aufmerksam, als er laut und deutlich die Auffassung vertrat, eine Diskussion über die

Vorzüge und Nachteile unterschiedlicher literaturwissenschaftlicher Methoden erscheine ihm wie das Lösen von Kreuzworträtseln auf hohem Niveau: Ein angenehmer Zeitvertreib, aber letztlich ohne jeden praktischen Nutzen. Selbst wenn sie es ihren Kommilitoninnen gegenüber nicht eingestehen wollte, waren Hanna selbst auch schon häufiger ähnliche Gedanken durch den Kopf gegangen. Dass Friedrich, der ohne Umschweife zugab, sein Jurastudium nach der Zwischenprüfung aufgegeben zu haben und zur Polizei gegangen zu sein, sich traute, vor einer stolzen Jungakademikerschar derart blasphemische Äußerungen abzugeben, imponierte Hanna außerordentlich.

Noch bevor sie ihr Referendariat am Herrenberger Schickhardt-Gymnasium beendet hatte, wurde Hanna von ihm schwanger. Die Hochzeit fand im hôtel de ville eines kleinen Normandiedorfes statt. Da Friedrich bereits Geld verdiente und die Aussicht auf eine Lehrerstelle trotz Hannas guter Noten sehr vage waren, blieb sie nach ihrem Zweiten Staatsexamen zu Hause und kümmerte sich um ihre Tochter Magdalena. Aber bereits nach wenigen Monaten zeigte sich, dass Hanna mit dem Wechseln von Windeln nicht ausgelastet war. Und weitere zwei Monate später begann sie, ihre Doktorarbeit zu schreiben. Bis auf wenige Besprechungen mit ihrer Doktormutter konnte sie zu Hause arbeiten, so dass auch Friedrich keine Probleme mit der neuen Situation hatte. Das änderte sich aber schlagartig, als Hanna nach einer Promotion magna cum laude eine Stelle an der Universität als Dozentin für Linguistik angeboten bekam. Hanna sagte gegen Friedrichs erklärten Willen zu und forderte von ihm, wegen Magdalena beruflich kürzerzutreten. Friedrichs Weigerung hing – da war Hanna sich sicher – nur vordergründig damit zusammen, dass er im Kommissariat unabkömmlich gewesen wäre. Tatsächlich kam Friedrich nicht damit zurecht, dass sich seine Frau anschickte, Professorin zu werden, während sich seine eigenen universitären Erfolge in einer gerade noch so eben bestandenen Jura-Zwischenprüfung erschöpften. Stichelnde Geplänkel wurden erst zu ernsthaften Auseinandersetzungen und dann zu lautstarken Krächen. Die Scheidung nach nur fünf Ehejahren war die zwangsläufige Folge. Hanna konnte und wollte es nicht zulassen, dass ihre Ehe und die allein an ihr hängende Erziehung ihrer Tochter zu einem Hemmschuh für ihre berufliche Karriere wurde.

Trotzdem blieben Hanna und Friedrich in regelmäßigem Kontakt, weil er sich – mehr als je während seiner Ehe – nun zwangsläufig um Magdalena kümmerte. Mit den Jahren verheilten die gegenseitig zugefügten Wunden und Hanna konnte diejenigen Eigenschaften Friedrichs wieder wahrnehmen, die ihn so liebenswert gemacht hatten. Heute wie früher hielt Friedrich konsequent jedes Versprechen, das er Hanna, Magdalena oder deren Tochter Friederike gab, egal, ob es dabei nur um das Abholen eines Kleides aus der Reinigung oder um einen gemeinsamen Urlaub in Südfrankreich ging. Heute wie früher konnte Hanna sicher sein, dass sein Lachen ebenso echt war und von Herzen kam wie seine Wut, mit der er ohne Rücksicht auf bestehende Hierarchien und mögliche Konsequenzen lospolterte, wenn er sich von inkompetenten Vorgesetzten zu Unrecht kritisiert fühlte. Wies Hanna ihn dagegen zurecht, weil er auf der Autobahn das vor ihm fahrende Auto bei Tempo 160 mit der Lichthupe von der linken Spur zu verscheuchen versuchte, sah er seinen Fehler ein, verringerte sofort die Geschwindigkeit und fuhr ein, zwei Tage lang vorschriftsmäßig. Zumindest, wenn Hanna auf dem Beifahrersitz Platz genommen hatte.

Aus all diesen Gründen genoss Hanna auch heute noch die Zeit, die sie zusammen verbrachten, ohne allerdings auch nur einen einzigen Gedanken darauf zu verschwenden, erneut mit Friedrich zusammenzuziehen oder ihn gar ein zweites Mal zu heiraten. Im Gegensatz zu Hanna hatte Friedrich das Wohlwollen vor allem der Nachbarinnen in Reusten dadurch im Sturm erobert, dass er regelmäßig bei ihnen zu einem kleinen Schwatz stehen blieb und sich interessiert nach dem Verlauf der Ernte oder danach erkundigte, was man in diesem Jahr für einen Zentner Kartoffeln bekam. Bei Hanna dagegen war klar, dass sie nie eine echte Reustenerin werden, sondern immer die zugezogene Professorin bleiben würde.

Trotzdem war, was Hanna tat oder unterließ, auch nach zwei Jahren noch von allgemeinem Interesse. So registrierten auch heute mehrere hinter Gardinen verborgene Nachbarinnen mit Kopfschütteln, dass sich Hanna noch sehr verschlafen die Augen rieb, als sie aus dem Haus kam. Sie war schon auf dem Weg zur Garage, als sie sich noch einmal umdrehte und die Tageszeitung aus dem Briefkasten zog. Sie blätterte, bis sie den Sportteil gefunden hatte, stellte mit Befriedigung fest, dass der VfB Stuttgart das gestrige Pokalspiel doch noch mit sieben zu sechs nach Elfmeterschießen gewonnen hatte, verstaute die Zeitung in ihrer Tasche, um bei Gelegenheit die Details nachzulesen, stieg ins Auto und fuhr in Richtung Tübingen davon. Sie dachte mit Grauen daran, dass sie in den nächsten Stunden damit beschäftigt sein würde, über 30 Anfängerklausuren zu korrigieren. Ihre Laune verschlechterte sich merklich. In Unterjesingen war ihr Entschluss gefasst: Die Klausuren konnten noch warten. Vielleicht waren ja inzwischen Kemal oder Bernie wieder aufgetaucht. Hanna hielt an einer Bushaltestelle und rief die Eiche an. Kemal sei noch nicht aufgetaucht und Bernie dürfte in seiner Wohnung in der Ludwigstraße gerade beim Frühstück sitzen. Sie bedankte sich und lenkte ihren Passat in Richtung Südstadt.

* * *

Hanna las die Namensschilder neben den Klingeln bereits zum zweiten Mal durch, konnte aber auch diesmal den Namen Staudinger nicht finden. Da sie sich aber sicher war, dass die Eiche ihr die Adresse Ludwigstraße 34 genannt hatte, öffnete sie die nur angelehnte Haustür und trat ein. Unsicher, wohin sie sich wenden sollte, fiel ihr eine Tür mit Milchglasfüllung auf, hinter der gedämpfte Stimmen zu hören waren. Sie ging auf die Tür zu und sah ein von Hand geschriebenes DIN-A4-Blatt, das mit Tesastreifen an der Tür angebracht worden war und Hanna darüber informierte, dass sie vor dem Büro von Attac Tübingen stand. Hanna klopfte an und betrat dann den Raum, in dem eine Gruppe junger Frauen und Männer um einen Tisch herum saßen. Hätte das Schild nicht in eine vollkommen andere Richtung gewiesen, Hanna wäre sicher gewesen, sie sei in eine Versammlung des Ringes Christlich-Demokratischer Studenten geraten: Die jungen Männer überwiegend mit adrettem Haarschnitt, Sakko und Jeans, die meisten jungen Frauen in Kostüm oder Rock und Bluse.

Hanna unterbrach eine angeregte Diskussion über die negativen Auswirkungen der Globalisierung und die Frage, welche Form des Widerstands die erfolgversprechendste sei: »Ich suche Herrn Bernhard Staudinger. Können Sie mir vielleicht sagen ...«

Einer der Männer fixierte Hanna. »Was wollen sie von ihm?«

»Sein Vater hat mir gesagt, dass ich bei ihm vielleicht seinen Freund Kemal finden könnte. Es ist etwas Entsetzliches passiert mit Kemals Schwester. Ich habe sie gekannt. Deshalb ...«

Der Mann stand auf. »Ich bin Bernie. Kommen Sie!« Er ging wortlos an Hanna vorbei und stieg so zügig die Treppe hinauf, dass Hanna Mühe hatte, ihm zu folgen. Im dritten

Stock öffnete er die Wohnungstür. Hanna wollte ihm über die Schwelle folgen, aber Bernie versperrte ihr den Weg. »Moment! Sie warten hier«, nuschelte er und verschwand in der Wohnung.

Nach kurzer Zeit öffnete Bernie, der die Einsilbigkeit von seinem Vater geerbt zu haben schien, die Wohnungstür von innen und machte mit einer stummen Kopfbewegung klar, dass Hanna hereinkommen dürfe. An der einen Seite der Diele war mit Autolack »Hilf dir selbst, sonst hilft dir ein Sozialpädagoge!« gesprüht. Die andere Seite nahm eine Garderobe ein, an der eine schwarze Lederjacke hing. Hanna deutete auf eine angelehnte Tür, und Bernie nickte. In dem sparsam eingerichteten Zimmer, das von Bücherregalen an allen Wänden dominiert wurde, wanderte ein junger Türke vom Sofa zum Fenster und wieder zurück. Es war offensichtlich, dass er dieser Beschäftigung schon länger nachging. Hanna stellte sich so hin, dass Kemal gezwungen war, seine Wanderung zu unterbrechen.

»Herr Kaya, es ist etwas Schreckliches passiert«, setzte sie an. Aber sie wurde von Bernie unterbrochen. »Geschenkt. Mein Vater hat gestern Abend angerufen.«

»Zunächst einmal mein aufrichtiges Beileid, Herr Kaya«. Hanna gab ihm die Hand.

»Danke«, murmelte Kemal tonlos.

»Bitte verstehen Sie mich nicht falsch«, tastete sich Hanna weiter. »Ich habe Ihre Schwester gefunden. Und ich will wissen, warum Ayfer sterben musste. Darf ich Ihnen vielleicht ein, zwei Fragen stellen?«

Kemal ging wortlos um Hanna herum und nahm seine Wanderung wieder auf.

»Sie sehen doch, dass er nicht will! Gehen Sie!«, herrschte Bernie Hanna an. Kemal blieb stehen. »Was wollen Sie wissen?«

»Häufig besteht zwischen Opfer und Täter eine sehr enge Beziehung. Oft ist es sogar der Ehepartner.«

»Und?«, blökte Bernie.

»Verheiratet war Ayfer ja nicht. Aber hatte sie vielleicht einen festen Freund?«

»Sind Sie verrückt?«, fauchte Kemal. »Ayfer war gläubig. Sie hat streng nach den alten Traditionen gelebt. Und überhaupt: Sie war versprochen.«

»Was bedeutet das?«

»Als meine Schwester 13 war, hat sich unser Vater mit dem Oberhaupt einer anderen türkischen Familie geeinigt, dass ihre beiden Kinder später heiraten werden. Das ist ›versprochen‹. Irfan und sie waren verlobt.«

»Ich verstehe. Und warum hat sie noch nicht geheiratet?«

»Sie verstehen überhaupt nichts! Irfan kann sie doch nicht heiraten, solange er sie nicht ernähren kann«, brauste Kemal auf. »Er hat Pharmazie studiert. Seine Doktorarbeit ist hoffentlich in einem Jahr fertig. Dann wäre Hochzeit gefeiert worden.« Tränen schimmerten in Kemals Augen. Er drehte sich weg und wischte sich verstohlen mit einem Taschentuch über sein Gesicht. Hanna tat so, als ob sie nichts bemerkt hätte.

»Und sonst?«, bemühte sie sich um einen neutralen Ton, der Kemal ermöglichte, sich wieder etwas zu fassen. »Mit wem hat sie ihre Freizeit verbracht?«

»Einmal pro Woche trifft sie sich ... traf sie sich ...«

Jetzt war es mit Kemals Beherrschung endgültig vorbei. Er stürmte an Hanna und Bernie vorbei und selbst durch die geschlossene Tür konnten die beiden sein Schluchzen hören.

»Sie gehen jetzt besser, Lady«, forderte Bernie Hanna auf.

»Ja, das tue ich. Aber eins könnten Sie mir vielleicht noch verraten. Warum ist Kemal gestern Abend so plötzlich von seiner Arbeitsstelle verschwunden?«

»Migräneanfall. Hat er manchmal. Da ist die Tür!«

Hanna war klar, dass Bernie ihr keine weitere Frage beantworten würde. Sie überlegte, ob sie sich noch von Kemal verabschieden sollte, ließ es dann aber sein und zog die Tür hinter sich zu.

* * *

Wieder auf der Straße beschloss Hanna, die Korrektur der Klausuren erneut zu verschieben und statt dessen auf einen Sprung bei Friedrich vorbeizuschauen. Auf dem Weg hielt sie bei einer Bäckerei, die sie mit einer Tüte Laugenbrötchen, einem Glas Himbeermarmelade sowie einem Viertelpfund Butter wieder verließ. Sie kannte Friedrichs Frühstücksgewohnheiten. Immer wieder waren sie das Thema morgendlicher Auseinandersetzungen gewesen, insbesondere dann, wenn Friedrich das von ihr bevorzugte Mehrkorn-Müsli als »Hühnerfutter« abgetan hatte. Der Pförtner des Polizeihochhauses kannte sie noch, so dass sie mit einem freundlichen »Guten Morgen« an der Einlasssperre vorbei und zu Friedrichs Büro gehen konnte. Sein barsches »Herein!« beantwortete sie mit einem »Hallo! Sieh' mal, was ich hier habe!« Sie öffnete die Tüte und hielt sie ihm direkt unter die Nase.

»Was willst du?«, fragte Friedrich nüchtern, wobei er Hanna die Tüte aus der Hand nahm.

»Ich? Gar nichts!« Hanna gab das Unschuldslamm.

»Red' keinen Unsinn! Wenn du morgens noch vor elf mit meinem Lieblingsfrühstück in meinem Büro auftauchst, willst du irgendwas. Und da ich niemanden kenne, der auch nur annähernd so neugierig ist wie du ...«

»Ich habe möglicherweise ein leicht überdurchschnittliches Interesse an meiner Umwelt. In Ordnung«, räumte

Hanna ein. »Aber Neugier? Nein, so würde ich das nicht nennen wollen!«

Friedrich grinste, sagte aber nichts.

»Ich dachte«, gurrte Hanna, »wir könnten zusammen frühstücken und ein wenig plaudern.«

»Plaudern?« Friedrich schüttelte ungläubig den Kopf. »Als ob du je Wert auf Geplauder gelegt hättest!«

»Na ja, ich meine, du könntest mir zum Beispiel erzählen, was die Spurensicherung gestern so alles gefunden hat. Und außerdem nehme ich an, dass ihr inzwischen wisst, dass sie verlobt war. Habt ihr mit ihrem Verlobten gesprochen?«

»Ja natürlich haben wir!«

»Was hat der euch erzählt? Los, komm, sag schon!«

Friedrich bestrich ein Brötchen mit Marmelade. »Nein. Das werde ich nicht tun! Ich darf polizeiinterne Informationen nicht an Außenstehende weitergeben. Wenn das rauskommt, bin ich meinen Job los. Das weißt du ganz genau!« Friedrich biss herzhaft in sein Brötchen und kaute auf beiden Backen.

»Und du weißt genau, dass du dich auf meine Verschwiegenheit hundertprozentig verlassen kannst! Und dass ich gelegentlich die eine oder andere Idee hatte, die ganz brauchbar war.«

»Das bestreitet niemand, aber ...«

»Nichts aber! Ich habe heute Morgen schon einige, äh, Erkundigungen eingezogen. Wenn du mich darüber informierst, was ihr inzwischen herausbekommen habt, erzähle ich dir vielleicht auch ein oder zwei interessante Dinge.«

Hanna sah, dass Friedrich weich wurde. »Komm schon!«, setzte sie nach.

»Einen Ton zu irgendwem, und wir sind geschiedene Leute!«

»Das sind wir doch seit 25 Jahren sowieso. Also, was hat der Verlobte von Ayfer gesagt?«

Friedrich kramte in einer Schublade seines Schreibtisches, bis er ein tragbares Tonbandgerät zum Vorschein brachte.

»Da. Hör's dir selber an.« Er legte ein Band ein und drückte auf die Wiedergabetaste.

»Beginn der Vernehmung: 9 Uhr 15. Anwesend: Irfan Bakir, 27, Doktorand der Pharmazie, türkischer Staatsangehöriger, wohnhaft Philosophenweg 35 in Tübingen, und KHK Holzwarth. Von einer Schreibkraft wird wegen Tonträgeraufzeichnung abgesehen.«

Friedrich drückte die Stopptaste. »Erst kommt nur Weinen und Schluchzen.« Friedrich spulte vor und hielt das Band dann wieder an. »Da!«

Außer dem Schluchzen und Schniefen Irfans war nichts zu hören.

»Ich kann mir nicht vorstellen, dass das gespielt ist«, bemerkte Hanna nach einigen Sekunden.

»War auch mein Eindruck. Wenn doch, ist er gut genug für's Theater.« Friedrich spulte erneut vor.

»Jetzt erzählt er von Ayfer. Aber nichts, was wir nicht schon wüssten. Ich suche die Stelle, wo es um sein Alibi geht.«

Wieder stoppte Friedrich das Band.

»Herr Bakir, ich muss Sie das fragen: Wo waren Sie gestern Abend, so von acht bis zwölf?«

»Wenn ich doch nur zu ihr gegangen wäre! Dann wäre sie jetzt nicht tot!«

»Herr Bakir! Ich kann natürlich verstehen, dass Sie vollkommen durcheinander sind. Aber Sie sollten mir bitte sagen, wo Sie gestern Abend gewesen sind.«

»In Pfullingen. Wir haben zusammen den Text für ein Flugblatt entworfen. Meine Studienkollegin Kadife Arslan und ich. Wir arbeiten beide im Kurdistankomitee mit.«

»Wo genau wohnt diese Frau Arslan?«

»In der Klemmenstraße 6/2.«

»Von wann bis wann haben Sie ... gearbeitet?«

»Ich bin schon um sechs zu ihr rausgefahren. Einer aus der WG hat gekocht. Und dann sind wir auf ihr Zimmer und haben angefangen. Als wir nicht mehr konnten, sind wir zurück in die Küche.«

»Und um wie viel Uhr sind Sie nach Tübingen zurückgefahren?«

»Gar nicht. Es gab Wein. Reichlich Wein. Ich brauche meinen Führerschein.«

»Sie haben also in Pfullingen übernachtet?«

»Ja.«

»Und wieso haben Sie noch geschlafen, als wir bei Ihnen in der Wohnung im Philosophenweg geklingelt haben?«

»Es ist spät geworden. Mir war nicht gut. Also habe ich mich zu Hause noch einmal hingelegt.«

»Dann wäre das ja geklärt. Gibt es sonst noch etwas, das uns weiterhelfen könnte?«

»Keine Ahnung. Nein.«

»Irgendetwas Außergewöhnliches? Etwas, das Ihnen vielleicht komisch vorgekommen ist?«

»Wenn ich es doch sage, da war nichts! Außer ...«

»Ja?«

»Nichts.«

»Jetzt kommen Sie schon! Wir finden es doch sowieso heraus.«

»Es hat ganz bestimmt nichts mit Ayfers Tod zu tun!«

»Das lassen Sie am besten uns beurteilen. Also?«

»Meine Nachbarin hat erzählt, ... dass gestern Ayfers Bruder bei mir war. Aber ...«

»Wann?«

»Er ist wohl so gegen halb neun gekommen. Warum?«

»Nur so. Hat die Nachbarin auch gewusst, wann Kemal wieder gegangen ist?«

»Weiß ich nicht. Was soll die Fragerei? Sie glauben doch nicht, dass Kemal irgendwas damit zu tun hat?«

»Im Moment glaube ich noch gar nichts. Eine andere Frage: Sagen Sie, wussten Sie, dass Ihre Verlobte Reizwäsche besaß?«

»Jetzt ist aber Schluss! So was würde sie niemals anziehen! Suchen Sie das Schwein, das Ayfer umgebracht hat und besudeln Sie nicht die Ehre meiner Verlobten.«

»Das ist ein gutes Stichwort. Könnte es nicht sein, dass wir es mit einem sogenannten Ehrenmord zu tun haben?«

»Hören Sie! Ich lasse mir das nicht gefallen! Ayfer hat nie etwas getan, was Schande über die Familie bringen könnte!«

»In Ordnung. Wer könnte sonst einen Grund haben, Ayfer zu töten?«

»Ich weiß es doch nicht! Aber ich wünsche ihm, dass Sie ihn finden, bevor ich es tue!«

Friedrich hielt das Band an. »Der Rest bringt nichts mehr«, erläuterte er.

»Wenn du mich fragst, hat er nichts mit dem Mord zu tun. Ich nehme an, ihr habt seine Geschichte schon überprüft?«, fragte Hanna.

»Wir haben diese Kadife Arslan angerufen. Sie bestätigt seine Aussage. Wort für Wort.«

»Normalerweise macht mich so was ja skeptisch. Wenn alles so ganz genau passt«, gab Hanna zu bedenken.

»Du siehst Gespenster! Warum sollte sie lügen? Ich kann mir nach dem, was wir bisher wissen, ehrlich gesagt nicht vorstellen, dass Irfan etwas mit dem Mord zu tun hat.«

»Stimmt. Wir brauchen einfach noch mehr Fakten.« Hanna blickte auf ihre Armbanduhr. »Was sollte eigentlich die Frage nach der Reizwäsche?«, wollte sie dann wissen.

»Es gab da ...«, begann Friedrich zögerlich, als ihn ein energisches Klopfen an der Tür unterbrach. Ohne Friedrichs Reaktion abzuwarten wurde die Tür aufgerissen, und zwei Männer in dunkelblauen Anzügen und tadellos sitzenden Krawatten kamen herein.

»Morgen Hanna, Morgen Herr Holzwarth!«, versuchte der ältere der beiden einen möglichst jovialen Ton anzuschlagen und stellte seine offensichtlich schwer beladene Aktenmappe auf Friedrichs Schreibtisch ab.

»Morgen Martin«, antwortete Hanna ungezwungen, während Friedrich demonstrativ förmlich erwiderte: »Guten Morgen, Herr Dr. Volkmann. Was verschafft mir das Vergnügen?«

»Ich möchte Ihnen meinen Nachfolger vorstellen«, antwortete Volkmann. »Das ist Staatsanwalt Kästner. Er kommt aus Kiel und wird meine Position einnehmen, wenn ich Tübingen verlasse. Und er wird die Ermittlungen in der Mordsache von gestern Abend leiten.«

Friedrich streckte lustlos die Hand aus. Der jüngere Staatsanwalt wandte dem Kommissar seine Aufmerksamkeit nur widerwillig zu.

Täusche ich mich oder starrt der mich an? Ach was, das bilde ich mir ein. Auf jeden Fall sieht er nicht schlecht aus!

Aber dann schüttelte Konrad Kästner Friedrich doch die Hand.

»Kästner, angenehm.«

Friedrichs Gemurmel konnte man bei gutem Willen ein »ganz meinerseits« entnehmen.

»Schön. Ich lasse Sie dann allein«, schaltete sich Volkmann wieder ein. »Herr Holzwarth, wo finde ich Ihre Kollegen von den Eigentumsdelikten? Ich möchte eine Strafanzeige gegen Unbekannt stellen.«

»Zwei Stock tiefer«, antwortete Friedrich verblüfft. Es war mehr als unüblich, dass ausgerechnet ein Staatsanwalt bei der Polizei eine Straftat anzeigen wollte. »Worum geht es denn?«, erkundigte Friedrich sich deshalb interessiert. Martin Volkmann holte seine Aktenmappe und entnahm ihr einen in braunes Packpapier eingewickelten Ziegelstein.

»Hier! Sehen Sie sich das an!«. Er reichte den Stein an Friedrich weiter.

»Wir kriegen euch alle! Sieg Heil!«, las Friedrich von dem mit Hakenkreuzen versehenen Packpapier ab.

»Das ist das Ergebnis, wenn man diesen Abschaum so behandelt, wie er es verdient hat!«, ereiferte sich Volkmann. Er hatte vor etwas mehr als einem Monat die Anklage in einem Prozess vertreten, bei dem einer Gruppe von Neonazis vorgeworfen worden war, einen Obdachlosen zu Tode geprügelt zu haben. Martin Volkmann war ohnedies nicht der Typ, der bereit gewesen wäre, in Straftätern in erster Linie die Opfer ihrer spezifischen Sozialisation zu sehen. Aber wenn die Täter auch noch aus der rechten Szene kamen, kannte er keinerlei Gnade. Diese Haltung war allerdings weniger durch politische Motive als dadurch bedingt, dass das martialische Aussehen und das pöbelhafte Auftreten dieser meist jungen Menschen seinen stark großbürgerlich geprägten Normvorstellungen widersprach.

»Das ist gestern in das Schlafzimmer meiner Schwiegermutter geworfen worden! Durch das geschlossene Fenster! Aber wartet nur! Da kommt mir keiner ungeschoren davon!«, kam Volkmann immer mehr in Rage. »Das ist Sachbeschädigung in Tateinheit mit dem Verwenden von Kennzeichen verfassungswidriger Organisationen! Nicht auszudenken, wenn der Stein meine Schwiegermutter getroffen hätte! Ich wünsche, dass da sehr ernsthaft ermittelt wird! Hanna, Herr Kästner, Herr Holzwarth«, verabschiedete er sich dann jeweils mit einem Kopfnicken. Aber als er die Türklinke schon in der Hand hatte, drehte er sich noch einmal um. »Eins noch!« Er blickte den Kommissar an. »Ich möchte, dass Sie mich über jeden einzelnen Ermittlungsschritt in der Mordsache Ayfer Kaya unterrichten. Das Opfer ist Ausländerin! Ich will nicht noch einmal eine derart miserable Presse wie vor einem Jahr!«

Nach einem Mord an einem ghanaischen Asylbewerber waren zunächst in der liberalen Lokalzeitung Leserbriefe aufgetaucht, die davon sprachen, dass die Ermittlungen von Staatsanwaltschaft und Polizei wesentlich intensiver gewesen wären, wenn das Opfer einen deutschen Pass besessen hätte. Nach kurzer Zeit griff das Fernsehen dann das Thema auf und der Justizminister sah sich zu einer öffentlichen Stellungnahme genötigt.

»Wir haben damals genauso sorgfältig ermittelt, wie wir das immer tun!«, regte sich Friedrich auf.

»Weiß ich«, beruhigte Volkmann den Kommissar. »Aber wenn das Opfer aus Kurdistan kommt und auch noch eine Frau ist, haben wir ruckzuck nicht nur die Flüchtlings-Komitees, sondern auch noch die ganzen Emanzen an der Backe. Diese selbst ernannten Gutmenschen warten doch nur darauf, dass wir einen Fehler machen. Also, wie gesagt: Sie halten mich bitte ständig auf dem Laufenden. Beim letzten Fall meiner Amtszeit hier in Tübingen will ich keinen Ärger haben. Ich kann mich doch auf Sie verlassen?«

»Ja, können Sie«, würgte Friedrich hervor. Die Tatsache, dass nicht die Kriminalpolizei, sondern die Staatsanwaltschaft die gesetzliche Herrin jedes Ermittlungsverfahrens war, ärgerte Friedrich auch nach all den Jahren immer noch gewaltig.

»Dann ist ja alles klar. Hanna, meine Herren!« Der Staatsanwalt nickte den anderen erneut zu und verließ Friedrichs Büro. Konrad Kästner hatte das Gespräch nur ganz am Rande verfolgt. Sein Hauptinteresse galt nach wie vor Hanna. »Wären Sie bitte so freundlich, mich der Dame vorzustellen?«, bat er Friedrich deshalb.

»Ich heiße Hanna Kirschbaum.« Hannas ungewohnt schnurrender Tonfall ließ Friedrich aufhorchen.

»Hanna Kirschbaum ... Hanna Kirschbaum ... den Namen kenne ich doch ... natürlich!«, fiel es Konrad jetzt ein, »Sie waren es, die die Leiche gefunden hat! Das Opfer war Ihre Mitarbeiterin, Frau Professor. Da sind Sie natürlich eine wichtige Zeugin. Es könnte durchaus sein ...«, Konrad legte eine kurze Denkpause ein, »... dass ich Sie zu einer ausführlichen Befragung in mein Büro bitten muss.«

»Wenn Sie einen vernünftigen Cappuccino zu Stande bringen, komme ich gerne«, lächelte Hanna Konrad an.

»Gibt es im Moment noch Fragen?«, wandte Friedrich sich brummig und demonstrativ dienstlich an Konrad. »Wenn nicht: Ich habe zu arbeiten!«

»Selbstverständlich. Ich will Sie auch gar nicht weiter stören, Herr Kommissar«, antwortete Konrad verbindlich.

Hanna registrierte Friedrichs Missmut mit einem Anflug von Vergnügen. »Ach, Herr Kästner«, trieb sie das Spiel deshalb weiter, »hätten Sie nicht Lust, heute Abend zu einer Vernissage zu kommen? Ein Freund einer Bekannten von mir stellt aus.«

»Mit dem größten Vergnügen! Ich kenne hier ja noch keine Menschenseele. Und wenn dann jemand so Charmantes wie Sie bereit ist, mich in die Tübinger Gesellschaft einzuführen ... selbstverständlich werde ich da sein!«

»19 Uhr. Aula des Wildermuth-Gymnasiums«, stellte Hanna sachlich fest. »Seien Sie pünktlich! Die Schnittchen sind spätestens um Viertel nach sieben alle.«

Konrad Kästner verabschiedete sich. Kaum war er aus der Tür, kam Hanna an den Punkt ihres Gesprächs zurück, an dem sie unterbrochen worden waren: »Also, was war mit den Unterhosen, die frau bei Ayfer gefunden hat?«

»Frag doch deinen neuen Verehrer!« Friedrich war verärgert. Am allermeisten über sich selbst, weil er immer noch so prompt reagierte, sobald ein Mann Hanna Avancen zu machen schien. Hanna verdrehte nur die Augen. »Komm' schon! Wir haben einen Deal. Du fängst an! Was war da mit Unterhosen?«

»Na ja, es war nicht die Sorte ›Feinripp‹ ...«

»Wie du sie zu tragen pflegst!«

»... es waren eher Dessous ...«

»Das heißt, Unterwäsche, bei der der Preis in einem umgekehrt proportionalen Verhältnis zur Menge des verwendeten Stoffes steht.«

»So kann man es auch ausdrücken!«

»Und, was war mit den Dessous?«

»Wir haben sie im Mülleimer gefunden. Oder das, was davon übrig war. Total zerfetzt. Da muss jemand komplett ausgerastet sein.«

»Ist es sicher, dass die Wäsche im Mülleimer Ayfer gehörte?«

»Das Labor ist noch dran. Aber die Größe passt. Und außer Ayfer wohnt in dem Haus keine Frau.«

»Und wie passt das zu den kreuzbiederen Klamotten, die wir in ihrem Kleiderregal gefunden haben?«

»Keine Ahnung«, gab Friedrich zu. »Eine Türkin als Opfer«, überlegte er laut. »Zerrissene Unterwäsche im Mülleimer. Ein Kopftuch, das ihr nach dem Mord umgelegt wurde. Könnte das vielleicht doch so etwas wie ein Ehrenmord gewesen sein? Dieser Kemal ist mit dem westlichen Lebensstil seiner Schwester nicht einverstanden. Er sieht die Familienehre verletzt. Und ...«, Friedrich deutete einen Pistolenschuss an, »puff!«

»Hört sich auf den ersten Blick plausibel an. Hat nur einen entscheidenden Fehler.«

»Welchen?«

»Dass Ayfer sich zumindest in den Augen ihres Bruders genau so verhalten hat, wie sich das für eine gläubige Muslima gehört.

»Du hast schon mit dem Bruder geredet?«, herrschte Friedrich Hanna an.

»Natürlich. Warum sollte ich nicht?«, erkundigte sich Hanna scheinheilig.

»Ich werde wahnsinnig!«, kündigte Friedrich an. »Wir laufen uns die Hacken ab und suchen diesen Kerl, und du weißt, wo er steckt und sagst keinen Ton!«

»Ludwigstraße 34. Bei Staudinger. Zumindest war er da noch vor etwa einer Stunde. Du siehst, meine Erkundigungen können manchmal ganz nützlich für euch sein«, konnte sich Hanna nicht verkneifen hinzuzufügen. Friedrich griff zum Telefon und instruierte seine Kollegen, Kemal zu einer Vernehmung ins Präsidium zu bringen.

»Ich glaube, du bist auf dem Holzweg«, meinte Hanna, als er wieder aufgelegt hatte. »Wegen ein paar gewagter Dessous – selbst wenn er davon gewusst haben sollte – bringt er doch seine Schwester nicht um. Die sind beide in Baden-Württemberg aufgewachsen und nicht in Anatolien.«

»Du selbst hast gesagt, es gibt in Mannheim eine Art Parallelwelt«, erwiderte Friedrich. »Auf jeden Fall will ich mit ihm reden. Ist doch mehr als merkwürdig, dass er seit gestern Abend nicht in seiner Wohnung aufgetaucht ist.«

»Und was habt ihr sonst noch?«

»Jede Menge Fingerabdrücke. Überall in der Wohnung verteilt waren die von Ayfer und einer anderen Person. Sehr wahrscheinlich Kemal. Die Abdrücke stimmen mit denen auf seinem Rasierapparat und seiner Zahnbürste überein.

Nur in Ayfers Zimmer gibt es Abdrücke von drei unbekannten Personen. Und vom Hausmeister. Er kennt das Opfer also offensichtlich besser, als er zugibt.«

»Das ist nicht zwingend. Er war mit mir in der Wohnung. Das allein könnte seine Fingerabdrücke erklären.«

»Wenn ich dich nicht hätte ...«, seufzte Friedrich. »Das gilt für dich aber genauso. Die Handschuhe hast du erst später angezogen. Du kommst nachher mit zum ED. Mit ziemlicher Sicherheit bist du eine von den drei Unbekannten.«

»In Ordnung. Und weiter?«, drängte Hanna.

»Außer unmittelbar bei der Leiche wurde kein Tropfen Blut gefunden.«

»Das bedeutet, dass Ayfer erschossen wurde, als sie mitten im Zimmer stand?«

»Davon gehen wir aus, ja. Wenn sie erst in die Zimmermitte transportiert worden wäre oder sich selbst dort hingeschleppt hätte, nachdem sie schon angeschossen war, müssten Blutspuren auf dem Teppichboden zu sehen sein. Und da es nicht möglich ist, in so kurzer Zeit Blutspuren aus einem Teppichboden zu entfernen, ohne dass es deutlich sichtbare Spuren hinterlässt, sind wir zu demselben Schluss gekommen wie du.«

»Wie erfreulich!«

»Keine der Türen wurde gewaltsam geöffnet«, tat Friedrich so, als habe er nichts gehört. »Sie hat ihren Mörder selbst hereingelassen. Oder er hatte einen Schlüssel.«

»Was war mit den Nachbarn?«

»Fehlanzeige. Niemand hat etwas gesehen oder gehört. Wie immer«, setzte Friedrich brummig hinzu.

»Tatwaffe?«

»Nichts. Aber es war eine Neunmillimeter. Wie ich vermutet habe. Eine Waffe, die sich jeder auf dem Schwarzmarkt besorgen kann, der sich nicht vollständig wie ein Trottel benimmt.«

»Über die Pistole kommen wir also nicht ran«, überlegte Hanna laut. »Habt ihr die Kugel gefunden?«

»Steckte in Ayfers Gehirn. Laut Obduktionsbericht in der Schädelrückwand. Willst du im Detail wissen, was die Kugel alles zerfetzt hat?«

»Bitte verschone mich! Gibt der Obduktionsbericht außerdem noch etwas her?«

»Kein Alkohol im Blut. Keine Drogen. Sie war nicht schwanger. Kein Geschlechtsverkehr in den letzten beiden Tagen. Keine Anzeichen für einen Kampf. Keine fremden Kleider- oder Hautpartikel an ihrem Körper.«

»Das ist nicht viel«, zuckte Hanna mit den Achseln. »Liegen wenigstens Ayfers E-Mails schon vor?«

»Nein. Unsere Computer-Freaks sind im Moment chronisch unterbesetzt. Krankheit, Urlaub, das Übliche eben. Deren Bericht ist auf keinen Fall vor übermorgen zu erwarten.«

Beide schwiegen in Gedanken versunken.

»Hat Ayfer«, nahm Friedrich das Gespräch wieder auf, »eigentlich geraucht?«

»Soweit ich das beurteilen kann, ganz selten. Ich habe sie vielleicht drei- oder viermal mit einer Zigarette in der Hand gesehen.«

»Welche Marke?«

»Du liebe Güte, keine Ahnung. Warum?«

»Weil wir in der Küche einen Aschenbecher mit Zigarettenkippen gefunden haben. Muratti Ambassador.«

»Die sind ziemlich selten, oder?«

Friedrich nickte. »Wohl eher nichts für unsere Ayfer.«

»Kemal?«

»Glaube ich nicht. Nein. In seinem Zimmer lagen mehrere Packungen West herum. Muratti ist wohl auch eher eine Marke, die von Frauen geraucht wird.«

»Also könnte Ayfer weiblichen Besuch gehabt ... Hey! Wo hast du den denn her?« Hanna hatte einen durchsichtigen Plastikbeutel auf Friedrichs Schreibtisch entdeckt, in dem ein einzelner Schlüssel lag.

»Aus Ayfers Schreibtisch. Steckte in so einer Art Geheimfach. Sagt dir das irgendwas?«

Hanna stöberte wortlos in ihrer Handtasche und förderte einen Schlüsselbund zutage.

»Hier! Meine Institutsschlüssel! Genau dasselbe Fabrikat! Wie um alles in der Welt kommt Ayfer zu diesem Schlüssel?«

»Wieso? Ich dachte, sie war bei dir angestellt?«, wunderte sich Friedrich.

»Ayfer hatte keinen eigenen Raum. Den hätte sie frühestens als Doktorandin bekommen.«

»Wo hatte sie ihn also her? Was wollte sie damit? Und warum versteckte sie ihn in ihrem Schreibtisch?«, fasste Friedrich zusammen. Statt eine Antwort auf seine Fragen zu geben, nahm Hanna sich das Kissen von Friedrichs Stuhl, legte es in die Mitte des Raumes und machte einen Kopfstand.

Diese Methode einen klaren Kopf zu bekommen war ein Relikt ihrer mehrmonatigen Indienreise, die sie nicht als Zwanzig-, sondern als Fünfundvierzigjährige unternommen hatte. Das Gefühl, durch ihre frühe Heirat und die sofort anschließende Konzentration auf die berufliche Karriere etwas Wesentliches verpasst zu haben, motivierte sie dazu, sich für ein Jahr beurlauben zu lassen und Asien auf eigene Faust zu entdecken.

Friedrich wusste aus Erfahrung, dass es vollkommen sinnlos war, Hanna in solchen Phasen absoluter Konzentration anzusprechen. Es blieb ihm also nichts anderes übrig als abzuwarten, bis sie wieder auf ihren Füßen stand.

»Und?«, erkundigte er sich spöttisch. »Hast du entscheidende Bewusstseinserweiterungen erlangt?«

»Durchaus möglich«, antwortete Hanna. »Erinnerst du dich an Ayfers Kleiderregal?«

Sie schlug die Hand vor den Kopf. »Was ist heute für ein Tag?«

Friedrichs Blick wanderte zum Wandkalender. »Der 29.«

»Dann hat meine Sekretärin heute einen halben Tag Urlaub. Ich muss sofort los!«, rief sie und ließ einen völlig ratlosen Friedrich zurück.

* * *

Hanna wählte mit fliegenden Fingern die Nummer von Marion Gerster, aber die Sekretärin führte offensichtlich gerade eines ihrer Endlosgespräche mit ihrer Kollegin von den Romanisten. Aber zumindest war sie noch da.

Also beeilte sich Hanna, durch den Schlossbergtunnel und am Museum vorbei den Brechtbau zu erreichen. Da der Aufzug wieder einmal nicht funktionierte, musste sie fünf Stockwerke zu Fuß zurücklegen, so dass sie ziemlich außer Atem war, als sie endlich vor der Tür ihres Institutes stand. Umso erboster schnaubte sie, als sie feststellen musste, dass Marion ihren Arbeitsplatz bereits verlassen hatte, obwohl die riesige Wanduhr im Gang noch nicht einmal Viertel vor zwölf zeigte.

So blieb Hanna nichts anderes übrig, als sich die erste Klausur von dem nach ihrer Empfindung turmhohen Stapel zu nehmen. Etwa zehn Exemplare später war sie der Ansicht, sie habe sich eine Tasse Kaffee redlich verdient. Zu ihrem Leidwesen musste sie feststellen, dass es in »Hannas Bistro« kein Kaffeepulver mehr gab. Es blieb ihr also nichts anderes übrig, als sich in die Cafeteria des

Brechtbaus zu begeben. Auch wenn kleine Speisen und Getränke nur aus Automaten zu haben waren, wollte Hanna keine Zeit damit vergeuden, in eines der Cafés in der Stadt zu gehen. Sie erwarb einen Pappbecher latte macchiato zu einer Butterbrezel und blickte sich im Raum um. Die Cafeteria war gut besucht. Während an einigen Tischen jeweils nur eine Person saß, die in die Lektüre eines Lehrbuches vertieft war, hatten sich an anderen kleinere Grüppchen versammelt, die sich unterhielten. Hanna war durchaus zu einem kleinen Plausch aufgelegt, sah aber niemanden, die oder den sie kannte. Sich als Dozentin ungefragt in die Gespräche der Studierenden einzumischen, war Hannas Sache nicht, und so blieb ihr nichts anderes übrig, als sich allein an einen der Tische zu setzen und abzuwarten, ob noch jemand käme, mit dem sie sich unterhalten könnte. Sie fühlte Müdigkeit aufsteigen und ihre Gedanken schweiften ab. Plötzlich aber war sie wieder hellwach. Sie hatte am Nebentisch den Namen »Ayfer« gehört. Offensichtlich war der Mord an einer Mitstudentin das Thema, über das an Hannas Nebentisch geredet wurde. Hanna unterdrückte ihr sonstiges diskretes Verhalten und spitzte die Ohren.

»Markus und so eine Klassefrau? Erzähl das deinem Frisör!«, befahl ein weiblicher, lila-grüner Strubbelkopf, den mehrere durch die Ohrläppchen gespießte Sicherheitsnadeln zierten.

»Aber hallo!«, widersprach ein junger Mann, der zu seinem Meat-Loaf-T-Shirt eine korrekt gebundene Seidenkrawatte trug. »Ich hab' die beiden vor ein paar Wochen auf einer Mensafete gesehen. Mein lieber Scholli! Da war nix mit Pietismus und Pfarrersohn, da ging's ab! Die hat ihn nach allen Regeln der Kunst angebaggert und abgeschleppt. Wieso passiert mir so was eigentlich nie?«

»Weil es dir eindeutig an der philosophischen Tiefe fehlt, mein Lieber. Frauen stehen auf so was. Und tiefsinnig daherquatschen, das kann er ja wirklich, unser Markus.«

Jetzt hielt es Hanna nicht mehr aus.

»Entschuldigen Sie, dass ich mich einmische. Wissen Sie zufällig, ob das nur ein One-Night-Stand war? Oder ging es irgendwie weiter mit den beiden?«

»Hey hey, Frau Professor!«, moserte der Strubbelkopf. »Warum interessiert Sie das denn?«

»Grundsätzlich nichts, da haben Sie Recht«, antwortete Hanna. »Aber ich will unbedingt herausfinden, wer Ayfer ermordet hat. Und da könnte es schon wichtig sein, mit wem sie vor ihrem Tod enger befreundet war.«

»Ich kann mich nur erinnern, dass er irgendwann einmal einen Satz mit ›Meine Verlobte‹ angefangen hat«, wischte das Meat-Loaf-T-Shirt die Bedenken des Strubbelkopfs beiseite. »Aber ob er Ayfer damit gemeint hat – keine Ahnung.«

»Und wer könnte mir da vielleicht etwas Genaueres sagen? Freund, Bekannte, Leute, mit denen er studiert?«

»Also, bei uns im Moraltheologie-Seminar konnte ihn keiner so richtig leiden. Er hatte immer so was ekelhaft Heiliges«, verdrehte der Strubbelkopf die Augen.

»Und sonst?«, ließ Hanna nicht locker.

»Fehlanzeige«, behauptete das Meat-Loaf-T-Shirt. »An den Wochenenden hängt der meistens bei sich zu Hause in Herrenberg rum. Sein alter Herr ist da Pfarrer, glaube ich.«

Der Strubbelkopf, der jegliches Interesse an einer Fortführung des Gesprächs verloren hatte, schielte zu einer Wanduhr, die an der Stirnseite der Cafeteria hing, stand auf und verkündete: »Ich muss los!«

»Warte, ich komme mit!«, verabschiedete sich auch Meat Loaf und die beiden ließen Hanna bei einem inzwischen kalten Kaffee sitzen.

* * *

»Hoppla!« Friedrich war vollauf damit beschäftigt, sein Gleichgewicht zu halten, weil Hanna ihn im entscheidenden Moment leicht angestoßen hatte. So war er abgelenkt und bemerkte nicht, dass seine Enkeltochter Friederike das geknotete Taschentuch neben seine Füße warf. Hanna zwinkerte Friederike verschwörerisch zu. Das Kind rannte um den Kreis, den die Gäste bildeten, die sie zur Feier ihres neunten Geburtstags eingeladen hatte.

»Faul Ei! Faul Ei! Du musst in die Mitte!«, brüllten die Kinder Friedrich begeistert zu, als seine Enkelin ihre Runde beendet hatte.

»Ja, mein Lieber, das kommt davon, wenn man nicht mit der erforderlichen Konzentration bei der Sache ist!« Hanna kam kaum gegen das Geschrei der Kinder an, die mit Friedrich in der Mitte weiterspielten.

»Schluss jetzt!«, verkündete Hanna, als ihr das Toben doch zu laut wurde. »Es gibt Kakao für alle!«

»Los! Ins Esszimmer!« Das Geburtstagskind übernahm das Kommando. Sie hatte ihre Mutter, Hannas Tochter Magdalena, gebeten, den Geburtstag im geräumigen Haus ihrer Oma feiern zu dürfen, zusammen mit vielen anderen Kindern.

Die Meute stürmte ins Esszimmer, wo eine lange Tafel aufgebaut war. Magdalena hatte sie üppig mit Möhrenkuchen aus Vollkornmehl beladen. Magdalena und Friedrich trotteten gemächlich hinterher, aber Hanna griff beherzt hinter das Sofa und zog eine große Tüte hervor.

»Oma, toll! Du hast wirklich Berliner mitgebracht!«, rief Friederike Hanna durch die offene Verbindungstür zwischen Wohn- und Esszimmer zu.

»Berliner? Du stellst den Kindern Berliner hin?« Magdalena war entsetzt.

»Jetzt hab' dich doch nicht so!«, ärgerte sich Hanna. »Rieke hat sie sich ausdrücklich gewünscht!«

»Mutter! Das ist jede Menge Fett, Weißmehl und Zucker! Sonst nichts! Nährwert Null. Macht dick und ist schlecht für die Zähne, verdammt!«

»Mein Gott! Einmal im Jahr! Morgen kannst du ihr gerne wieder Getreidebratlinge hinstellen!«

»Das werde ich auch tun! Da kannst du dich drauf verlassen! Auch wenn es *etwas* mehr Zeit erfordert, als eben mal schnell eine Tüte Berliner zu kaufen.«

»Magdalena! Bitte! Nicht die alte Leier!«

»Ist doch wahr! Erst kommt der Beruf. Dann kommt noch einmal der Beruf. Dann kommt lange nichts. Und dann – vielleicht – Rieke. Genau wie bei mir damals!«

»Was hätte ich denn tun sollen? Glaubst du vielleicht, es war einfach, als alleinerziehende Mutter damals?«

»Es hat dich niemand gezwungen, alleinerziehend zu sein!«

»Was soll das denn heißen?« Hanna Stimme bekam einen warnenden Unterton.

»Ist doch wahr! Wer ist denn ausgezogen von zu Hause? Papa vielleicht? Wenn es nach Papa gegangen wäre, wären wir eine richtige Familie geblieben!«

»Wenn es nach Papa gegangen wäre, hätte ich den Rest meiner Tage am Herd verbracht! Genau wie du heute!«

»Na und? Was ist falsch daran, sich um seine Familie zu kümmern?«

Nichts. Überhaupt nichts. Du hast doch überhaupt keine Ahnung! Wie oft bin ich wie auf glühenden Kohlen gesessen! Wenn irgend so eine bescheuerte Besprechung partout kein Ende nehmen wollte. Ich bin mir damals oft genug wie eine Rabenmutter vorgekommen, verdammt noch mal!

Ich wusste doch ganz genau, dass du zu Hause wartest! Aber …

»Mutter? Hörst du mir überhaupt zu? Ich habe …«

Magdalena brach ab, weil Friederike ins Wohnzimmer gelaufen kam.

»Oma! Jetzt komm doch endlich! Der Kakao wird kalt!«

Friederike nahm Hannas Hand und zog sie in Richtung Esszimmer.

»Wir reden nachher weiter«, zischte Hanna Magdalena zu, folgte ihrer Enkelin und ließ sich von ihr zu dem Tisch ziehen, um den die Kinder kauend und schlürfend versammelt waren. Hanna wollte sich an einer der Längsseiten des Tisches niederlassen, aber Friederike bestand darauf, dass ihre Großmutter sich auf den Ehrenplatz neben dem Geburtstagskind setzte.

So abgöttisch Hanna ihre Enkeltochter liebte, so wenig hatte sie sich – ganz im Gegensatz zu Friedrich – jemals damit abfinden können, dass Magdalena für ihre Tochter ausgerechnet den Namen Friederike ausgesucht hatte. Hannas Freude war riesig gewesen, als sich herausstellte, dass Magdalena schwanger war und ein Mädchen bekommen würde. Die Kleine, so stellte sich Hanna vor, sollte den Namen Lilith bekommen. Gab es denn eine bessere Namenspatronin als die erste Partnerin Adams, die sich – lange vor Eva – geweigert hatte, die angeblich gottgewollte Vormachtsstellung des Mannes zu akzeptieren?

Aber Magdalena bestand auf dem von ihr und ihrem Mann Paul ausgesuchten Namen. Es war ihr Ausdruck des Protestes gegen Hanna, der seit Magdalenas Pubertät das Verhältnis von Mutter und Tochter bestimmte. Magdalena weigerte sich mit Händen und Füßen, so zu werden, wie ihre Mutter sie haben wollte und wie Hanna es selbst unerreichbar vorlebte. Hannas Mitarbeit in verschiedenen Frauengruppen, ihr Freizeit-Schlabber-Look, ihre Art zu reden – einfach alles war für Magdalena auf einmal nur noch »hochgradig peinlich«. Magdalena grenzte sich ab, wo und wie sie konnte. Sie kleidete sich betont fraulich, schminkte sich und interessierte sich auffallend für Themen wie Haushaltsführung und Kindererziehung. Sie, so erklärte sie schnippisch, werde später ihre Kinder nicht vernachlässigen!

Sie hatte auch keine Probleme damit, sich ausschließlich um Haushalt und Familie zu kümmern, während ihr Mann einem anstrengenden Beruf nachging und selten zu Hause war.

Einen natürlichen Verbündeten fand Magdalena damals in ihrem Vater, was für Hanna ein weiterer Beweis dafür darstellte, dass ihre Entscheidung, sich von Friedrich zu trennen, richtig gewesen war.

So problematisch aber das Verhältnis zwischen Hanna und Magdalena war, so blind vertrauten sich Großmutter und Enkelin. Friederike beugte sich zu Hanna hinüber. »Kannst du nachher kurz in mein Zimmer kommen? Ich möchte dich was fragen.«

»Kein Problem. Sag Bescheid, wenn du so weit bist!«

»Am besten gleich«, ließ Friederike eine Ungeduld erkennen, die sie von Hanna geerbt zu haben schien.

»Was willst du wissen?«, begann Hanna, als sie sich in Friederikes Zimmer zurückgezogen und die Tür geschlossen hatten.

»Opa und du, ihr seid doch in so einem Fußballverein?«

Hanna spielte im Mittelfeld eines Hobbyteams des FC Tübingen, dessen Erster Vorsitzender Friedrich seit langem war. Als Hanna mit frisch geschnürten Fußballschuhen zum ersten Mal zusammen mit ihm den Platz betreten hatte, gab es noch spöttische Bemerkungen, aber aufgrund ihres resoluten Auftretens und ihres nicht zu bestreitenden Talents, Flankenbälle exakt zu timen und Elfmeter sicher zu verwandeln, war es inzwischen vollkommen normal, dass das Team bei Spielen gegen Mannschaften befreundeter Vereine mit zehn Männern und einer Frau antrat.

»Ja, und?«, fragte Hanna überrascht.

»Könntest du fragen, ob die da eine richtige Mädchenmannschaft aufbauen können? Ich will endlich vernünftig Fußball spielen. Mit richtigem Training und so. Im Sportunterricht machen wir die ganze Zeit nur Jazztanz, und auf dem Bolzplatz lassen uns die Jungs einfach nicht mitspielen. Obwohl wir mindestens genauso gut sind! In meiner Klasse würden fünf mitmachen. Und wenn wir noch in der Geschwister-Scholl-Schule fragen, haben wir schon eine Mannschaft zusammen!«

Hanna lächelte amüsiert nach innen, achtete aber peinlich genau darauf, dass Friederike nichts davon bemerkte.

»Und wie stellst du dir das vor? Du weißt genau, dass demnächst die Grundschulempfehlung ansteht ...«

»... die wesentlich darüber entscheidet, ob ich aufs Gymnasium komme«, zitierte Friederike ihre Mutter mit verdrehten Augen. »Ich kann's nicht mehr hören!«

»Aber meinst du nicht auch, dass Reiten *und* Fußball ein bisschen viel ist?«, gab Hanna zu bedenken.

»Aufs Reiten ist geschiss ...«

»Rieke!«, unterbrach Hanna mahnend.

»Ist doch wahr! Mama und Opa wollen, dass ich mich in stinkenden Ställen rumtreibe, nicht ich!«

»Also gut, ich werde sehen, was sich machen lässt in Sachen Mädchenfußball. Aber du musst mir versprechen, dass du erst spielst, wenn alle deine Hausaufgaben erledigt sind.«

»Versprochen! Oma, du bist Spitze!«

Friederike drückte Hanna einen dicken Kuss auf die Backe.

* * *

Hanna trat von einem Fuß auf den anderen. Die »wenigen Worte« eines Kunsthistorikers, mit denen die Vernissage eröffnet werden sollten, nahmen und nahmen kein Ende. Hanna hatte einen langen und anstrengenden Tag hinter sich. Und jetzt dieser Schwätzer vorne am Podium. Konrad Kästner, der sein Versprechen zu kommen gehalten hatte, stand neben ihr. Er bemerkte ihre Unruhe und fragte sie leise, ob sie nicht ein Glas Sekt mit ihm zusammen trinken wolle. Die beiden verließen die Aula und setzten sich an die improvisierte Bar im Foyer. Kaum hatte Konrad bestellt, war der Kunsthistoriker völlig überraschend doch noch zum Schluss seines Vortrags gekommen. Die ganze illustre Gesellschaft strömte ins Foyer, um sich ebenfalls mit Getränken einzudecken. Salopp, aber teuer gekleidete Männer und Frauen waren eisern entschlossen, mit dem Sektglas in der Hand über die aktuellen Trends der zeitgenössischen Malerei zu parlieren. Unmittelbar neben sich hörte Hanna eine Frau Anfang vierzig mit kehliger Stimme verkünden: »Also, ich finde ja, dass dieser doch wohl eher zaghaft zu nennende Pinselstrich der frühen Phase die innere Zerrissenheit des Künstlers nur allzu deutlich dokumentiert.«

Hanna lächelte.

»Worüber amüsieren Sie sich?«, erkundigte sich Konrad, um ein Gespräch in Gang zu bringen.

»Über die Frau mit dem ›Pinselstrich‹. Ich glaube nicht, dass es ihr wirklich um den Maler oder sein Bild ging.«

»Sind Sie etwa auch noch Psychologin?«, erkundigte sich Konrad vorsichtig.

»Nein. Ich beschäftige mich unter anderem mit dem Phänomen, dass das, was gesagt wird, häufig nichts mit dem zu tun hat, was üblicherweise mit der Äußerung intendiert ist.«

»Sehr interessant,« meinte Konrad vieldeutig.

Der hat nicht ein Wort verstanden.

»Und wie haben Ihnen die Bilder gefallen?«, wechselte Konrad das Thema. Hanna kam nicht zu einer Antwort, denn auf die beiden segelte Katharina Volkmann zu, mit einem Lächeln, das sehr aufgesetzt wirkte.

»Hallo, ihr beiden! Ich freue mich ja so, dich zu sehen, Hanna!«. Katharina machte Anstalten, das obligatorische Bussi auf Hannas Wangen zu hauchen, hielt aber inne, als Hanna einen Zentimeter zurückwich.

Hanna Kirschbaum und Katharina Sendlinger hatten am Wildermuth-Gymnasium zusammen die Reifeprüfung bestanden. Sie steckten von der ersten Grundschulklasse an auch außerhalb des Unterrichts ständig zusammen. Zunächst, um gemeinsam ihre Puppen zu bemuttern, dann, um zusammen für die Rolling Stones zu schwärmen und zuletzt, um sich gegenseitig über Phasen qualvollen Liebeskummers hinwegzuhelfen. Nur bei der Wahl ihrer Lieblingsfächer zeichneten sich bereits früh unterschiedliche Interessen ab. Während Hanna das Fach Deutsch liebte, fühlte sich Katharina zur Bildenden Kunst hingezogen. Folgerichtig trennten sich ihre Wege nach dem Abitur. Hanna blieb in Tübingen, um Germanistik und Romanistik zu studieren, während Katharina sich an der Akademie für Bildende Künste in Berlin einschrieb. Schon bald entwickelte Katharina einen eigenen Malstil, der von den Kunstkritikern mit ›erfrischend unkonventionell‹ beschrieben wurde. Gerade als ihr Professor ihr sagte, sie habe durchaus das Zeug, um in der Kunstszene Fuß zu fassen und mit ihrer Malerei ordentlich Geld zu verdienen, verliebte sie sich Hals über Kopf in den jungen Staatsanwalt Martin Volkmann. Sie wurde schwanger und heiratete. Scheinbar allein dem Sachzwang gehorchend, dass Martin als Beamter bereits Geld verdiente, während sie für Leinwand und Farbe nur Kosten verursachte, hängte sie ihr Studium an den Nagel und kümmerte sich fortan um ihre Familie. Wenn ihr Sohn Florian schlief, kramte Katharina zwar ihre Malutensilien wieder vor, aber mit der Zeit kam sie weniger und weniger zum Malen und irgendwann gab sie es dann vollständig auf.

Obwohl sich Katharina im quirligen Berlin sehr wohl fühlte, folgte sie Martin, als er sich erfolgreich um die Stelle bei der Staatsanwaltschaft Tübingen bewarb. Er wollte nicht seine gesamte berufliche Laufbahn damit verbringen, mit der ganzen Härte des Gesetzes kleine Ladendiebe zu verfolgen. Sein Traum war von Anfang an eine Karriere, die ihn letztlich zur Bundesanwaltschaft nach Karlsruhe führen sollte. Um gleich in der Nähe zu sein, wechselte er zur Staatsanwaltschaft nach Tübingen, als dort die Stelle des Leitenden Staatsanwaltes frei wurde. Katharina war zwar alles andere als begeistert, von Berlin wieder in die Provinz zurück zu müssen, aber letztlich blieb ihr keine andere Wahl. Und als dann Hanna sich erfolgreich auf eine Professur in Tübingen bewarb, trafen sich die ehemaligen Freundinnen wieder. Zwar besuchten sie sich in der ersten Zeit noch regelmäßig. Aber mit der Zeit legte Hanna immer weniger Wert auf diese Treffen, so dass sie zunächst immer seltener wurden und schließlich ganz aufhörten.

»Leander, Lieber, kannst du bitte kurz herkommen? Ich möchte dich einer guten Freundin vorstellen«, bat Katharina einen in der Nähe stehenden Mann, der mit seinem dunklen Teint, seiner scheinbar wilden, tatsächlich aber auf das Sorgfältigste gestylten strohblonden Mähne sowie dem teuer und gleichzeitig lässig wirkenden schwarzen Anzug mit pastellgelbem Seidenschal keinen Zweifel daran aufkommen ließ, dass er aus dem innersten Kreis der Kunstszene stammte.

»Darf ich bekannt machen?«, zwitscherte Katharina. »Leander Bluhm, dem wir diese wundervollen Gemälde hier zu verdanken haben, Professor Hanna Kirschbaum, meine beste Freundin, mit der ich schon zusammen die Schulbank gedrückt habe, und ...« – sie blickte den Mann an Hannas Seite fragend an.

»Konrad Kästner«, beeilte sich Konrad zu ergänzen. Hanna bemerkte mit Wohlwollen, dass er es bei der Namensnennung beließ, ohne auf seine berufliche Position hinzuweisen.

»Ach, Sie sind der Nachfolger meines Mannes. Schön, dass wir uns alle kennenlernen. Le und ich kennen uns schon ewig. Wir haben beide zur Meisterklasse bei Professor Malter in Berlin gehört, wobei Le eindeutig der Talentiertere war«, plauderte Katharina mit hörbarem Stolz weiter. »Und jetzt ist er hier! Nach Ausstellungen in der ganzen Welt: Tübingen! Ihr könnt euch nicht vorstellen, was das für mich bedeutet!«

Hanna, die sich sicher war, dass Konrad nur aus reiner Höflichkeit so tat, als ob ihn Katharinas Monolog interessiere, wandte sich direkt an Leander. »Was hat Sie bewogen, Ihre Bilder ausgerechnet hier in der Provinz auszustellen?«

»Katharina! Sie ist es, die ...« Leanders Blick richtete sich auf einen Mann, der etwa 15 Meter entfernt mit beiden Armen winkte. »Entschuldigen sie bitte! Ich glaube, ich sehe da einen ernsthaften Kaufinteressenten. Ich bin sofort wieder da!« Leander eilte auf den winkenden Mann zu.

»Tut richtig gut, wieder in den Heiligen Hallen unseres alten Bildungsinstituts zu stehen. Findest du nicht?«

»Sie beide waren zusammen hier auf der Schule?«, nahm Konrad den Faden auf.

»Ja! Und wir haben so manchen Spaß miteinander gehabt«, beantwortete Katharina die Frage, die eigentlich an Hanna gestellt worden war.

Wenig begeistert bat Konrad: »Oh, ja, bitte, erzählen Sie!«

Hanna spähte diskret um sich. Sie hatte keine Lust, Schulgeschichten aus der vermeintlich guten alten Zeit aufzuwärmen. Ihr Blick fiel auf Markus Kleinert, der verloren auf die leeren Platten starrte, auf denen bis vor kurzem noch belegte Schnittchen nett dekoriert gelegen hatten.

»Entschuldigen Sie mich bitte einen Augenblick, ich sehe gerade einen meiner Studenten«, ließ Hanna die beiden allein. Sie steuerte zielstrebig auf Markus zu, der im Anzug und mit Krawatte noch steifer wirkte, als Hanna ihn aus ihren Lehrveranstaltungen kannte.

»Herr Kleinert, was machen Sie denn hier?«, erkundigte sich Hanna überrascht.

»Das Bengel-Haus wurde offiziell eingeladen, und mich hat es getroffen.«

Markus, dessen Vater als Pfarrer die Evangelische Kirchengemeinde Herrenberg betreute, lebte im Wohnheim einer streng pietistisch ausgerichteten Gemeinschaft, deren Namensgeber Johann Albrecht Bengel war, ein protestantischer Geistlicher im Württemberg des ausgehenden 17. Jahrhunderts.

»Ich möchte Sie gerne etwas fragen. Darf ich?«

»Selbstverständlich. Bitte«, beeilte sich Markus zu versichern.

»Sagen Sie, waren Sie nicht im letzten Semester in meinem Seminar ›Sonderformen sprachlichen Handelns‹?«

»Stimmt. Warum?«

Hanna ignorierte Markus' Frage einfach.

»Und Ihre Seminararbeit? Mit wem zusammen haben Sie die noch mal geschrieben?«

»Mit Ayfer Kaya.«

»Wie gut haben Sie sie gekannt? Ich meine, sind Sie und Frau Kaya sich vielleicht ... wie soll ich sagen ... auch privat nähergekommen?«

»Bei allem Respekt: Ich wüsste nicht, was Sie das angeht!«, trat Markus einen Schritt zurück. Das verbindliche Lächeln verschwand aus seinem Gesicht.

»Ayfer ist gestern ermordet worden.«

»Wie bitte?«, fragte Markus ungläubig.

»Ich habe sie gefunden. In ihrer Wohnung. Erschossen.«

Markus starrte auf einen imaginären Punkt am anderen Ende des Saals. »Erschossen? Von wem? Warum?«, murmelte er fassungslos vor sich hin.

»Genau das möchte ich auch wissen. Und deshalb bin ich auf Ihre Hilfe angewiesen.«

»Schön. Fragen Sie.« Markus' Blick hing immer noch auf dem Punkt weit hinter Hanna.

»Ich hatte den Eindruck, dass Sie beide sich ... sehr gut verstanden haben«, wählte Hanna eine möglichst unverfängliche Formulierung. Markus' Augen verließen den imaginären Punkt und kehrten zu Hanna zurück.

»Wir haben zusammen eine Hausarbeit geschrieben!«, stellte er sachlich klar. »Und wir waren ein-, zweimal abends miteinander aus. Kino, Theater, was weiß ich? Sonst war da nichts.«

»Kennen Sie Ayfers Bruder Kemal?«

»Sie hat ihn gelegentlich erwähnt, glaube ich. Aber gesehen habe ich ihn nie.«

»Wussten Sie, dass Ayfer so etwas wie verlobt war?«

Markus' Miene verfinsterte sich. »Ich habe Ihnen schon einmal gesagt, sie war eine Kommilitonin, mit der ich eine Hausarbeit geschrieben habe. Mehr nicht!«

»Können Sie sich irgendjemanden vorstellen, der einen Grund gehabt hätte, Ayfer umzubringen?«

»Keine Ahnung. Aber wie schon mehrmals gesagt: Ich kannte sie kaum.« Markus wurde langsam ungeduldig.

»Schade. Na dann, guten Abend.«

Hanna blieb noch einen Moment kopfschüttelnd stehen. Dann kehrte sie an die Bar zurück.

»Schön, dass Sie wieder da sind!«, bemerkte Konrad, der froh darüber war, sich keine weiteren Anekdoten Katharinas anhören und pflichtschuldig an den richtigen Stellen lachen zu müssen.

»Wenn ich ehrlich bin, habe ich das, was Sie vorhin gesagt haben, nicht richtig verstanden«, wandte er sich so deutlich zu Hanna, wie es die Höflichkeit, die er Katharina zu schulden meinte, erlaubte. »Was halten Sie davon, wenn wir uns in eine etwas stillere Ecke zurückziehen, und Sie zeigen einem handfesten juristischen Praktiker den Weg in höhere geistige Sphären?«

»Seien Sie vorsichtig! Wenn ich einmal angefangen habe, über Bedeutungstheorie zu sprechen, bin ich schwer wieder abzustellen.«

»Ich bin belastbar!«, versicherte Konrad. Er blickte sich um. »Wo könnten wir uns niederlassen?«

»Ich dachte, Sie wollten neue Leute aus Tübingen kennenlernen. Das wird Ihnen mit mir allein in einer stillen Ecke nicht gelingen. Kommen Sie, da vorne steht der Fraktionschef der Grünen im Stadtrat. Den kenne ich ganz gut. Soll ich Sie bekannt machen?«

Konrad verbarg geschickt seine Enttäuschung und folgte Hanna zu einem Stehtisch in der Mitte des Foyers.

Freitag, 30. November

Entgegen ihrer Gewohnheit stand Hanna schon um kurz nach halb neun auf. Sie wusste, dass die Lagebesprechungen im Polizeipräsidium pünktlich um neun begannen, und sie wollte Friedrich unbedingt vorher anrufen und versuchen zu erfahren, was die Vernehmung Kemals ergeben hatte. Aber bei Friedrichs Durchwahl nahm niemand ab und die Zentrale teilte Hanna mit, der Hauptkommissar sei noch nicht im Hause.

Kurz vor neun versuchte Hanna ihr Glück erneut, hatte aber ebensowenig Erfolg wie beim ersten Mal. Da sie nun aber schon einmal aufgestanden war, entschloss sie sich, sofort nach Tübingen zu fahren. Die Nachbarschaft quittierte Hannas ungewohnt frühen Aufbruch mit wohlwollendem Erstaunen.

* * *

»Guten Morgen, Frau Gerster«, begrüßte sie ihre Sekretärin. »Sagen Sie, Sie kannten doch Frau Kaya?«

»Mein Gott, das ist ja entsetzlich, was da passiert ist! Weiß man schon, wer es war?«

»Nein. Aber es gibt da etwas, was ich Sie fragen möchte. Frau Kaya war im Besitz eines Institutsschlüssels. Haben Sie irgendeine Ahnung, wo sie den herhaben könnte?«

»Ich ... woher soll ich das ... nein, ich habe natürlich keine Ahnung ... ich meine ...«, stammelte Marion.

»Hat sie ihn vielleicht von Ihnen?«, fragte Hanna direkt.

»Nein! Auf keinen Fall ... natürlich nicht!«, beteuerte Marion wenig überzeugend.

»Kommen Sie! Ich mag es zwar nicht, wenn ohne mein Wissen Schlüssel herausgegeben werden. Aber es geht hier um Mord! Wenn Sie also etwas über den Schlüssel wissen, müssen Sie es mir sagen!«

»Oberstudienrat im Hochschuldienst Lauterbach …« Marion verstummte.

»Der ist doch schon ewig in Rente«, wunderte sich Hanna.

»Eben. Als er ging, hat er mir den Schlüssel zum Kartenraum in die Hand gedrückt.«

»Stimmt«, erinnerte sich Hanna und unterdrückte ein Schmunzeln.

Lauterbach war der einzige, der noch Landkarten in seinen Seminaren einsetzte.

»Ich sollte den Schlüssel an Sie weitergeben, aber ich habe ihn in meinen Schreibtisch gelegt und dann total vergessen«, berichtete Marion.

»Und wie kam er zu Frau Kaya?«

»Wir konnten uns vom ersten Augenblick an gut leiden, Ayfer und ich. Na ja, sie hat mir dann auch von ihrem Bruder erzählt. Dass er sie überwachen und kontrollieren soll, ob sie sich wie eine ›anständige Muslima‹ verhält. Sie hatte Angst, dass er was dagegen hat, wenn sie in normalen Klamotten rumläuft. Deshalb hat Ayfer sich zuerst immer hier auf dem Klo umgezogen.«

»Wie bitte?«

»Sie ist von zu Hause proper gekleidet weggegangen, hat die anderen Sachen zum Anziehen in der Plastiktüte mitgenommen und sich dann auf dem Klo umgezogen.«

»Du liebe Güte! Auf dem Klo!«

»Eben! Und da ist mir der Kartenraum wieder eingefallen. Kein Mensch hat ihn benutzt. Und ich hatte immer noch den Schlüssel«. Marion senkte den Kopf.

»Das will ich sehen!« Hanna nahm ihren Generalschlüssel und marschierte mit Marion im Schlepptau zum Kartenraum.

»Die Karten haben wir in den Keller geschafft«, erklärte Marion kleinlaut. »Und dann hat Ayfer sich hier eingerichtet.«

Hanna hatte den Eindruck, in eine Künstlergarderobe zu blicken. Die der Tür gegenüberliegende Wand beherbergte einen riesigen Spiegel, unter dem ein kleines Schminktischchen mit den entsprechenden Utensilien stand. In einem offenen Regal lagen Kleidungsstücke, die Kemals kritischer Betrachtung niemals standgehalten hätten. Das einzige, das nicht zum Gesamtbild passte, war ein Notebook, das knapp die Hälfte der Tischplatte bedeckte.

»Die Unterwäsche konnte sie zu Hause lagern. Die hat ihr Bruder ja nicht zu Gesicht bekommen. Und alles andere hat sie hier gebunkert. Eine komplette Garderobe undercover!«, staunte Hanna.

»Was hätte sie denn tun sollen?«, fragte Marion. »Bei dem Bruder! Und ihr Verlobter war keinen Deut besser!«

»Immerhin wollte Ayfer ihn später heiraten«, wandte Hanna ein.

»In allererster Linie wollten das ihre und seine Eltern«, empörte sich Marion. »Ayfer wurde doch überhaupt nicht gefragt! Sie war damals dreizehn!«

»Aber die Verlobung zu lösen hat sie sich auch nicht getraut.«

»Nein. Sie war hin- und hergerissen. Einerseits mochte sie Irfan. Und ein Teil von ihr konnte sich durchaus vorstellen, eine klassische türkische Ehefrau abzugeben. Aber der andere Teil war eine lebenslustige Studentin, die ihren Spaß haben wollte wie alle anderen auch.«

»Gehörten zu diesem ›Spaß‹ auch Männer?«, wollte Hanna wissen.

»Selten. Immer nur heimlich. Nichts Ernstes«, wand sich Marion, der das Gespräch unangenehm zu werden begann.

»Wie lange haben diese ... Liaisons gedauert?«

»Eine Nacht. Maximal eine Woche. Aber wie gesagt, das kam höchstens zwei- oder dreimal im Jahr vor.«

»Kannten Sie die Männer?«

»Ja. Ayfer hat mir immer alles erzählt. Bis auf ...« Marion brach ab.

»Bis auf was?«, hakte Hanna sofort nach.

»Es gab da einen. Schien was Ernsteres zu sein.«

»Und jetzt nicht mehr?«

»Nein, sie haben sich getrennt.«

»Wann?«

»Keine Ahnung. Ist noch nicht lange her. Irgendwann lief sie total verheult rum. Ich hab' sie natürlich gefragt, was los ist. Na ja, und da hat sie mir erzählt, dass Schluss ist.«

»Kennen Sie den Mann?«

»Ich habe gefragt. Am Anfang. Aber sie wollte nichts sagen. Er sei verheiratet. Da habe ich aufgehört zu fragen.«

»Wissen Sie vielleicht, wie er aussieht?«

»In etwa. Er hat sie manchmal abgeholt. Sie ist zwar immer schon vorher verschwunden und hat sich erst draußen mit ihm getroffen. Aber wenn man sich an das Fenster in Ihrem Büro ... oh Mist!«

»Darüber reden wir später. Was haben Sie gesehen?«

Marion versuchte sich zu erinnern.

»Immer im feinen Anzug. Meistens mit Aktenmappe.«

»Wissen Sie sonst noch etwas über ihn?«

»Keine Ahnung ... warten Sie ... ich glaube, Ayfer hat mal erwähnt, dass er Anwalt ist. Irgendetwas mit Jura auf jeden Fall. Sah ganz appetitlich aus, keine Frage«, fügte sie – wieder etwas kecker – hinzu.

»Glauben Sie, Sie würden ihn wiedererkennen, wenn Sie ihn sehen?«

»Bestimmt«, meinte Marion. »Man sieht ja wirklich gut von Ihrem Fenster aus ...«, fügte sie kleinlaut hinzu.

»Perfekt! Dann werden Sie mir als Buße für Ihre diversen ... Eigenmächtigkeiten einen Gefallen tun!«

»Gerne. Sehr gerne«, beeilte sich Marion zu versichern. »Was soll ich machen?«

»Wir beide unternehmen jetzt einen kleinen Ausflug. Ich zeige Ihnen jemanden, und Sie sagen mir, ob das Ayfers ... Bekannter ist.«

Hanna war schon aus dem Zimmer und hatte ihre Handschuhe angezogen, als sie es sich anders überlegte und noch einmal zurückging. Sie schnappte sich das Notebook und ging dann zu Marion auf den Flur.

* * *

Hanna hatte ihre liebe Mühe damit, die Olive mit ihrer Gabel zu erwischen. Sie saß zusammen mit Friedrich an einem der Tische, die das Restaurant Mykonos vor dem gegenüberliegenden Evangelischen Stift aufgestellt hatte. Vor ihr stand ein großer griechischer Salat, während Friedrich sich einen mit Käse überbackenen Filetspieß schmecken ließ. Wieder einmal hatte Hanna es geschafft, Friedrich mit einer Einladung zum Essen zu ködern. Sie wartete, bis er deutlich mehr als die Hälfte der üppigen Portion vertilgt hatte, bevor sie die Frage stellte, die ihr schon seit mehr als einem Tag unter den Nägeln brannte.

»Was ist bei Kemals Vernehmung herausgekommen?«

Friedrich holte Luft, kam aber nicht dazu, den geplanten Satz auszusprechen.

»Ich weiß: Das darfst du mir eigentlich nicht sagen«, antizipierte Hanna. »Aber ich will die Informationen nicht umsonst. Auch ich war inzwischen nicht untätig und darf in aller Bescheidenheit ...«

Friedrich versteckte ein amüsiertes Lächeln.

»... darauf hinweisen, dass ich höchst interessante Neuigkeiten habe.«

»Wenn du etwas weißt, musst du es der Polizei so oder so mitteilen!«, trotzte Friedrich.

»Herr Ober, die Rechnung bitte!«, verlangte Hanna.

»Also gut«, lenkte Friedrich ein. »Was hast du herausgefunden?«

»Du zuerst!«

Friedrich glaubte es sich schuldig zu sein, nicht sofort zu antworten, sondern zuvor noch ein Stück Schweinefilet sowie einige Pommes frites zu verdrücken. Hanna war klug genug, ihm diesen langsamen Rückzug zu ermöglichen, und wartete.

»Viel hat Kemals Aussage nicht gebracht«, begann Friedrich. »Kemal war etwa so gesprächig wie ich, wenn ich Hunger habe. Dass er mit dem Sohn des Hausmeisters zusammen in der Klinik arbeitet, weißt du ja schon. Die beiden haben sich im Pausenraum unterhalten ...«

»Unterhalten oder gestritten?«, unterbrach Hanna.

»Er hat unterhalten gesagt. Wieso?«

»Ich habe vorgestern einen kleinen Abstecher in die Chirurgische Klinik ...«

»Ach?«, bemerkte Friedrich säuerlich.«

»Und da wurde mir erzählt, dass Bernie und Kemal sich ordentlich in die Wolle bekommen haben.«

»Sieh mal an! Davon hat er mir gegenüber nichts erwähnt. Nach seiner Darstellung unterhielt er sich mit seinem Kumpel, als sich einer von seinen regelmäßigen Migräneanfällen ankündigte. Er rannte los, um zu seinem Quasi-Schwager Irfan zu fahren.«

»Was wollte er denn da? Wenn ich Migräne bekäme, würde ich mich so schnell wie möglich in mein Bett legen«, wandte Hanna ein.

»Genau die Frage habe ich ihm auch gestellt. Es hat ewig gedauert, bis ich ihm aus der Nase gezogen hatte, dass Irfan ja Pharmazeut ist und ... sagen wir einmal ... kostengünstig an ein Präparat kommt, das angeblich gut anschlägt, wenn Kemal Migräne hat. Kemal fährt also zu Irfan. Der ist aber nicht da. Kemal weiß, wo ein Schlüssel versteckt ist. Er geht in die Wohnung, legt sich aufs Sofa und schläft schließlich ein. Seine eigene Wohnung hat er also, seit er sie am Mittwoch gegen 17 Uhr verlassen hat, nicht mehr betreten. Am Morgen nach dem Mord fährt er auf dem Weg in die Gartenstraße zum Frühstück bei seinem Kumpel Bernie vorbei, der ihm erzählt, was passiert ist. Und dann muss dort eine ziemlich aufdringliche Person aufgetaucht sein, die allerlei Fragen gestellt hat, ohne dazu auch nur im mindesten befugt zu sein!«

»Hast du Kemal zu Ayfers Privatleben befragt?«, wollte Hanna wissen.

»Klar. War aber auch nicht besonders ergiebig. Sie war Irfan versprochen. Kemal passte auf sie auf, aber das scheint er nicht besonders intensiv gemacht zu haben. Ihr Studium hatte in den Augen der beiden Männer den alleinigen Zweck, die Wartezeit bis zur Hochzeit zu überbrücken. Und im übrigen war sie die muslimische Musterfrau schlechthin. Wenn das stimmt, können wir die Nummer mit dem Ehrenmord vergessen.«

»Es stimmt aber hinten und vorne nicht!«, regte sich Hanna auf. »Sie hatte nämlich bis kurz vor ihrem Tod einen veritablen Liebhaber! Und ich weiß sogar, wer dieser Liebhaber war!«

»Wer?«, drängte Friedrich.

»Dr. Martin Volkmann.«

»Der Volkmann? Du bist verrückt!«

Friedrich wusste zwar, dass es allgemein als unfein galt, mit vollem Mund zu reden. Aber sein Erstaunen war zu groß, als dass er bereit gewesen wäre, auf Fragen der Etikette Rücksicht zu nehmen.

»Meine Sekretärin hat die beiden zusammen gesehen«, konterte Hanna und schob sich genüsslich ein Stück Schafskäse in den Mund. »Ein ihr fremder Mann hat Ayfer mehrfach am Brechtbau abgeholt. Sie sind dann Hand in Hand losmarschiert. Herauszufinden, in welchem Gerichtssaal Martin heute zu finden ist, war kein Problem. Ich bin mit meiner Mitarbeiterin dort hinmarschiert. Sie ging hinein und sah sich Martin an. Die Verhandlungen sind ja meistens öffentlich. Und voilà: Sie hat ihn wiedererkannt!«

Friedrich legte Messer und Gabel zur Seite, sagte aber nichts weiter. Auf Hannas Gesicht spiegelte sich Triumph. »Jetzt frag mich schon, wie ich draufgekommen bin, dass er es ist!«

»Wie bist du draufgekommen, dass er es ist?«, leierte Friedrich unwillig.

»Meine Sekretärin wusste, dass er Jurist war. Und außerdem hat sie ihn mir als blendend aussehenden Mann mit guten Manieren beschrieben.«

»Davon gibt es Tausende ...«

Wenn's nur so wäre!

»... das heißt gar nichts!«, schnaubte Friedrich.

»Du erinnerst dich doch, dass er darauf bestanden hast, über alle deine Schritte genauestens unterrichtet zu werden?«, fragte Hanna.

»Allerdings!«, knurrte Friedrich.

»Und dabei hat er erwähnt, dass Ayfers Familie aus Kurdistan komme. Woher wusste er das? In den Akten konnte es zu diesem frühen Zeitpunkt mit Sicherheit noch nicht stehen. Du hattest ja gerade erst angefangen zu ermitteln. Er musste Ayfer also so gut kennen, dass er wusste, aus welchem Teil der Türkei sie stammt. Diese Tatsache, kombiniert mit dem gut aussehenden Juristen, reichte für einen Verdacht, der sich ja dann auch bestätigt hat!«

»Nicht übel, Frau Professor«, räumte Friedrich eher widerwillig ein. Allerdings hellte sich seine Miene schnell wieder auf. »Deshalb hat der so ein gesteigertes Interesse an einem Fall, der ihn eigentlich gar nichts mehr angeht! Es wird mir ein Vergnügen sein, den Herrn Staatsanwalt persönlich zu seinen außerehelichen Aktivitäten zu befragen!« Friedrich war die Vorfreude auf Martin Volkmanns Gesicht anzumerken. »Und außerdem«, fuhr er fort, »weiß ich über diese Sache noch etwas, was du nicht weißt.«

»So? Wie schön für dich!«

»Jetzt musst du mich fragen!«

»Also gut«, seufzte Hanna. »Was weißt du noch?«

»Dass die beiden sich schon vor dem Mord wieder getrennt haben.«

»Das ist ein alter Hut! Meine Sekretärin hat mich umfassend informiert.«

»Und weißt du auch, wann die Trennung stattgefunden hat?«, startete Friedrich einen letzten Versuch.

»Leider nicht.«

Friedrich strahlte. »Aber ich!«

»Du?«

»In einzelnen Ausnahmefällen erfahre ich auch etwas vor dir!«

»Ach? Tatsächlich?«

Hanna konnte ihre Neugier nur wenige Sekunden zügeln. »Erzähl'!«, forderte sie Friedrich auf.

»Vorvorgestern, am Tag vor dem Mord, hat mich der Volkmann angerufen. Ich soll zu ihm ins Büro kommen und berichten, wie weit wir mit den Ermittlungen in einem anderen Fall sind. Ich also hin, und als ich ankam, war er gerade beim Telefonieren. Er hat zwar sofort die Tür zum Vorzimmer zugemacht, aber anschließend so laut geredet, dass ich das meiste gut verstehen konnte. Eine Frau hat mit ihm Schluss gemacht. Das war eindeutig! Aber dass er ausgerechnet Ayfer an der Strippe hatte, konnte ich natürlich nicht ahnen.«

»Na bitte! Wir beide sind ein perfektes Team. Auch wenn du das manchmal nicht so richtig wahrhaben willst.«

Hanna bückte sich halb unter den Tisch und tauchte mit einer kleinen Plastiktüte wieder auf, die mit dem Logo einer örtlichen Buchhandlung bedruckt war. Sie hielt Friedrich die Tüte so hin, dass er den Inhalt sehen konnte.

»Herr Volkmann ist bekanntlich ein vollkommener Gentleman. Er hat keine Sekunde gezögert, meinen Geldbeutel aufzuheben, den ich – natürlich in voller Absicht – vor ihm auf den Boden fallen gelassen habe. Damit kannst du seine Fingerdrücke mit denen in Ayfers Wohnung vergleichen. Wetten, dass sie übereinstimmen?«

»Nein, die Wette gehe ich nicht ein«, murmelte Friedrich dumpf.

»Allerdings gibt es jetzt ein kleines Problem«, erläuterte Hanna schelmisch. »Mein Geldbeutel ist ja jetzt quasi ein Beweismittel, das nicht mehr angefasst werden darf. Das bedeutet, dass du mich einladen musst! Was ich mir im Übrigen auch redlich verdient habe!«

»In Ordnung, ich zahle«, gab sich Friedrich ungewöhnlich generös. »Respekt!«, fügte er hinzu, obwohl er Hannas

Hang zur Eitelkeit von früher noch allzu gut kannte. Während ihres Berichts hatte er den Rest seines Filetspießes vollkommen vergessen. Also widmete er sich jetzt erst einmal wieder seinem Essen.

»Das heißt ...«, wollte er das Gespräch wieder aufnehmen. Aber Hannas tadelnder Blick ließ ihn abbrechen, zu Ende kauen und schlucken. Dann begann er noch einmal von vorn. »Das heißt, dass es mit der strenggläubigen Muslima, die ihr Bruder dir und mir aufgetischt hat, nicht allzu weit her ist!«

»Ich weiß inzwischen sicher, dass Ayfer sogar eine Art Doppelleben geführt hat, von dem ihr Bruder offensichtlich nicht die geringste Ahnung hatte.«

Hanna berichtete von Ayfers Umkleideraum im Institut ebenso wie davon, dass es auch schon vor Martin Volkmann durchaus Männerbekanntschaften gegeben hatte. Sie endete mit der Frage: »Glaubst du, dass es jetzt für einen Haftbefehl für Kemal reicht?«

»Wahrscheinlich nicht. Der Kästner sieht mir wie einer von diesen liberalen Rechtsstaatlern aus!«, schnaubte Friedrich verächtlich. »Für diese Theoretiker liegt ein dringender Tatverdacht erst vor, wenn sie selber sehen, wie der Täter das blutverschmierte Küchenmesser aus der Leiche zieht.«

»Ich finde, er hat recht. Gesetzliche Regelungen so einschneidender Maßnahmen wie Freiheitsentzug müssen unbedingt möglichst restriktiv angewandt werden. Extreme staatliche Willkürherrschaft hatten wir in Deutschland nun wirklich gerade genug!«, widersprach Hanna.

»Ja, nimm ihn nur in Schutz, deinen Herrn Staatsanwalt!«

»Ich wüsste nicht, was in diesem Zusammenhang das Possessivpronomen soll«, wurde Hanna ärgerlich.

»Tut mir leid«, lenkte Friedrich ein. »Aber der Typ regt mich einfach auf! Und diesen Kemal, den werde ich mir auf jeden Fall noch einmal vorknöpfen!«

»Tu das«, stimmte Hanna zu. Friedrich beglich die Rechnung, und als Hanna ihren Stuhl zur Seite schob, um aufstehen zu können, stieß sie auf Ayfers Notebook, das sie mitgebracht, aber dann vollkommen vergessen hatte.

»Da habe ich noch etwas für dich!«, weckte sie Friedrichs Interesse. »Das war in Ayfers ... Umkleidekabine bei mir im Institut.«

»Und du nimmst es so mir nichts dir nichts mit?«, erregte sich Friedrich.

»Hey, ich habe es nur mit Handschuhen angefasst! Und ob du es von mir in die Hand gedrückt bekommst oder von einem deiner Leute, ist doch wirklich gleichgültig. Ist eigentlich schon etwas bei der Untersuchung von Ayfers PC zu Hause herausgekommen?«

»Die Jungs arbeiten noch dran.«

»Prima! Dann können sie sich ja das Notebook auch gleich anschauen!«

* * *

»Kirschbaum.«

»Guten Tag, Frau Professor. Hier spricht Konrad Kästner.«

Hey, der attraktive Herr Staatsanwalt ruft an!

»Ich hätte da ein Problem, bei dessen Lösung Sie mir behilflich sein könnten. Ich brauche Ihren fachlichen Rat. Linguistisches Profiling so zu sagen. Aber am Telefon geht das leider nicht.«

»Warum nicht?«

»Weil ich Ihnen dazu ein anonymes Schreiben zeigen muss, das hier in meinem Büro liegt.«

»Kein Problem. Ich muss aber vorher noch meinen Kram hier erledigen. Sagen wir in etwa zwei Stunden?«

»Ich richte mich ganz nach Ihnen, Frau Professor.«

Wenn er doch nur nicht ständig »Frau Professor« zu mir sagte!

»Schön, dann tauche ich bei Ihnen auf, sobald ich hier fertig bin.«

»Perfekt. Bis nachher dann«, beendete Konrad das Gespräch.

Ich muss vorher unbedingt noch einmal nach Hause! In diesem Aufzug kann ich mich ja wirklich nicht bei ihm sehen lassen!

Hanna betrachtete ihr Gesicht in ihrem Kosmetikspiegel.

Du lieber Himmel! Wann war ich zum letzten Mal beim Frisör? Mist! Zwei Stunden? Das reicht nie! Und wenn ich ...

Stop, Hanna Kirschbaum! Bilde dir nichts ein! Er will bestimmt nur über irgendeinen Fall mit mir reden! Oder? Er hat dauernd zu mir rübergekuckt in Friedrichs Büro. Und bei der Vernissage ... Auf alle Fälle brauche ich andere Klamotten!

»Frau Gerster, ich verschwinde jetzt. Wenn jemand anruft, sagen Sie ... ach, sagen Sie, was Sie wollen!«

* * *

Hanna war angenehm überrascht, als sie Konrads Büro betrat. Es hatte wenig von dem tristen Amtsstubenmief, den sie erwartet hatte. Auch wenn Hannas geschulter Blick sofort

Möglichkeiten sah, den Raum durch kleinere Veränderungen noch wohnlicher zu machen, registrierte sie das weinrote Ledersofa, die beiden mit demselben Material bezogenen Sessel und das Holztischchen, auf dem bereits eine Kanne Tee dampfte sowie Kekse auf einem Teller bereitlagen, durchaus mit Wohlwollen.

Kästner begrüßte Hanna und führte sie zu der Sitzecke. Nachdem sie sich gesetzt hatte und der Tee in ihrer Tasse dampfte, entstand eine kleine Gesprächspause.

»Sie haben am Telefon etwas von einem anonymen Schreiben gesagt«, beendete Hanna die ihr allmählich zu lang werdende Pause.

»Ja. Selbstverständlich. Das anonyme Schreiben.« Er stand auf und holte einen Umschlag aus einer Schublade seines Schreibtisches. Beim umständlichen Öffnen fiel ihm der darin enthaltene Brief auf den Boden. Viel zu schwungvoll für seine lädierten Bandscheiben bückte er sich, um ihn wieder aufzuheben. Er war sich nicht sicher, ob es ihm gelungen war, den stechenden Schmerz zu verbergen, auch wenn Hanna keinen Ton sagte.

»Hier. Das wurde am Mittwoch bei uns in den Briefkasten geworfen. Keine Briefmarke, kein Poststempel. Nichts.« Er händigte ihr den Brief aus.

»Auf Allerweltspapier mit einem Drucker, der in der Hälfte der bundesrepublikanischen Büros steht«, fügte er erklärend hinzu.

Das Schreiben lautete: »27. November. Nicht alle, die so tun, haben wirklich eine weiße Weste: Bei einem von Ihnen gibt es da einen rabenschwarzen Fleck! Ein dunkles Geheimnis in der ›Akademischen Vergangenheit‹! So viel für heute. Ich melde mich wieder!«

Hanna las die Sätze mehrfach, bevor sie sich erkundigte: »Und? Was möchten Sie jetzt von mir wissen?«

»Ich dachte ... ich meine, Sie sind Sprachwissenschaftlerin ... vielleicht könnten Sie Anhaltspunkte dafür liefern, nach welchen Persönlichkeitsmerkmalen ich suchen soll.«

»Sie beschäftigen sich auch mit ... so etwas? Ich dachte, Sie hätten von Herrn Volkmann das Referat mit den Tötungsdelikten übernommen?«

»Habe ich auch«, räumte Konrad ein. »Das hier interessiert mich ... quasi außerdienstlich.«

Aha!

»Wie, außerdienstlich? Wird denn in dieser Sache nicht offiziell ermittelt?«

»Nicht direkt«, wand sich Konrad.

»Was soll das heißen?«

»Der Brief wird hier offensichtlich von niemandem besonders ernst genommen. Schreiben mit einem solchen oder ähnlichem Inhalt kommen scheinbar häufiger.«

»Wie kommt das?«

»Herr Dr. Volkmann hat es mir erklärt«, begann Konrad tapfer. »Wir haben da einen Kollegen. Der hatte kurz vor Ende seines Studiums ein paar ... Probleme. Auf jeden Fall war er einige Monate im Psychiatrischen Landeskrankenhaus in Zwiefalten. Weiß der Henker wie, aber irgendwer im Rottenburger Gefängnis hat das erfahren und ausposaunt. Und seither kommen immer wieder einmal solche ›Enthüllungsschreiben‹, die inzwischen kein Mensch mehr beachtet.«

Ist der Brief nur ein Vorwand? Will er mich in Wirklichkeit nur näher kennenlernen?

»Das Sprachniveau scheint mir aber nicht gerade typisch für Gefängnisinsassen zu sein«, wandte Hanna ein.

»Es gibt jede Menge Straftäter mit Abitur. Täuschen Sie sich da nicht! Auf jeden Fall kommen seit Jahren immer wieder einmal solche Briefe, mit denen der Kollege eingeschüchtert werden soll. Am Anfang wurde noch ermittelt, aber mit der Zeit ...« Konrads Satz blieb unvollendet in der Luft hängen.

»Habe ich das richtig verstanden? Es interessiert niemanden wirklich, wer diesen Brief geschrieben hat? Und trotzdem bitten Sie mich ...«

Konrad wandte seinen Blick ab und rutschte auf seinem Sessel mehrere Zentimeter tiefer.

Warum ist dieser Mann nur so unbeholfen? Ich frage ihn jetzt einfach direkt!

»Geht es vielleicht in Wirklichkeit darum, dass Sie sich mit mir verabreden möchten?«

»Möchten Sie denn?«, brachte Konrad mit einer zumindest einigermaßen sicher wirkenden Stimme heraus.

»Was schlagen Sie denn vor?«, stellte Hanna eine Gegenfrage.

»Ich habe mich erkundigt«, wurde Konrad wieder etwas mutiger. »Das Landestheater Tübingen spielt gerade Emilia Galotti. Nach der Rezension im Tagblatt soll die Inszenierung sehr spannend sein. Wir könnten sie uns vielleicht zusammen ...?«

»Lessing? Ja, warum eigentlich nicht? Frau kann eine Menge vom guten Gotthold Ephraim lernen.«

»Was denn zum Beispiel?«, erkundigte sich Konrad eifrig.

»Zum Beispiel, dass es immer der direkte Weg ist, der am ehesten zum Ziel führt.«

»Es tut mir leid!« Konrad hatte Hannas Seitenhieb durchaus verstanden.

»Schon in Ordnung«, stellte Hanna klar. »Außerdem«, baute Hanna Konrad wieder eine Brücke, »haben Sie solche Umwege auch gar nicht nötig.«

»Dann wäre das ja geklärt«, atmete Konrad erleichtert auf. »Ich frage nach, für welche Tage es noch Karten gibt, und rufe Sie dann an. Okay?«

Hanna wollte gerade zustimmen, als es sehr energisch an die Tür klopfte. Ohne dass Konrad, der über die Störung gar nicht erbaut war, »Herein!« gesagt hätte, wurde die Tür aufgerissen und Friedrich stürmte ins Zimmer.

»Hanna, was hast du hier verloren?«

»Ich muss dir keine Rechenschaft ...«, begann sie, aber Friedrich war so wütend, dass er sie sofort unterbrach und Kästner anfuhr:

»Das haben Sie jetzt von ihrer Rechtsstaatlichkeit!« Sein roter Kopf belegte, dass er sich nur mühsam beherrschte. Konrad, der immer noch in völlig anderen Sphären schwebte, fand nur langsam zur Realität, nämlich zu Friedrichs offensichtlicher Wut, zurück. »Was? Was habe ich von meiner Rechtsstaatlichkeit? Guten Tag übrigens noch, Herr Holzwarth«, murmelte er deshalb verdattert.

»Er ist weg! Abgehauen!«, wütete Friedrich.

»Hätten sie vielleicht die Güte, hier nicht weiter in Rätseln zu sprechen, sondern mir zu erklären, was dieser ... ungeheuerliche Auftritt hier soll?«, fand Konrad langsam zum arrogant-überheblichen Ton zurück, den Staatsanwälte im tiefen Bewusstsein der Überlegenheit ihrer akademischen Ausbildung Polizeibeamten gegenüber häufig anschlugen.

»Kemal Kaya. Ich wollte ihm noch einmal ordentlich auf den Zahn fühlen. Eine Streife sollte ihn holen. Ausgeflogen! Ich hätte ihn sofort hinter Schloss und Riegel gebracht. Aber Sie waren ja der Auffassung, es gebe keine Tatsachen, aus denen sich ein dringender Tatverdacht herleiten lasse!«, äffte

Friedrich die häufig geschraubt wirkende Sprechweise von Juristen nach.

»Allein, dass er der Bruder des Opfers ist, begründet noch keinen Tatverdacht!«, beharrte Konrad auf seiner Position. »Möglicherweise haben sogar Sie schon einmal etwas davon gehört, dass gerade auch Polizeiarbeit nach rechtsstaatlichen Grundsätzen zu erfolgen hat. Und dazu gehört ohne Zweifel auch die so genannte Unschuldsvermutung, ob Ihnen das nun passt oder nicht!«

»Ach hören Sie doch auf mit Ihrer Vorlesung! Kemal ist der vom Vater bestellte Aufpasser für seine Schwester. Und die ist zwar offiziell verlobt, hat aber einen heimlichen Geliebten, der – nur ganz nebenbei bemerkt – bei dieser Behörde hier arbeitet! Zu Hause spielt sie das Mauerblümchen, und kaum ist sie aus der Wohnung, putzt sie sich wer weiß wie heraus! Haben Sie eigentlich eine Ahnung, wie wenig ausreicht, um die Ehre einer türkischen Familie zu beschädigen? Eine Verlobte, die fremdgeht. Zerrissene Reizwäsche am Tatort. Ein Bruder, der seinen Arbeitsplatz verlässt, weil er angeblich Migräne hat, und der bis zum nächsten Morgen von niemandem mehr gesehen wird. Ein Schleier, der der Toten umgelegt wird. Was wollen Sie denn noch? Das schreit doch nach Ehrenmord! Und Sie lassen Kemal laufen, weil es am dringenden Tatverdacht fehlt! Soll ich mich totlachen?«

»Das mit dem Geliebten kann Herr Kästner doch noch gar nicht wissen. Das habe ich erst herausgefunden, nachdem ihr Kemal vernommen habt«, meldete sich Hanna zu Wort.

»Wisst ihr was? Ihr könnt mich. Kreuzweise!«, brüllte Friedrich und schlug die Tür hinter sich zu.

Die Zurückgebliebenen sahen sich wie gelähmt an.

»Was glaubt denn dieser Holzwarth eigentlich?«, polterte Konrad dann los. »Das wird Folgen haben!«

»Seien Sie gnädig«, bat Hanna. »Er war fünf Jahre lang mein Mann.«

»Tatsächlich?«, sagte Konrad, der nicht wusste, wie er die Situation retten sollte. Als die danach eintretende Stille peinlich zu werden begann, versuchte er es mit einem brachialen Themenwechsel: »Was halten Sie eigentlich von dieser Ehrenmordtheorie?«

»Da könnte durchaus etwas dran sein. Sagt Ihnen der Name Hatun Sürücü etwas?«

»Ja, das war doch ...«, erkundigte Konrad sich erleichtert.

»... eine junge Kurdin. Genau wie Ayfer. Sie ist von ihrem jüngsten Bruder ermordet worden, weil sie nach einer Zwangsheirat zusammen mit dem Sohn vor ihrem Mann geflohen ist, sich eine eigene Wohnung gesucht und eine Ausbildung angefangen hat. Das hat gereicht, um angeblich die Familienehre zu ruinieren. Der Familienrat hat getagt, und der jüngste Sohn wurde für den Mord ausgesucht, weil er noch unter das Jugendstrafrecht fiel. Und das ist nicht im Mittelalter passiert, sondern im Jahr 2005. In Berlin!«

»Ja, das ist eine furchtbare Geschichte, jetzt fällt es mir wieder ein. Das ist schon ein vollkommen abstruser Begriff von Ehre, den diese Leute da haben!« Konrad war sichtlich berührt.

»Hatun Sürücü ist mit Sicherheit kein Einzelfall. Ich möchte nicht wissen, wie hoch die Dunkelziffer tatsächlich ist. Und bei Ayfer Kaya könnte der Schleier und die zerrissene Unterwäsche ja tatsächlich in diese Richtung deuten.«

»Und dass sie nicht unbedingt nach den Moralvorstellungen strenggläubiger Muslime lebte, hat Herr Holzwarth uns ja gerade sehr plastisch geschildert.«

»Ja. Aber die Frage ist, ob es Kemal überhaupt interessiert hat, was seine Schwester tat, wenn sie außer Haus war. Und Ayfers Versteckspiel war wirklich nicht schlecht. Aber es stimmt schon: Ausschließen kann frau einen Ehrenmord natürlich nicht.«

Das Telefon klingelte. Konrad bat durch eine kleine Geste mit seinen schmalen Händen um Entschuldigung. Hanna deutete fragend auf die Tür, aber Konrad winkte ab. So blieb Hanna sitzen und betrachtete, während Konrad telefonierte, die Wände seines Büros. Schnell blieb ihr Blick an einer gerahmten Fotografie hängen, auf der eine Fußballmannschaft abgebildet war. Hanna stand auf und musterte das Bild, das offensichtlich zeigte, wie der Gewinn eines Pokals gefeiert wurde.

»Das da«, zeigte Konrad, der das Telefonat beendet hatte und zu Hanna getreten war, auf einen Spieler in der hinteren Reihe, »das bin ich in jüngeren Jahren.«

»Hey!«, stellte Hanna ebenso erstaunt wie erfreut fest. »Ich spiele auch! In einem Hobbyteam. Wir treffen uns immer sonntags um zehn beim Vereinsheim des FC Tübingen. Was ist? Hätten Sie Lust?«

»Ja ... eigentlich schon ... aber ...«

»Nichts aber! Wir sehen uns am Sonntag!« Hanna ließ nichts gelten. »Jetzt muss ich los ... das heißt ... dürfte ich mir vielleicht vorher noch eine Kopie des Schreibens machen, dessentwegen Sie mich angerufen haben? Möglicherweise kann ich es für eine Examensklausur verwenden.«

»Ich weiß nicht so recht ... andererseits: Ein Name taucht ja nicht auf. Also gut, draußen auf dem Flur steht ein Kopierer.«

* * *

»Wir kommen nun zum Punkt ›Verschiedenes‹. Hat jemand was?«

Friedrich, Erster Vorstand des FC Tübingen, blickte nur sehr flüchtig in die Runde. Die Sitzung dauerte schon fast vier Stunden. Wieder einmal hatten die ausschließlich männlichen Vorstandsmitglieder eingehend die Frage diskutiert, ob zur Pflege der Außenanlagen ein Rasenmäher mit Metallmesser oder aber einer mit Nylonfaden angeschafft werden sollte. Mit diesem Problem schlug sich der Verein seit drei Jahren herum, ohne dass der Vorstand sich bisher zu einer abschließenden Entscheidung hätte durchringen können. Auch heute war man übereingekommen, das Thema bei der nächsten Sitzung erneut auf die Tagesordnung zu setzen. Da es bereits auf 22.30 Uhr zuging, war Friedrich sich sicher, dass niemand mehr große Lust haben würde, jetzt noch über den Punkt »Verschiedenes« zu diskutieren und alle froh wären, endlich zum gemütlichen Teil des Abends übergehen zu können.

Gerade, als der Schriftführer schon verkündete: »Also, nichts wie auf in den Schwanen!«, meldete sich Hanna zu Wort. »Ich! Ich habe noch etwas zum Punkt ›Verschiedenes‹!« Hanna war durch viele Sitzungsmarathons in verschiedenen universitären Gremien gestählt, so dass sie auch längere Besprechungen problemlos durchstand. »Der FC Tübingen ist bekannt dafür, dass er eine vorbildliche Jugendarbeit leistet«, begann sie. Beifälliges Gemurmel war zu hören.

»Aber trotzdem schöpfen wir bisher nur einen Teil unseres grundsätzlich vorhandenen Potentials aus. Ich bin dafür, dass wir neue Wege beschreiten! Und ich kenne einen Weg, bei dem wir auf einen Schlag eine komplette neue Jugendmannschaft beim Verband anmelden können.«

Das Interesse der Lokalfunktionäre war geweckt. Zwischen den Vereinen war ein ständiger Wettstreit im Gange, wer die meisten Jugendmannschaften vorweisen konnte.

»Unmöglich!« – »Dann hätten wir endlich eine Mannschaft mehr als Rottenburg!« – »Wie soll das gehen?«, ging es unkoordiniert durcheinander.

»Mein Vorschlag ist ganz einfach!«, triumphierte Hanna. »Wir suchen eine Trainerin und bauen ein Mädchenteam auf!«

Es dauerte einige Zeit, bis alle wirklich begriffen hatten, was Hanna da vorschlug. Dass es Mädchenmannschaften gab, hatte sich auch bis zu den Vorstandsmitgliedern des FC Tübingen herumgesprochen. Irgendwo in Frankfurt oder Potsdam vielleicht. Aber hier? Im eigenen Verein? Das wollte sorgfältig erwogen sein! Nur der Schriftführer tuschelte hinter vorgehaltener Hand in Richtung Friedrich: »Fritz, jetzt spinnt sie endgültig!«

Hanna tat so, als ob sie nichts gehört hätte. »Denken Sie darüber nach, meine Herren!«

»Über so etwas muss die Mitgliederversammlung entscheiden, nicht der Vorstand!«, trumpfte der Schriftführer auf.

»Genauso ist es!«, bestätigte Hanna. »Ich wollte nur, dass es später nicht heißt, der Vorstand habe von nichts gewusst.«

»Sehr löblich«, giftete Friedrich, der immer noch wegen des Zusammentreffens mit Konrad Kästner am Nachmittag wütend war. »Aber das wird alles nichts nützen, weil du nie und nimmer eine Mehrheit für ... Mädchenfußball bekommen wirst!«

»Warten wir es doch einfach ab«, schlug Hanna demonstrativ gut gelaunt vor. »Ich wünsche allseits noch einen schönen Abend!«

Als Hanna den Raum verlassen hatte, steuerte sie zunächst auf die Ausgangstür zu. Dann jedoch erlag sie der Versuchung, die Tür zum Versammlungszimmer unbemerkt einen Spaltbreit zu öffnen und zu lauschen. Zunächst herrschte ratloses Schweigen. Schließlich war es der Kassierer, der das Wort ergriff.

»Also ich denke, wir könnten vielleicht tatsächlich einmal darüber nachdenken, ob ...« Der Kassierer brach ab, als er die Mienen der anderen Vorstandsmitglieder sah. Er gehörte dem Verein erst an, seit er vor 15 Jahren berufsbedingt nach Tübingen gekommen war. Deshalb galt sein Wort aufgrund seiner »kurzen« Vereinszugehörigkeit wenig. Dagegen wog es deutlich schwerer, als der Sportwart verkündete: »Fußball spielen Männer und damit basta!«

Beifälliges Nicken machte die Runde.

»Oder«, deutete der Sportwart in Richtung Friedrich, »hat das Ganze etwas mit deiner Enkelin zu tun?«

»Hoffentlich nicht!«, stöhnte Friedrich. »*Eine* Frau wie Hanna in der Familie ist mehr als genug!«

Samstag 1. Dezember

Hanna saß im Café Hirsch, unweit des Marktplatzes, wo sie sich bei einem Einkaufsbummel mit Gemüse, Brot, eingelegtem Schafskäse und Wein für das Wochenende eingedeckt hatte. Vor allem die Auslagen des Standes mit Spezialitäten aus Tübingens französischer Partnerstadt Aix-en-Provence hatten sie dazu verführt, wesentlich mehr einzukaufen, als sie eigentlich benötigte. Sie hatte es trotz guter Vorsätze einfach nicht geschafft, an der Pastetenterrine und der grünen Oliventapenade vorbeizukommen. Als Ausgleich war sie stark geblieben, als die Bedienung im Café gefragt hatte, ob es auch ein Stück Torte zum Kaffee sein dürfe. Gerade als Hanna die Beine ausstrecken wollte, platzte Katharina Volkmann herein. In ihrem Schlepptau zog sie zwei weitere Frauen hinter sich her, die Hanna nicht kannte. Katharina sah sich suchend um, bemerkte Hanna und steuerte zielstrebig auf deren Tisch zu.

»Hanna! Was für ein netter Zufall!« Sie ließ sich ungefragt an dem Tisch mit der Marmorimitatplatte nieder. Ihre beiden Begleiterinnen folgten ihr.

»Babs, Biggi, darf ich euch meine älteste Freundin vorstellen? Hanna Kirschbaum. Eigentlich Prof. Dr. Hanna Kirschbaum. Aber was soll ich euch sagen? Sie legt nicht den mindesten Wert auf ihre Titel!«

Wann – wann kapiert diese Frau endlich, dass die Zeit, in der wir wirklich Freundinnen waren, lange vorbei ist?

»Wir kommen gerade von einer absolut wahnsinnigen Matinee!«, verkündete Katharina eine Spur zu gut gelaunt für Hannas Geschmack.

»Irre!«, bestätigte Biggi.

»Ja, echt irre!«, echote Babs.

Wenn ich etwas nicht ausstehen kann, dann dieses affektierte »Wir-gehören-dazu-wir-waren-dabei«-Gehabe!

»Du musst dir das vorstellen!«, ließ Katharina ihrer Begeisterung freien Lauf. »Fernando ... du kennst doch Fernando Ribeira, den neuen Stern am Himmel der zeitgenössischen Lyrik ...«

Hanna nickte stumm.

»Also dieser Fernando. Der trägt seine Gedichte vor. Aber nicht etwa im Festsaal der Universität. Oder wenigstens bei der Volkshochschule. Oh nein! Das wäre ihm viel zu weit weg von den Leuten, die er eigentlich erreichen will. Fernando liest im Eingangsbereich eines ... da kommst du nie im Leben drauf!«

»Eines Baumarkts!«, konnte Biggi sich nicht länger zurückhalten.

»Ist das nicht der totale Hammer?«, ließ Katharina sich nicht beiseitedrängen. »Ein Baumarkt! Da, wo die Leute samstags morgens hingehen. Das ist absolut genial! Genial und gleichzeitig absolut aufklärerisch!«

»Frau Kaufmann, kann ich bitte bezahlen?!«, wandte sich Hanna an die Bedienung, die an ihrem Tisch vorbeiging.

»Du musst schon weg?«, war Katharina enttäuscht. »Jetzt, wo wir gerade so nett miteinander plaudern?«

Sie wird es niemals kapieren!

»Ja, ich muss noch etwas erledigen.«

Wieso schaffe ich es nicht, ihr einmal *klar zu sagen, wie mir ihr oberflächliches Kulturgeschwafel auf den Wecker geht!*

»Ich nehme eine latte«, blickte Babs von der Getränkekarte auf.

»Kathi, kann ich von dir eine Zigarette haben?«, meldete sich Biggi zu Wort, als sonst niemand etwas sagte.

»Äh ... eine Zigarette? Hier ist Nichtraucher!«

»Und wozu stehen dann die Aschenbecher auf dem Tisch? Komm, gib mir endlich eins von deinen Lungenbrötchen!«

Katharina kramte umständlich in ihrer Handtasche und förderte schließlich eine weiße Packung zu Tage, auf der Hanna die Aufschrift Muratti Ambassador lesen konnte.

»Danke.« Biggi zündete sich die Zigarette an und nahm einen tiefen Zug.

»Wisst ihr, was ich am alleraufregendsten fand? Als Fernando mit bloßem Oberkörper den Baumstamm mit der Kettensäge bearbeitet und dazu noch diese animalischen Schreie ausgestoßen hat! Hanna, das hättest du sehen müssen!«, nahm Katharina ihre Erzählung wieder auf.

»Sie möchten bezahlen, Frau Kirschbaum?« Die Bedienung stand plötzlich neben Hanna.

»Ja bitte!« Hanna war froh, beglich die Rechnung, stand auf und zog ihren Mantel an.

»Aber beim nächsten Mal müssen wir uns unbedingt viel mehr Zeit füreinander nehmen! Ich muss dir noch so viel erzählen!«

»Wir sehen uns«, meinte Hanna leichthin und schloss die Tür des Cafés hinter sich.

* * *

Hanna eilte durch die Hirschgasse in Richtung Rathaus, um über die Neckarhalde zum Hennentalweg zu gelangen. Obwohl sie einen Schlüssel besaß, klingelte sie an Friedrichs Wohnungstür. Sie war sich nicht sicher, ob er sie nach der gestrigen Auseinandersetzung mit Konrad Kästner sehen wollte. Unter diesen Umständen sofort in der Wohnung zu stehen, könnte für sie unangenehm werden.

Friedrich schaute aus dem Fenster, erkannte Hanna und muffelte: »Wieso klingelst du denn?«

»Ich bin mir nicht sicher, ob du schon wieder zu genießen bist. Kann ich kurz raufkommen?«

»Komm rauf!«, knitterte Friedrich.

Als Hanna das Zimmer betrat, schlug sie einen versöhnlichen Ton an. »Ich verstehe ja, warum du gestern so wütend warst. Aus deiner Sicht hat Herr Kästner einen Riesenfehler gemacht. Aber ich frage mich, ob du dich da nicht verrennst.«

»Kemal Kaya ist unser einziger Verdächtiger. Und ein verdammt guter dazu«, schnaubte Friedrich.

»Da bin ich mir inzwischen gar nicht mehr so sicher. Was, wenn es gar nicht um vermeintlich hehre Ideale wie Familienehre, sondern ganz schnöde um Eifersucht geht?«

»Ein anderer Liebhaber Ayfers? Meinst du das?«

»Nein. Die betrogene Ehefrau.«

»Deine Freundin Katharina Volkmann? Das ist doch nicht dein Ernst!«

»Meine Bekannte. Sie *war* meine Freundin. Jetzt ist sie es nicht mehr, auch wenn sie anderen Leuten gegenüber immer wieder so tut.«

»Hast du mir nicht mal erzählt, dass Volkmann schon häufiger eine Geliebte hatte?«, erkundigte sich Friedrich.

»Ja, habe ich.«

»Na bitte! Und die Damen leben ja wohl alle noch.«

»Ja, schon. Aber es gibt da zwei Dinge, die du noch nicht weißt. Erstens: Ich selbst habe einmal miterlebt, wie sie einer von Martins Liaisons an den Hals gegangen ist. Das ganze Lokal hat zugeschaut, wie sie ihre Rivalin an den Haaren nach draußen gezerrt hat. Ich habe selten eine derart peinliche Szene miterlebt.«

»Und zweitens?«

»Zweitens haben Katharina und ich uns gerade eben zufällig im Café Hirsch getroffen. Sie hatte Zigaretten dabei.«

»Na und?«

»Es waren ganz spezielle Zigaretten. Katharina Volkmann raucht Muratti Ambassador! Klingelt es?«

»Das ändert die Sachlage. In der Tat. Ich denke, ich sollte der Dame umgehend einen Besuch abstatten.«

»Die sitzt noch im Café. Vor vier wird die sicher nicht zu Hause sein. Und ich werde mitkommen. Schließlich hast du den Tipp von mir«, ließ Hanna erst gar keine Zweifel aufkommen.

»Hast du unserem untreuen Staatsanwalt inzwischen eigentlich schon auf den Zahn gefühlt?«, wechselte sie dann das Thema.

»Allerdings! Unmittelbar, nachdem ich in dein ... trauliches tête-à-tête mit diesem Kästner hineingeplatzt bin.«

Eigentlich lag Hanna eine spitze Erwiderung auf der Zunge, aber ihre Neugier überwog. »Und? Was hat er gesagt?«, erkundigte sie sich.

»Nichts, was wir nicht schon wussten. Erst wand er sich wie ein Aal. Aber als ich ihm klargemacht hatte, dass ich eine Zeugin habe, die ...«

»... die du von mir auf dem Silbertablett präsentiert bekommen hast ...«

»... die ihn mehrfach mit Ayfer gesehen hat«, fuhr Friedrich ungerührt fort, »blieb ihm nichts anderes übrig, als eine Affäre mit ihr zuzugeben. Das alte Lied: Sie will unbedingt heiraten, er braucht Abwechslung im Bett ...«

»Das hat er *so* gesagt?«

»Nein, natürlich nicht. Aber darauf lief es hinaus.«

»Und sonst?«

»Nichts Wesentliches. Er hatte sie satt. Und eine Nachfolgerin für sie ist wohl auch schon in Sicht. Das war zumindest zwischen den Zeilen herauszuhören.«

»Ts ts ts«, brachte Hanna ihre Missbilligung zum Ausdruck.

»Auf jeden Fall hat er Ayfer abserviert. Am Telefon. Datum und Uhrzeit passen. Genau, wie ich es dir gestern beim Griechen erzählt habe.«

»Ist ja schon gut!«

Friedrich überhörte Hannas gereizten Ton. »Nach der Trennung hat Volkmann Ayfer nicht mehr gesehen. Behauptet er.«

»Glaubst du das?«

»Ich denke schon. Er hat eine andere im Auge und will Ayfer abservieren. Und er serviert sie ab. Also ich hätte in so einer Situation nicht die geringste Lust, meine Ex-Geliebte zu treffen. Zumindest nicht unmittelbar nach der Trennung.«

»Klingt einigermaßen plausibel«, stimmte Hanna nach einer kurzen Denkpause zu. »Ich schlage vor, dass du uns jetzt eine Tasse Kaffee machst. Und danach werden wir uns anhören, was Katharina uns zu sagen hat.«

* * *

Katharina und Martin Volkmann wohnten nicht in der Kernstadt Tübingens, sondern im Stadtteil Hagelloch. Die Villa am Waldrand war von einem großen Garten umgeben, der die Handschrift eines festangestellten Gärtners trug. Hanna hatte in Erinnerung, dass es im Wesentlichen das Vermögen von Martins Vater gewesen war, das den Kauf der Villa ermöglicht hatte.

Etwa in der Mitte zwischen Gartentor und Haus, dort, wo der Marmorplattenweg zum Pool abzweigte, lag ein Berner Sennenhund und beobachtete die Ankömmlinge interessiert. Als Friedrich die Klinke herunterdrückte, sprang der Hund auf, trottete auf das Gartentor zu und blieb etwa 50 Zentimeter davor stehen. Hanna trat instinktiv mehrere Schritte zurück. Als sie ein Kind war, hatte es in ihrer Nachbarschaft einen riesigen Schäferhund gegeben, der jedes Mal, wenn sie auf der Straße vorbeiging, sofort auf der Zaun zugestürzt und Hanna mit lautem Gebell Furcht eingeflößt hatte. Nachdem sie dann als junge Frau auch noch von dem Dobermann einer Freundin ihrer Mutter gebissen worden war, hatte sie nicht nur Respekt, sondern richtige Angst vor Hunden, die ihr höher als bis zum Knie reichten. Deshalb wurde sie auch immer richtig wütend, wenn Hundehalter ihre Lieblinge nicht im Griff hatten und sie nicht daran hindern konnten oder wollten, auf Hanna zuzurennen und an ihr hochzuspringen. Das dümmliche »Der tut Ihnen nichts, der will nur spielen!« der Hundehalter brachte sie immer wieder so auf die Palme, dass sie den Frauchen und Herrchen sehr gerne und sehr deutlich die Meinung gesagt hätte, wenn die Nähe des Hundes sie nicht davon abgehalten hätte. Friedrich dagegen betrat das Grundstück ohne Furcht und sprach in ruhigem Tonfall auf das Tier ein. Bereits nach weniger als einer halben Minute ließ es der seinem Wesen nach gutmütige Hund zu, dass Friedrich ihn am Halsband festhielt, während Hanna, stets auf den maximal möglichen Abstand bedacht, an den beiden vorbeihuschte.

Es gibt *Situationen, in denen Männer tatsächlich zu etwas nutze sind.*

Erst als Hanna die Haustüre erreicht und geklingelt hatte, ließ Friedrich den Hund los und bewegte sich in Richtung Haustür. Katharina öffnete. Sie hatte eine Farbpalette in der Hand und trug einen verschmierten Malerkittel. In ihrem Haar glänzten grüne Partikel, die beim Zurückstreichen einer Strähne hängen geblieben waren.

»Du malst wieder?« Hanna war so verblüfft, dass sie zu einer an sich angebrachten Begrüßung nicht in der Lage war.

»Ja. Leander meint, es sei ein Verbrechen, mein Talent verkümmern zu lassen. Und seit Florian aus dem Haus ist, habe ich ja auch wieder etwas mehr Zeit.«

Hanna lächelte in sich hinein. Wenn Katharina seit ihren Berliner Tagen kaum mehr gemalt hatte, war dafür der letzte Grund, dass sie zu wenig Zeit gehabt hätte. Spätestens seit Florians Schuleintritt beklagte sie sich häufig über Langeweile, die sie mit ihren verschiedenen kulturellen Interessen zu bekämpfen versuchte.

»Kommt rein! Leander ist oben. Wir arbeiten zusammen. Er zeigt mir gerade, wie ich die Perspektive in meinen Bildern noch effektvoller einsetzen kann«, erklärte Katharina, ihren Aufzug entschuldigend. »Soll ich uns ein kleines

Kännchen Kaffee kochen? Ich gehe davon aus, dir ist die Alliteration aufgefallen«, versuchte Katharina zu scherzen. »Was verschafft mir die Ehre eures seltenen Besuchs?«

»Katharina, wir kommen in einer – wie soll ich sagen – etwas heiklen Mission«, begann Hanna.

»Es geht um Ihren Mann«, versuchte Friedrich Hanna unbeholfen beizustehen.

»Was ist mit Martin?«

»Na ja«, suchte Hanna einen passenden Anfang, »vielleicht hast du in der Zeitung gelesen, dass eine junge Türkin ermordet worden ist. Und diese junge Türkin ...«

»Ayfer Kaya. Ich weiß. Sie war Martins Geliebte«, ergänzte Katharina ohne sichtbare Gefühlsregung.

»Du wusstest das?«, platzte Hanna heraus.

»Ich weiß es jedes Mal. Glaubt ihr, ich merke nicht, wenn er auf einmal stundenlang vor dem Spiegel steht, sich literweise Rasierwasser ins Gesicht schüttet und angeblich plötzlich jede Menge Überstunden machen muss? Für wie bescheuert hält der mich eigentlich?« Katharina merkte, dass sie dabei war, sich in Rage zu reden. Sie bremste sich, und es gelang ihr, kühle Abgeklärtheit in ihre Stimme zu legen. »Wisst ihr, mit der Zeit gewöhnt man sich daran.«

»Du meinst, es macht dir nichts aus, wenn Martin mit anderen Frauen ...?«, fragte Hanna ungläubig nach.

»Mein Gott, wir sind seit 30 Jahren verheiratet. Was erwartest du? Seliges Händchenhalten auf dem Wohnzimmersofa? Wenn er das braucht, um seine Midlife-Crisis zu bewältigen – meinen Segen hat er!«

»Und wussten Sie auch, mit wem er Sie jeweils betrogen hat?«, schaltete sich Friedrich ein.

»Er sagt es nicht, und ich will es auch gar nicht wissen. Meistens ist es sowieso nach ein paar Wochen wieder vorbei. Es lohnt nicht, sich mit Details zu beschäftigen.«

»Aber diesmal hast du gewusst, dass es Ayfer Kaya war. Wieso?«, bohrte Hanna nach.

»Weil dieses Flittchen mich angerufen und es mir gesagt hat.«

»Sie hat bei dir angerufen?«

Hanna und Friedrich tauschten ungläubige Blicke.

»Irgendwann diese Woche klingelte das Telefon. Sie war dran. Sie liebe ihn. Er habe versprochen, sich von mir zu trennen. Er wolle sie ganz bestimmt heiraten. Sie habe das Versteckspiel aber jetzt satt. Und sie bitte mich, ihnen nicht länger im Wege zu stehen. Das ganze Zeug eben. Zigmal im Kino gesehen.«

»Und wie hast du reagiert?«, fragte Hanna gespannt.

»Ich habe der türkischen Schlam ... entschuldigt bitte«. Katharina bemerkte mitten im Wort, dass sie sich im Ton vergriffen hatte. »Ich habe ihr die Augen geöffnet und klargemacht, in welcher Situation sie sich eigentlich befindet.«

»In welcher Situation befand sie sich denn deiner Meinung nach?«, ließ Hanna nicht locker.

»Muss ich dir das wirklich erklären? Er hält sie sich warm. Er vertröstet das arme Ding von einem Tag auf den anderen. Und wenn er sie irgendwann über hat, lässt er sie fallen wie eine heiße Kartoffel!« Katharina merkte selbst, wie viel Bitterkeit bei ihren letzten Worten mitschwang. Aber sie hatte sich gut im Griff, denn sie beherrschte sich sofort wieder. »Das wollte diese Ayfer natürlich überhaupt nicht hören. Sie wurde patzig. Da habe ich einfach aufgelegt.«

»Und dann haben Sie nie wieder etwas von ihr gehört?«, fragte Friedrich.

»Nein.«

»Sie waren also auch nie in ihrer Wohnung?«

»Natürlich nicht! Was sollte ich auch da?«

»Ich frag' ja nur. Reine Routine.«

»Wollen Sie etwa wissen, ob ich ein Alibi habe?« Katharinas Belustigung klang aufgesetzt.

»Haben Sie denn eins?«

»Für wann brauche ich es denn?«

»Gut pariert. Letzten Mittwoch. Zwischen acht und neun.«

Katharina dachte nach. »Letzten Mittwoch? Zwischen acht und neun? Da war ich im Kino.«

»In welchem?«

»Im Arsenal. Was soll das hier eigentlich? Wollen Sie mich verhören wie einen Verbrecher? Das ist doch lächerlich! Ich habe nicht das Geringste mit dem Tod dieser Frau zu tun!«

»Denk dir nichts dabei«, griff Hanna beschwichtigend ein. »Das ist nur so eine Art Berufskrankheit bei ihm.«

* * *

»Sie hat uns etwas vorgespielt.«

Hanna und Friedrich saßen bei einem Glas Wein in der »Forelle«.

»Möglich«, meinte Friedrich. »Aber es könnte doch auch sein, dass sie ihn nur noch braucht, damit er ihr ihren Lebensstandard finanziert. Und außerdem hat sie ja vielleicht selbst einen oder mehrere Liebhaber.«

»Ich kenne sie«, widersprach Hanna. »Katharina Volkmann ist nicht die Frau, die tatenlos zusieht, wie ihr Mann ins Bett einer anderen hüpft. Und deshalb habe ich mir erlaubt, ein paar Haare und Schuppen von ihrer Haarbürste einzusammeln.«

»Als du dir auf einmal aus unerfindlichen Gründen ganz dringend die Hände waschen musstest?«

»Genauso ist es.«

»Dir ist aber schon klar, dass es nicht gerichtsverwertbar wäre, selbst wenn sich herausstellen sollte, dass die DNA vom Zigarettenmundstück in Ayfers Aschenbecher und die von Katharinas Haaren identisch sein sollten?«

»Höre ich da einen Anflug rechtsstaatlicher Bedenken heraus, die an anderer Stelle erheblich weniger Anklang gefunden haben?«, stichelte Hanna.

»Das war etwas völlig anderes«, wollte Friedrich aufbrausen, als er merkte, dass Hanna ihn nur necken wollte. Deshalb schluckte er eine Erwiderung hinunter.

»Es wäre schon ganz nützlich, wenn wir wüssten, ob Katharina bei Ayfer war oder nicht. Ich werde übermorgen im Labor fragen, ob die sich das ansehen können.«

Für kurze Zeit hingen beide ihren Gedanken nach. Hanna trank ihr Glas aus.

»Möchtest du noch eins?«, erkundigte sich Friedrich.

»Ich glaube nicht. Ich bin reif für mein Bett. Wir sollten bezahlen.«

Friedrich nickte. »Herr Ober!«

Der Kellner eilte mit einem freundlichen »Komme sofort!« an ihnen vorbei, verschwand in der Küche und schien dort vorübergehend unabkömmlich zu sein.

»Habt ihr eigentlich gestern noch über meinen Vorschlag mit dem Mädchenteam gesprochen?«, erkundigte sich Hanna, um die Wartezeit zu überbrücken.

»Ja, wir haben ausführlich darüber diskutiert.«

»Und? Was ist dabei herausgekommen? Lass mich raten. Ihr habt das Thema vertagt?«

»Keine Spur! Wo denkst du hin? Der Fall ist eindeutig: Es geht leider nicht.«

»Warum nicht?«

»Ich bedaure wirklich! Aber wir haben beim besten Willen keinen Platz mehr für eine weitere Mannschaft. Der

Hauptplatz ist jeden Tag von den Vereinsmannschaften und den Schulen belegt, und der Nebenplatz wird in der Winterpause grundlegend renoviert.«

»Wann habt ihr das denn beschlossen?«

»Noch gar nicht«, musste Friedrich zugeben. »Aber wenn ich in der nächsten Sitzung den Antrag stelle, bin ich sicher ...«

»Friedrich Holzwarth, du bist ein Schlawiner, wie er im Buche steht! Aber sieh dich vor: In Sachen Frauenfußball kenne ich keine Verwandten, und schon gar keine ehemaligen!«

* * *

Friedrich ließ sein Auto ausrollen und stellte den Motor ab. Er stieg aus, ging um den Wagen herum und öffnete die Beifahrertür. Dann begleitete er Hanna bis zur Haustür.

»Es macht wohl keinen Sinn, wenn ich dich jetzt frage, ob ich noch mit reinkommen kann? Auf einen Kaffee oder so.« Friedrichs Tonfall verriet, dass er seine Erfolgsaussichten selbst nicht besonders hoch einschätzte.

»Nein, das macht keinen Sinn. Heute nicht. Ich bin hundemüde.«

»Und was ist mit morgen? Ich bringe Brötchen mit und wir veranstalten ein ausgiebiges Frühstück mit allem Drum und Dran?«

»Morgen ist Fußball, mein Lieber!«

»Das könnten wir doch auch mal ausfallen lassen«, schlug Friedrich vor.

»Nichts da! Ich sitze die ganze Woche auf meinem Hintern. Ich brauche unbedingt ein wenig Bewegung. Und dir schadet das mit Sicherheit auch nichts!«

»Und hinterher? Wir könnten ...«

»Tut mir leid. Hinterher werde ich einen Ausflug nach Herrenberg unternehmen.«

»Was willst du denn da?«

»Das erzähle ich dir, wenn ich wieder zurück bin. Gute Nacht und schlaf schön, mein Lieber!« Hanna hauchte ein Küsschen auf Friedrichs Wange und verschwand in ihrem Haus.

Sonntag, 2. Dezember

Auch nach mehreren Jahren bestand Hanna immer noch darauf, sich erst umzuziehen, nachdem alle Männer bereits spielfertig auf dem Platz standen. Sie streifte sich das Oberteil ihres Trainingsanzugs über, das früher einmal leuchtend rot gewesen sein mochte, jetzt aber nach unzähligen Kontakten mit der Waschmaschine farblich an ein Himbeerbonbon erinnerte. Sie band die Schnürsenkel ihrer Turnschuhe ohne Stollen fest, schnappte sich ihre Sporttasche und machte sich auf den Weg zum Nebenplatz, auf dem sonst die Jugendmannschaften des Vereins trainierten und spielten. Hannas Aufzug entsprach exakt dem ihrer männlichen Mitspieler, bei denen ausgebeulte Trainingshosen und verwaschene T-Shirts eindeutig das Bild dominierten. Zwei Teams waren schnell gebildet und die ersten Pässe gespielt worden, als Hanna bemerkte, dass Friedrich und ein Verteidigerkollege stumm zusammenstanden und amüsiert in Richtung Vereinsheim blickten. Sie folgte ihren Blicken und sah Konrad am Spielfeldrand stehen. Er trug einen schicken Fußballdress, bei dem man wenig Fantasie brauchte, um das Preisschild noch am Kragen flattern zu sehen. Seine Füße steckten in nagelneuen Fußballstiefeln, denen man ebenfalls sofort ansah, dass sie heute ihren ersten Einsatz hatten. Zusammen mit seiner aufrecht-steifen Körperhaltung und seinem exakt gescheitelten Haar wirkte Konrad wie ein D-Jugendspieler, der für ein Foto zurechtgemacht worden war, das die Großeltern zu Weihnachten bekommen sollten. Nach und nach wurden alle Fußballer auf den Mann am Spielfeldrand aufmerksam, so dass das Spiel vollständig zum Erliegen kam.

»Kästner«, ergriff Konrad unsicher die Flucht nach vorn. »Frau Professor Kirschbaum war so freundlich, mir von Ihrem sonntäglichen Spiel zu erzählen und mich dazu einzuladen.«

Die Männer auf dem Platz blicken sich stumm an. Das war eindeutig nicht der Ton, der sonst zwischen ihnen üblich war. Als das Schweigen peinlich zu werden drohte, raffte sich der Torwart von Hannas Team auf. »Los, jetzt kommen Sie schon! Wir sind einer weniger. Sie spielen bei uns!«

Auch wenn Konrads Auftritt zunächst vor allem Heiterkeit ausgelöst hatte, zeigte sich schnell, dass er spielerisch einer der Besten auf dem Platz war. Seine Pässe zeugten von Übersicht und Spielverständnis, und in der Abwehr war er technisch so bewandert, dass er nicht auf Fouls angewiesen war, um den Gegner vom Ball zu trennen.

Da die nicht allzu gut trainierten Hobbyfußballer einerseits mit zunehmender Spieldauer immer müder und deshalb unkonzentrierter wurden und andererseits allgemein die Regel galt, eher ein Gegentor zuzulassen als einen Mitspieler zu Fall zu bringen, stand es kurz vor dem Ende des Spiels sieben zu sieben. Ein weiter Abschlag des Torwarts landete genau vor Hannas Füßen. Sie umspielte geschickt einen Gegner, blickte auf und sah, dass sowohl Friedrich als auch Konrad anspielbereit waren. Sie entschied sich für einen Pass auf den Staatsanwalt, der den Ball aufnahm, an der linken Seitenlinie zwei Verteidiger stehen ließ und in Richtung Grundlinie spurtete. Seine gut getimte Flanke erreichte den Kopf der mitgelaufenen Hanna, die keine Mühe hatte, den Ball ins Tor zu befördern. Mitspieler wie Gegner applaudierten. Hanna rannte auf Konrad zu, umarmte ihn und drückte ihm einen Kuss auf die Backe, wie sie es bei jedem anderen ihrer Mitspieler auch getan hätte, wäre sie von ihm mit einer so schönen Flanke bedient worden. Als sie wieder in ihre Spielhälfte zurücklief, war sie sich nicht sicher, ob sie sich das nur einbildete, oder ob Konrad sie wirklich eine Nuance länger in seinen Armen festgehalten hatte, als dies für einen gewöhnlichen Torjubel bei Hobbyspielern üblich war. Was sie allerdings genau wusste, war, dass sie die Nähe zu ihm alles andere als unangenehm empfunden hatte. Nach wenigen Minuten kamen alle Beteiligten überein, das Spiel zu beenden und zum Duschen zu gehen.

»Wir gehen zu Marianne auf ein Bier«, meldete der letzte Mann, der aus der Dusche kam. »Kommt ihr mit?«, wandte er sich an Hanna, Friedrich und Konrad.

»Heute nicht«, winkte Friedrich ab. »Ich muss ein Referat vorbereiten, das ich im Rotary-Club halten soll.«

»Und ihr beide?«

»Ich kann auch nicht. Ich fahre jetzt sofort nach Herrenberg«, verkündete Hanna.

»Herrenberg?«, hakte Konrad ein. »Gibt es da nicht diese berühmte Stiftskirche, die langsam, aber sicher auf die Altstadt zurutscht?«

»Sie sind gut informiert«, sagte Hanna anerkennend.

»Stand vor ein paar Tagen in der Zeitung. Würde ich mir gerne einmal ansehen.«

Nicht schlecht ausgelegt, der Köder.

»Warum kommen Sie nicht einfach mit?«, biss Hanna an. »Oder haben Sie schon etwas anderes vor?«

»Nein, keineswegs«, beeilte sich Konrad zu versichern.

»Schön. Sie müssten allerdings hier auf mich warten, bis ich mit dem Duschen fertig bin.«

»Kein Problem! Lassen Sie sich ruhig Zeit.«

»›Kein Problem!‹, ›Ich warte gerne auf Sie‹, ›Lassen Sie sich ruhig Zeit‹«, maulte Friedrich leise vor sich hin, während er missmutig zu seinem Auto trabte.

Hanna kam mit noch nassen Haaren aus dem Vereinsheim und ließ Konrad auf dem Beifahrersitz Platz nehmen. Nach etwa fünf Minuten hatten sie die B 28 erreicht, auf der sie sonntags kurz vor dem Mittagessen zügig vorankamen. Kurz nach der Abzweigung nach Gültstein fuhren sie eine kleine Senke hinab. Hanna deutete nach links.

»Sehen Sie den großen, grauen Kasten? Das ist das Schickhardt-Gymnasium. Da war ich vor hundert Jahren Referendarin.«

Konrad, der nicht wusste, was er sagen sollte, blieb stumm, so dass Hanna kurz die Möglichkeit hatte, alte Zeiten wieder auferstehen zu lassen, bis sie an der Kreuzung beim Hasenplatz gezwungen war, sich auf den Verkehr zu konzentrieren. Sie bog links ab, fand eine Parklücke und die beiden stiegen aus.

»Und was machen wir jetzt?«, fragte Konrad.

»Sightseeing.«

Hanna schloss ihr Auto ab und setzte sich in Richtung Marktplatz in Bewegung. Nachdem sie zuerst die Fachwerkhäuser und dann die Stiftskirche bewundert hatten, stiegen sie auf den Schlossberg. Konrad liebäugelte sofort mit dem Schlossbergcafé, aber Hanna gab keine Ruhe, bis sie auch noch den Aussichtsturm erklommen und den malerischen Blick hinunter auf die Altstadt genossen hatten. Sie stiegen zurück in die winkligen Gassen, und Konrad bestand darauf, einen schwäbischen Rostbraten essen zu gehen. Er habe während seiner kurzen Zeit in Baden-Württemberg schon so viel über dieses Gericht gehört, dass er es jetzt unbedingt probieren wolle.

Nach dem anschließenden Cappuccino fragte Hanna: »Was halten Sie davon, wenn wir jetzt zusammen ein paar Ermittlungen im Mordfall Kaya anstellen?«

»Ermittlungen? Am Sonntag? In Herrenberg?«

Hanna fasste kurz zusammen, was Konrad vom Gespräch mit Markus Kleinert bei der Vernissage und von der Unterhaltung in der Cafeteria des Brechtbaus wissen musste.

»Sie meinen also, wir sollten diesem Markus auf den Zahn fühlen«, folgerte Konrad.

»Nicht direkt. Er würde heute bestimmt nichts anderes sagen als vor drei Tagen: Er kennt Ayfer nur flüchtig und hatte nie etwas mit ihr.«

»Was schlagen Sie vor?«

»Wir besuchen Anni Zeitler.«

»Wer ist Anni Zeitler?«

»Als ich hier Referendarin war, habe ich bei Familie Zeitler unter dem Dach gewohnt und der Anni Nachhilfe in Französisch gegeben. Ich habe gestern bei ihr angerufen. Sie hat mich zwar nicht sofort wiedererkannt, aber nach einigen Sätzen dämmerte es ihr doch vage. Na ja, ist ja auch schon 30 Jahre her. Sie sagte, ich könne am Sonntag vorbeikommen, sie sei zu Hause.«

»Und diese Anni kann uns weiterhelfen?«

»Zeitlers waren immer sehr stark kirchlich engagiert. Wenn uns jemand etwas über den Sohn des Pfarrers erzählen kann, dann Anni.«

Sie verließen die Altstadt und gelangten an der Albert-Schweitzer-Realschule vorbei in das Stadtviertel, das Alzental hieß. Die Goethestraße war schnell gefunden, und Hanna stellte Konrad vor. Kurze Zeit später saßen alle drei vor Kaffee und Kuchen.

»Sie hat mich ganz schön getriezt, vor 30 Jahren«, schmunzelte Anni mit Blick auf Hanna. »Unregelmäßige Verben rauf und runter. Aber heute bin ich ihr dankbar. Ohne sie hätte ich mein Abitur nie und nimmer geschafft.«

»Bist du ...« Hanna hielt inne. »Ich darf doch noch du sagen?«

»Klar. Wir sind zwar beide ein klein wenig älter geworden inzwischen, aber ›Sie‹ wäre doch zu blöd.«

»Also«, startete Hanna einen zweiten Anlauf, »bist du immer noch so aktiv in eurer Kirchengemeinde?«

»Allerdings!« Annis stolze Überzeugung war nicht zu überhören.

»Ich bräuchte da nämlich ein paar Informationen über den Sohn eures Pfarrers.«

»Markus? Was könnte an dem interessant sein?«

»Bitte?«, war Hanna erstaunt.

»Das ist ein Langweiler. Sein Problem ist, dass er 100 Jahre zu spät geboren wurde, wenn du mich fragst.«

»Und wie sieht's mit dem anderen Geschlecht aus?«, ergriff Konrad zum ersten Mal das Wort.

»Wieso wollt ihr das denn alles wissen«, regte sich eine Spur Misstrauen bei Anni.

»In Tübingen ist eine Studentin ermordet worden. Markus hat sie gekannt. Die Frage ist jetzt, wie gut«, erläuterte Konrad.

»Ihr glaubt doch nicht etwa ... nie im Leben!«

»Wir müssen jeder Spur nachgehen, Anni«, versuchte Konrad die aufkommende Missstimmung im Keim zu ersticken. Anni reagierte nicht. Sie überlegte lange, bevor sie antwortete.

»Ich kann mich nicht erinnern, dass er eine Freundin gehabt hätte. Aber das heißt nicht viel. Die Woche über ist er ja in Tübingen. Und außerdem ist es mir auch vollkommen egal, ob er ...« Anni ließ den Rest des Satzes in der Luft hängen. Sie dachte wieder nach. Plötzlich rief sie mit einer Stimme, die keinerlei Widerspruch duldete: »Thommi!«

Einige Sekunden später erschien ein 16-jähriger Junge, der ein Skateboard unter dem Arm hielt. Schlabberhosen, Baseballkappe und eingerissene Turnschuhe wiesen ihn als aktives Mitglied der örtlichen Skaterszene aus.

»Was ist denn? Ich wollte gerade los«, maulte er.

»Der Herr hier ist Staatsanwalt. Es geht um einen Mord in Tübingen ...«

»Mord? Cool! Wer ist umgebracht worden?« Thommi legte sein Board beiseite.

»Eine Studentin in Tübingen«, begann Konrad vorsichtig. »Und du kannst uns vielleicht dabei helfen, den Täter zu finden.«

»Und wie?«, wollte Thommi wissen, der die ihm entgegengebrachte Aufmerksamkeit sichtlich genoss.

»Es geht um Markus Kleinert«, klärte Hanna ihn auf.

»Was ist mit MK?«

»Wie gut kennst du ihn denn?«, überging Hanna Thommis Frage.

»Geht so.«

»Geht das unter Umständen auch eine Idee genauer?«, tadelte Anni ihren Sohn.

»MK ist Gruppenleiter beim CVJM. Aber in seine Gruppe will niemand so richtig. Da läuft meistens nur Bibel lesen und so.«

»Was den Staatsanwalt besonders interessiert, ist, wie es mit dem Liebesleben von Markus aussieht«, steuerte Anni ohne Umschweife auf den Kern der Befragung zu.

»Na ja ...«, wand sich Thommi. »Keine Ahnung. Ich meine, ich weiß nicht ...«

»Jetzt komm schon!«, forderte Hanna. »In deinem Alter weiß doch jeder ganz genau, wer mit wem und wie lange!«

»MK mit Freundin? Undenkbar. Wenn ich ehrlich bin, wir haben sogar manchmal gedacht, dass er vielleicht ... na ja, dass er schwul sein könnte.« Thommi richtete seinen Blick auf Anni, um zu erkunden, ob wegen seiner Äußerung Sanktionen zu erwarten seien, aber Anni verzog keine Miene. Sofort hakte der verhörerprobte Staatsanwalt ein.

»Und jetzt denkst du es nicht mehr?«

»Nein. Er hat in letzter Zeit so Andeutungen gemacht. Nichts Konkretes. Dass er *die* Traumfrau gefunden hat. Dass wir alle staunen würden. Dass er bald heiraten will. Solche Sachen eben.«

»Hat irgendjemand diese Frau auch einmal gesehen?« Hanna wurde ein klein wenig ungeduldig.

»Kein Stück!«, meinte Thommi. »Er wollte sie mitbringen. Zur Adventsfeier. Hat er gesagt. Der halbe, ach was, der ganze CVJM war gespannt wie 'ne Armbrust. Aber er kam solo wie immer.«

»Und ihr habt ihn ordentlich durch den Kakao gezogen?«, stellte Anni mehr fest als sie fragte.

»Ja. Schon«, gab Thommi zu.

»Schämt euch!«, warf Anni ein.

»Hätte er nicht so rumgetönt, hätte kein Mensch was gesagt. Aber so ...«

»Und wie hat er reagiert?«, fragte Konrad.

»Er hat den Adventskranz vom Tisch gefegt und die Tür hinter sich zugeknallt.«

Hanna und Konrad tauschten einen längeren Blick. Thommi schaute zuerst seine Mutter und dann Konrad an. »Hab' ich was Falsches gesagt?«, erkundigte er sich vorsichtig.

»Nein, nein«, beeilte sich Konrad zu versichern. »Ich möchte dich nur bitten, dass du morgen Nachmittag zur Kripo in Tübingen kommst und deine Aussage wiederholst. Damit ein Protokoll gemacht werden kann. Ich hoffe, deine Mutter ist einverstanden?«

Anni nickte.

»Ginge das nicht vielleicht auch schon morgen Vormittag? Wir schreiben Französisch in der Dritten. Ich meine, wenn ich ...«

»Nichts da!«, entschied Anni. »Erst wird Französisch geschrieben, und dann sehen wir weiter.«

»War's das dann? Meine Kumpel warten.« Thommi blickte zuerst auf sein Skateboard und dann auf den Staatsanwalt.

»Ich denke ja. Viel Spaß, und brich dir nicht den Hals!«, empfahl Konrad. Thommi griff sein Board und verschwand, bevor ihm seine Mutter weitere Verhaltensmaßregeln mit auf den Weg geben konnte.

* * *

»Es passt alles ziemlich gut zusammen«, resümierte Hanna. Nachdem Thommi gegangen war, wollte Anni Konrad eigentlich von den alten Zeiten erzählen. Hanna hatte ihr nicht nur Französischnachhilfe gegeben, sondern auch mit Rat und Tat zur Seite gestanden, wenn es darum ging, Annis heimliche Liebelei mit dem Nachbarssohn zu vertuschen.

Aber Hanna bestand auf einem zügigen Aufbruch, und so marschierten sie zurück in Richtung Altstadt.

»Die Frau, die er zur Adventsfeier mitbringen wollte, könnte Ayfer gewesen sein. Sie geht einmal mit ihm ins Bett und dann: ›War ganz nett. Tschüss!‹. Er glaubt an die große Liebe und rächt sich dann fürchterlich.«

»Hmh.« Konrad war skeptisch. »Warum sollte eine so attraktive Frau wie Ayfer sich ausgerechnet ein solches Mauerblümchen aussuchen?«

»Er sieht doch nicht schlecht aus. Und Schüchternheit kann durchaus ihre eigenen Reize haben!«

Shit! Ich kann nicht sehen, ob er rot wird! Aber ich kann mir kaum vorstellen, dass seine Schnürsenkel tatsächlich aufgegangen sind.

»Was halten Sie davon, wenn wir einen kurzen Besuch im Pfarrhaus machen?«, schlug Hanna vor, als Konrad wieder aufrecht neben ihr stand.

»Nichts. Markus läuft uns nicht davon. Ein ... sagen wir mal ... privater Besuch bei der Tochter Ihrer alten Vermieterin ist eine Sache. Aber eine offizielle Vernehmung einer Person, die eventuell sogar Beschuldigter ist, eine andere. Ich werde morgen Herrn Holzwarth bitten, sich um Herrn Kleinert zu kümmern.«

»In Ordnung«, stimmte Hanna zu.

»Was hat Herrenberg außer Altstadt und Schlossberg noch zu bieten? Ich habe nämlich keine Lust, nach Tübingen zurückzufahren«, traute sich Konrad für seine Verhältnisse weit vor.

»Sind Sie gut zu Fuß?«, stellte Hanna die Gegenfrage.

»Ich bin zwar nicht mehr der Allerjüngste, aber marschieren kann ich immer noch ganz gut. Warum?«

»Wir könnten nach Nufringen wandern und dann mit der S-Bahn wieder zurückfahren.«

»Wie weit ist das?«

»Keine vier Kilometer.«

»Wo entlang?«

»Hier entlang«, wies Hanna den Weg. Es war ihr anzumerken, dass sie sich auf den Spaziergang freute.

* * *

Hanna betrat ihr Wohnzimmer.

Es war ein wunderschöner Tag. Und wenn Konrad nicht so entsetzlich schüchtern wäre, wer weiß, vielleicht …

Hannas Gedankenflüge wurden unterbrochen, als sie bemerkte, dass der Anrufbeantworter blinkte. Sie überlegte, ob sie die Nachricht jetzt sofort anhören sollte, entschied sich aber dagegen. Statt dessen zog sie sich mit mehreren Kerzen, einem kleinen Flakon Duftöl sowie einer Flasche Piccolo in ihr Badezimmer zurück.

Montag, 3. Dezember

Als Hanna am nächsten Morgen endlich ihren Anrufbeantworter abhörte, war es kurz nach halb zehn.

»Hallo Hanna, ich bin's.« Friedrichs Stimme war unverkennbar. »Kemal ist wieder da. Ich habe mit seinem Anwalt vereinbart, dass ich morgen um zehn mit Ayfers Bruder reden kann. Bei ihm in der Wohnung. Wenn du … zufällig vorbeikommen würdest … ich meine, mit dir redet er wahrscheinlich eher als mit mir. Aber ich habe dich nicht angerufen! Ist das klar? Schlaf gut!«

Obwohl Hanna es hasste, ohne Frühstück das Haus zu verlassen, saß sie nur sieben Minuten später in ihrem Passat. Nach weiteren 20 Minuten wurde sie in der Gartenstraße mit 49 km/h geblitzt. Aber sie erreichte das Haus nur wenige Augenblicke nach Friedrich.

»Hanna, was um alles in der Welt machst du denn hier?«, schauspielerte Friedrich mit einem verstohlenen, allein für

Hanna bestimmten Blick auf einen jungen Mann, der gerade den Vorbereitungslehrgang für die Kriminalpolizei besuchte und Friedrich im Rahmen einer Praxisphase für den heutigen Tag zugeteilt worden war.

»Ich ... habe am Mittwoch meinen Schal hier vergessen«, log Hanna durchaus überzeugend, weil sie die Situation sofort erfasst hatte. »Aber jetzt muss ich ja gar nicht mehr extra rauf. Bist du bitte so gut und bringst mir den Schal mit, wenn du hier fertig bist?« Hanna schlenderte ohne Eile zu ihrem Auto, allerdings nicht, ohne Friedrich im Vorbeigehen ins Ohr zu flüstern: »Jetzt hab' ich was gut bei dir!«

»Wir treffen uns am Nonnenhaus. Um zwei. Ich spendiere dir auch ein Eis«, presste Friedrich durch die Zähne.

Der Bau des Einkaufszentrums am Nonnenhaus war im Tübinger Stadtrat lange Zeit heftig umstritten gewesen. Die Befürworter waren zwar knapp in der Mehrheit gewesen. Der auf mangelndem Umsatz basierende ständige Wechsel der Geschäftsinhaber schien den Gegnern im Nachhinein aber doch noch Recht zu geben. Unbestritten aber war, dass es dort beim Italiener das beste Eis von ganz Tübingen gab. Ein fruchtiger Heidelbeerbecher mit viel Sahne würde Hanna ausreichend für das ausgefallene Frühstück entschädigen.

* * *

»Ludwig-Krapf-Straße. Hier. Geht von der Derendinger Straße ab.«

Hanna faltete den Stadtplan zusammen. »Auto oder zu Fuß?«

Konrad Kästner, dem das Spiel vom Vortag noch in den untrainierten Knochen steckte, entschied sich dafür, mit dem Auto zum Bengelhaus zu fahren. Es war für Hanna sehr leicht gewesen, ihn dazu zu überreden, mit ihr zusammen Markus Kleinert aufzusuchen. »Herr Holzwarth ist im Moment vollauf mit der Vernehmung von Kemal Kaya beschäftigt. Und außerdem war ich bisher der Auffassung, dass die Staatsanwaltschaft die Herrin des Ermittlungsverfahrens ist und nicht die Polizei.«

Hanna hatte zu Recht darauf spekuliert, dass sie mit Hilfe von Konrads Dienstausweis problemlos ins Haus gelangte, was ihr allein kaum gelungen wäre. Sie standen vor dem hellgrauen Gebäudekomplex, der an aneinander gebaute Bienenwaben erinnerte, fanden Markus' Zimmer schnell und klopften an. Nichts rührte sich. Auf ein nochmaliges, energischeres Klopfen öffnete sich die Türe des Nebenzimmers. Ein bärtiger, junger Mann erschien im Türrahmen.

»Was ist denn das für ein Krach? Wie soll ein Mensch sich dabei auf die Religionskritik Feuerbachs konzentrieren?«, brummte er missmutig.

»Entschuldigung. Wir wollten Ihren wissenschaftlichen Eifer auf keinen Fall bremsen«, schmunzelte Hanna.

»Wir möchten zu Herrn Kleinert. Haben Sie eine Ahnung, wo wir ihn finden können?«, übernahm Konrad.

»Der wird noch bei seinem alten Herrn in Herrenberg sein. Vor heute Nachmittag haben Sie keine Chance. Besser noch heute Abend. Kann sein, dass er sofort an die Uni geht, wenn er nach Tübingen kommt.«

Hanna und Konrad verabschiedeten sich und verließen das Bengelhaus.

»Wo darf ich Sie absetzen?«

»Am Brechtbau. So ganz nebenbei habe ich ja auch noch einen Beruf«, kaschierte Hanna ihr schlechtes Gewissen ihrem Dienstherrn gegenüber. »Versuchen wir es dann heute Abend noch einmal zusammen bei Herrn Kleinert?«

»Tut mir wirklich leid«, erwiderte Konrad aufrichtig. »Ich fürchte, heute Abend kann ich nicht. Ich werde Herrn Holzwarth bitten müssen, das zu übernehmen.«

* * *

Hanna saß bereits seit fast einer halben Stunde in der Eisdiele, als Friedrich zur Tür hereinstürmte.

»Entschuldige, aber es ging wirklich nicht früher!«

Hanna zog ihre rechte Augenbraue nach oben. »Ich hoffe, du hast eine überzeugende Entschuldigung parat.«

»Allerdings. Vor einer Dreiviertelstunde haben unsere Computerfreaks endlich ihren Bericht geschickt.« Friedrich fischte zwei Blätter aus seiner Jackentasche. »Sieh' mal, was ich hier habe! Ayfers E-Mail-Korrespondenz!«, verkündete er zufrieden.

Hannas schlechte Laune war wie weggeblasen. »Lass sehen!« Sie nahm Friedrich die Blätter aus der Hand.

»Ayfer hatte zwei E-Mail-Adressen«, erläuterte Friedrich. »Eine benutzte sie auf ihrem PC zu Hause. Die war für die Familie und sonstige vorzeigbare Mails. Und eine hatte sie auf dem Notebook eingerichtet, das du in ihrer Umkleidekabine gefunden hast. Diese Adresse benutzte sie ausschließlich für die Korrespondenz mit ihrem Geliebten Martin Volkmann. Da«, deutete Friedrich auf die Blätter, die Hanna in der Hand hielt, »sind die Mails ausgedruckt, die auf der Festplatte des Notebooks gespeichert waren. Die anderen Mails habe ich auch, aber die geben nichts her.«

»Ganz schön pfiffig!«, stellte Hanna mit einer Mischung aus Empörung und Anerkennung fest. »So konnte Kemal die offiziellen Mails nach Herzenslust kontrollieren und Ayfer gleichzeitig elektronischem Liebesgeflüster frönen.«

»Hat sich was mit Liebesgeflüster! Lies selbst!«, erwiderte Friedrich. Hanna legte ein Blatt auf den Tisch und hielt das andere schräg gegen die Lampe, die hinter ihr an der Wand hing, um in der schummrigen Beleuchtung überhaupt etwas erkennen zu können. Sie las halblaut:

»Mittwoch, 21. Oktober. Ich kann es kaum erwarten, bis wir die Wohnung endlich für uns haben! Komm um kurz nach sechs, da ist er sicher weg! Ich freu' mich wahnsinnig auf morgen! Ayfer

Montag, 29. Oktober. Noch zwei Tage! Nicht mal mehr ganz, aber ich halte es kaum noch aus. Sei bitte pünktlich! Ich kann das Warten nicht ertragen! Ich liebe dich! Ayfer

Montag, 12. November. Liebling, ich habe gerade im Katalog der Uni-Bibliothek herumgestöbert und eine Dissertation gefunden, die dich ganz bestimmt wahnsinnig interessieren wird! Ayfer

Dienstag, 13. November. Bringst du morgen was zum Essen mit? Ich komme heute bestimmt nicht mehr zum Einkaufen. Ayfer

Mittwoch, 14.November. Shit! Heute geht's nicht. Kemal hat einen Tag freigenommen. Ich ruf' dich an! Du fehlst mir! Ayfer«

Hanna ließ das Blatt sinken. »Sieht so aus, als hätten sie sich alle 14 Tage in Ayfers Wohnung getroffen.«

»Genau. Immer, wenn Kemal Spätschicht hatte.«

»Kannst du mit der Mail vom ...«, Hanna blickte auf das Blatt in ihrer Hand, »... 12. November etwas anfangen? Das ist die mit der Dissertation.«

»Nein, überhaupt nicht. Ich werde Herrn Volkmann bei Gelegenheit danach fragen. Wenn ich dran denke.«

»Irgendwie habe ich das Gefühl, dass die wichtig ist«, insistierte Hanna.

»Warum?«

»Kann ich dir nicht genau erklären. Vielleicht, weil es die einzige ist, bei der es nicht um ein Treffen der beiden geht.«

Hanna löste sich von ihrem Gedanken und nahm sich das Blatt erneut vor: »Montag, 19. November. Ich halt' das nicht mehr aus! Entweder du sagst es ihr heute noch oder ich tue es!«

»Aber hallo! Die harmlose Affäre beginnt Ärger zu machen!«, schwang bei Hanna eine deutliche Note von Genugtuung mit.

»Das ist die erste Mail, auf die sie eine Antwort von ihrem Geliebten erhält«, verkündete Friedrich. »Hier ...« Er griff nach dem zweiten Blatt: »Montag, 19. November. Ayfer! Bitte! Das haben wir doch schon tausendmal besprochen! Sobald meine Beförderung endgültig durch ist, werde ich ihr alles sagen. Hab noch ein ganz klein wenig Geduld, mein Engelchen! Ich kann mich doch auf dich verlassen? Ich liebe dich!«

»Merkst du eigentlich, was hier bei uns gerade vor sich geht? Ein Kulturmuffel erster Güte und ich veranstalten so eine Art szenische Lesung? Dass ich das noch erleben darf!«, spottete Hanna.

»Ayfers Mail passt zu dem, was Katharina uns gestern erzählt hat«, blieb Friedrich stur bei seinem Thema.

»Das stimmt«, pflichtete Hanna ihm bei. »Ayfer liegt ihrem Geliebten in den Ohren, er soll endlich reinen Tisch machen. Er vertröstet sie zum zehntausendsten Mal mit leeren Versprechungen. Sie hat die Faxen dicke und ruft bei der Ehefrau an. Meine Güte, Katharina hat Recht: Genau wie in billigen B-Movies!« Hanna sah wieder einmal ihre Auffassung von Männern im Allgemeinen bestätigt.

»Hat Katharina uns eigentlich gesagt, an welchem Tag genau Ayfer angerufen hat?«, beeilte sich Friedrich, jeder Gefahr, sich einen entsprechenden Vortrag Hannas anhören zu müssen, zuvorzukommen.

»Nein. Wir haben sie aber auch beide nicht danach gefragt.«

Friedrich blickte auf das Blatt in seiner Hand. »Sieht so aus, als ob sich Ayfer spätestens am 21. bei Katharina gemeldet hat. Hier!«, las er Hanna vor: »Mittwoch, 21. November. Bist du denn total bescheuert? Wieso gehst du denn nicht ans Telefon, verdammt noch mal?! Was soll der Scheiß? Melde dich!«

»Nicht gerade die ganz feine, staatsanwaltschaftliche Ausdrucksart!«, bemerkte Hanna.

»Wundert dich das? Seine Freundin ruft bei seiner Frau an. Mir an seiner Stelle wären da wahrscheinlich noch ganz andere Ausdrücke eingefallen!«

»Du gehst also davon aus, dass er ziemlich sauer auf Ayfer war?«

»Mit Sicherheit!«

»So sauer, dass er ... sie vielleicht sogar umbringt?«

»Kann ich mir nicht vorstellen. Du?«

»Das Motiv wäre ziemlich dünn«, gab Hanna zu. »Vor allem für einen Staatsanwalt.«

»Erstens das. Und zweitens: Wir nehmen jetzt an, dass Ayfer am 21. oder unmittelbar vorher bei Katharina angerufen hat. Ayfer wurde aber erst am 28. ermordet. Wenn der Anruf den Volkmann so in Rage gebracht hätte, dass er Ayfer umbringt, dann hätte er wohl kaum noch fast eine ganze Woche verstreichen lassen. Das ergibt keinen Sinn.«

»Wir müssen unbedingt herausfinden, wann Ayfer Katharina angerufen hat. Am besten, ich fahre gleich nachher bei ihr vorbei.«

»In Ordnung.« Friedrich zückte ein abgegriffenes Notizbuch und trug einige Stichworte als Merkposten ein.

»Hat Martin Ayfer nach seiner Reaktion auf ihren Anruf noch einmal geschrieben?«, bat Hanna Friedrich nachzusehen.

»Ja, einmal noch: ›Dienstag, 27. November. Ayfer, das kannst du nicht machen! Das willst du doch nicht wirklich durchziehen? Ich komme morgen zu dir. Wir müssen unbedingt miteinander reden.‹«

»Ich habe auch noch eine Mail«, verkündete Hanna: »Dienstag, 27. November. Bleib, wo du bist! Es ist alles gesagt!«

Hanna dachte angestrengt nach. »Wann hast du mit angehört, wie Martin und Ayfer sich getrennt haben?«, erinnerte sie sich an ihr Gespräch mit Friedrich beim Griechen neben dem Evangelischen Stift.

»Lass mich überlegen«, bat Friedrich. »Der Mord war am Mittwoch, den 28. November. Dann hat mich Volkmann am Dienstag, den 27. November, zu sich ins Büro bestellt. Das passt. Ayfer und er telefonieren am 27. miteinander. Das Ende vom Lied ist, dass sie ihn vor die Tür setzt. Und noch am selben Tag schreibt er ihr, dass sie ihre Entscheidung rückgängig machen soll.«

»Und sie schreibt zurück, er soll sich zum Teufel scheren. Das war's dann endgültig«, fasste Hanna zusammen. Friedrich schaut auf die Uhr. »Mist, so spät schon! Ich muss ins Büro! Da wartet jede Menge Schreibkram auf mich«, stöhnte er.

»Halt, hiergeblieben! Bevor du gehst, möchte ich wissen, was bei der Vernehmung von Kemal herausgekommen ist. Wo ist er gewesen?«

»In Mannheim.«

»Bei seinen Eltern?«

»Nein. Natürlich nicht. Da haben wir die Mannheimer Kollegen selbstverständlich zuerst hingeschickt. Er hat sich bei einem entfernten Onkel einquartiert. Ein Anwalt hat ihm dann offensichtlich geraten, sich zu stellen. Sie sind zusammen hierher gefahren.«

»Das spricht eher für Kemal.«

»Wieso? Der Anwalt weiß ganz genau, dass das, was wir bisher haben, hinten und vorne nicht für einen Haftbefehl reicht. Nicht bei Kästner und Konsorten! Der Anwalt tanzt mit seinem Mandanten hier an und lässt ihn die Tour reiten: ›Ich komme freiwillig, ich habe nichts zu verbergen‹.«

»Könnte natürlich auch sein. Was hat Kemal gesagt?

»Nichts Neues. Er hatte keine Ahnung von Ayfers Männern. Er war den ganzen Abend und die ganze Nacht in der Wohnung seines Fast-Schwagers Irfan. Er hat erst am Tag nach dem Mord erfahren, was passiert ist. Er hat keine Ahnung, wer seine Schwester ermordet haben könnte. Er ist nur abgehauen, weil er den Kopf verloren hat. Er ist vollkommen unschuldig.«

»Ich kann es nicht genau erklären, aber ich glaube ihm«, sagte Hanna mehr zu sich selbst als zu Friedrich.

»Ich nicht!«, grummelte Friedrich. »Der hat Wort für Wort genau das erzählt, was ihm sein cleverer Anwalt auf der Fahrt von Mannheim nach Tübingen vorgebetet hat. Für mich ist Kemal immer noch der Hauptverdächtige. Jetzt muss ich aber wirklich!«

»Einen ganz kleinen Moment noch«, hielt Hanna ihn zurück. »Ich fürchte, ich muss dir noch etwas beichten.«

Friedrich spitzte gespannt die Ohren, denn dass Hanna ihm etwas beichtete, war während ihrer Ehe und auch danach nicht sehr häufig vorgekommen.

»Ich war gestern in Herrenberg ...«

Hanna wollte gerade anfangen, Friedrich alles zu erzählen, was Konrad und sie recherchiert hatten. Aber Friedrich ließ es nicht dazu kommen. »Ich weiß. Der neue Gott am Fußballhimmel hat schon bei mir angerufen. Ich werde mir diesen Seelsorger in spe morgen Nachmittag vornehmen.«

»Und was ist mit den anderen? Katharina? Irfan?«

»Die kommen doch nicht in Frage. Beide haben ein Alibi …«

»Das bei beiden bisher nicht ernsthaft überprüft wurde«, fiel Hanna ihm ins Wort.

»Kruschke ist zur Kur«, brauste Friedrich auf. »Die Fetzer kriegt ein Kind. Und dann noch drei Mann für die Soko Mireille abgezogen! Wer soll denn die Laufarbeit machen?«, schimpfte er.

»Wie gut, dass du eine qualifizierte und universell einsetzbare Helferin an deiner Seite hast!«

Friedrich grunzte missbilligend.

»Du holst mich morgen im Brechtbau ab. Sagen wir um zwei. Als Erstes sollten wir dieser Kadife in Pfullingen auf den Zahn fühlen«, fuhr Hanna ungebrochen fort. »Auf dem Rückweg statten wir Markus Kleinert einen Besuch ab. Und dann fahren wir beim Arsenal wegen Katharinas Alibi vorbei. Was hältst du davon?«

»Könntest du mir vielleicht auch gleich einen ähnlich exakten Plan für die ganze nächste Woche ausarbeiten? Dann muss ich das nicht mehr selbst erledigen!«

»Entschuldige, tut mir leid.« Hanna war klar, dass sie zu weit gegangen war. »Ich wollte dir nicht deinen Job erklären. Aber findest du nicht auch, dass wir Irfan und Markus genauer unter die Lupe nehmen sollten?«

»Natürlich! Aber morgen Mittag gibt Walter seinen Ausstand. Keine Ahnung, wie lange das geht. Ich hole dich ab, wenn ich so weit bin. Und dann werden wir sehen, wie wir vorgehen«, stellte Friedrich klar, dass er und niemand sonst bestimmte, wie und womit er seinen Tag verbrachte. Hanna wusste aus jahrelanger Erfahrung, dass ein Beharren auf ihrer Position unweigerlich dazu führte, dass Friedrich sie überhaupt nicht mitnahm. »Aber sieh zu, dass es nicht allzu spät wird«, fügte sie sich, wenn auch widerstrebend.

Nachdem Friedrich gegangen war, überlegte sich Hanna, ob sie jetzt sofort zu Katharina Volkmann fahren und sie wegen Ayfers Anruf befragen oder ob sie sich zuvor noch einen weiteren Heidelbeerbecher bestellen sollte. Auftauchende Bedenken, sie müsse auf ihr Gewicht achten, ließen sich mühelos zurückdrängen, und bereits wenige Minuten später löffelte Hanna mit sichtlichem Genuss.

* * *

Je näher Hanna Katharinas Villa kam, desto mulmiger wurde es ihr. Und tatsächlich: Kaum war sie aus ihrem Auto ausgestiegen und auf das Gartentor zugegangen, näherte sich von der anderen Seite her der Sennenhund. So blieb Hanna nichts anderes übrig, als vor dem Gartentor stehenzubleiben und laut nach Katharina zu rufen.

»Was ist denn das für ein Lärm da draußen?«, hörte Hanna eine weibliche Stimme, die nicht Katharina gehören konnte. Hanna blickte am Haus hinauf und sah, dass eine ältere Frau, der man ihre 75 Jahre nicht ansah, aus einem Fenster im Erdgeschoss schaute.

»Hallo. Ist Frau Katharina da?«

»Nein. Was wollen Sie denn von ihr?«, erkundigte sich Elfriede Sendlinger. Sie gab sich wenig Mühe, ihre Frage freundlich klingen zu lassen.

»Ich bin's, Hanna Kirschbaum, und ...«

»Ach du bist das, Hanna? Die Hanna, mit der meine Katharina im Gymnasium war?«, fragte Elfriede ungläubig.

»Genau«, bestätigte Hanna.

»Tarras, Platz! Hanna, komm rein!«, erteilte Elfriede Hund und Mensch eine gleichermaßen bestimmte Aufforderung. Der Hund setzte sich brav auf den Boden und wedelte mit dem Schwanz, und auch Hanna tat wie geheißen, auch wenn sie außerordentlich vorsichtig und in einem großen Bogen an Tarras vorbeiging.

»Meine Güte! Wie lange haben wir zwei uns schon nicht mehr gesehen? Setz dich, ich mache uns eine schöne Kanne Kaffee!«, kündigte Elfriede an, als Hanna im Wohnzimmer von ihrer Einliegerwohnung Platz genommen hatte.

»Du hast doch Zeit, ein wenig mit mir über früher zu plaudern, oder?«, ließ Elfriede Hanna kaum eine Chance. Sie stellte das Tablett ab, mit dem sie aus der Küche gekommen war, ging zum Wohnzimmerschrank, öffnete die Tür und blickte hinein. »Roswitha!«, schrie sie plötzlich laut. Eine Frau Anfang zwanzig, die ein schwarzes Kleid mit weißer Schürze und eine weiße Haube trug, kam aus der Küche.

Dass es so etwas heute tatsächlich noch gibt!

»Roswitha, waren Sie wieder an den Keksen? Ich habe Ihnen hundertmal gesagt, Sie sollen die Finger von meinen Sachen lassen!«, erregte sich die ältere Dame.

»Frau Sendlinger, ich habe Ihre blöden Kekse nicht angerührt. Und ich bin es allmählich wirklich leid, ständig als Diebin verdächtigt zu werden, wenn Sie ihren Kram irgendwohin legen und sich dann fünf Minuten später nicht mehr daran erinnern können!«

»Was erlauben Sie sich, Sie impertinente Person, Sie?«

»Ist doch wahr!«, verteidigte sich Roswitha. »Vor zwei Wochen war es Ihr Armband, das gefehlt hat. Dabei hatten Sie es selbst in Ihren Wandsafe geschlossen. Und letzte Woche Ihre Brillant-Armbanduhr, die verschwunden war und schon am nächsten Tag wie durch ein Wunder in Ihrem Nachttisch wieder aufgetaucht ist.«

»Gehen Sie! Verlassen Sie augenblicklich dieses Zimmer! Sie hören heute Abend von meinem Schwiegersohn!«

»Das ist nicht nötig! Ich kündige! Fristlos!« Roswitha machte auf dem Absatz kehrt und knallte die Tür zu.

»Da siehst du es«, versuchte Elfriede sich zu beruhigen. »Das hat man davon, wenn man jemanden einstellt, der vom Arbeitsamt geschickt wird! Nie wieder! So eine kommt mir nie wieder ins Haus!«

Hanna wusste nicht, was sie zu der unerfreulichen Szene sagen sollte, die sich gerade vor ihren Augen abgespielt hatte. Aber Elfriede bemühte sich, die Kontrolle über die Situation zurückzugewinnen.

»Dass du inzwischen ein richtiger Professor bist, hat mir Kathi erzählt.« Elfriede fand ihren normalen Plauderton wieder. »Macht dir das eigentlich wirklich Spaß, den ganzen Tag von zu Hause weg zu sein? Also für mich wäre das nichts gewesen! Ich finde immer noch, eine Frau sollte ...«

Hanna hatte nicht die geringste Lust, sich anzuhören, was eine Frau tun oder nicht tun sollte.

»Frau Sendlinger, haben Sie eine Ahnung, wann Katharina zurückkommt?«

»Was willst du denn so Dringendes von ihr?«, wechselte Elfriede in einen deutlich kühleren Ton. Sie war es nicht gewohnt, unterbrochen zu werden.

»Ich möchte sie etwas fragen.«

»Und was, wenn ich mich erkundigen darf?«, gab Elfriede zurück, als ob sie nicht eine über fünfzigjährige Professorin, sondern die fünfzehnjährige Schülerin und Freundin ihrer Tochter vor sich hätte. Hanna hatte Mühe, sich dem Rückfall in die alten Rollen zu entziehen. »Es geht um ein Telefongespräch«, antwortete sie deshalb, bemüht, einerseits nicht unhöflich zu sein, andererseits aber auch, nicht zu viel zu verraten.

»Katharina ist wieder mal bei einer von diesen sogenannten Kultur-Freundinnen.« An Elfriedes Missbilligung von

Katharinas Freizeitgestaltung konnte keinerlei Zweifel bestehen. »Aber was bleibt ihr auch anderes übrig, wenn ihr Mann sie ständig betrügt«, ergriff sie dann doch wieder Partei für ihre Tochter. Hanna wurde hellhörig. »Sie wussten von den Affären Ihres Schwiegersohns?«, fragte sie erstaunt.

»Klar weiß ich davon! Ich bin doch nicht auf den Kopf gefallen!«

»Wissen Sie vielleicht sogar, wer seine letzte ... Bekannte war?«

»Diese Türkin, die umgebracht wurde. Ich habe davon in der Zeitung gelesen. Scheußliche Sache! Hoffentlich finden sie diesen Unmenschen!«

»Ich weiß von Katharina, dass Ayfer ... so hieß die Ermordete ... bei Katharina angerufen und ihr von ihrem Verhältnis zu Martin erzählt hat. Haben Sie davon zufällig etwas mitbekommen?«, versuchte es Hanna auf gut Glück.

»Du bist gut! Das war ja nun wirklich nicht zu überhören, wie Katharina und Martin sich gefetzt haben wegen dieses Anrufs!«

»Und wissen Sie zufällig auch noch, wann genau Ayfer angerufen hat?«

»Das war am Mittwoch, den 21.«, antwortete Elfriede wie aus der Pistole geschossen. »Ich weiß das deshalb noch so genau, weil es am Tag nach meinem Geburtstag war. Den die beiden natürlich wieder einmal vergessen haben«, fügte sie mit einer Spur von Bitterkeit in der Stimme hinzu. »*Vier* Tage später ist Martin dann angekommen. Mit einem DVD-Recorder. Als nachträgliches Geburtstagsgeschenk. Dabei wissen die beiden ganz genau, dass ich es nicht ausstehen kann, wenn Filme, die auf eine große Kinoleinwand gehören, auf die 60 mal 40 Zentimeter eines Fernsehapparates zusammengepresst werden!«

Hanna hörte Elfriede nur noch mit einem halben Ohr zu.

Friedrich hat Recht gehabt: Ayfer hat tatsächlich schon am 21. November bei Katharina angerufen.

Elfriede nahm eine der Tabletten, die auf dem Tisch lagen, und schluckte sie mit viel Wasser hinunter.

»Ich habe Migräne. Ohne Tabletten nicht auszuhalten«, fügte sie erklärend hinzu. »Aber diese starken Schmerzmittel bringen einen genauso um, wenn auch etwas langsamer«, deutete sie auf die Medikamente. »Und glaubst du, einer von den beiden würde sich um mich kümmern? Die haben alles andere im Kopf, bloß nicht, wie es mir geht! Meine Frau Tochter! Hetzt von einem belanglosen Termin zum anderen. Und mein Herr Schwiegersohn hat nur seinen Beruf im Kopf! Generalstaatsanwaltschaft! Darunter tut er's ja nicht! Und dann bosselt er nebenher auch noch ständig an irgendwelchen Aufsätzen herum, die dann in juristischen Fachzeitschriften veröffentlicht werden.«

»Aufsätze?«

»Ja. Hochwissenschaftliches Zeug, das kein Mensch versteht. Zur Zeit schreibt er, glaube ich, irgendetwas darüber, wie lange ein Straftäter maximal eingesperrt werden darf. Sicherungsverwahrung oder so nennt man das. Glaube ich zumindest.«

»Neben seiner Arbeit als Staatsanwalt?«, bemerkte Hanna.

»Was weiß ich! Er war früher in der Schule Legastheniker. Und jetzt will er Gott und der Welt beweisen, dass trotzdem etwas aus ihm geworden ist.« Elfriede winkte müde ab. »Und wer leidet letztlich am meisten unter der Situation? Ich! Sowohl Tochter als auch Schwiegersohn sind ständig angeblich so beschäftigt, dass ich mit dem Bus zum Arzt fahren muss! Das musst du dir vorstellen! Und weißt du, was der Gipfel ist? Meine eigene Tochter hat mir geraten, mich nervenärztlich untersuchen lassen! Weil bei mir angeblich Anzeichen von Demenz zu erkennen seien. Pff!«

Hanna war nicht daran interessiert, weitere Details über die tatsächlichen oder eingebildeten Leiden von Katharinas Mutter zu erfahren. Und sie hatte auch keine Lust, ihr weiterhin als schmerzlich vermisste Gesprächspartnerin zur Verfügung zu stehen. Deshalb lag Hanna daran, möglichst schnell aus der Villa zu kommen, ohne Elfriede vor den Kopf zu stoßen. Sie trank ihre Tasse leer, bedankte sich für den Kaffee, schützte einen dringenden beruflichen Termin vor und verabschiedete sich zügig.

* * *

Auf dem Weg zu ihrer Arbeitsstätte im Brechtbau machte Hanna einen Abstecher in die Altstadt und kam an einem Sportgeschäft vorbei, vor dem eine dichte Menschentraube die Eingangstür blockierte. Hannas Neugier war geweckt. Sie spähte durch die Scheibe und erblickte einen der Stürmerstars des VfB Stuttgart, der seinen Namen auf Poster, Taschentücher, Schulhefte, T-Shirts, aber auch auf nackte Unterarme, kurz, auf alles schrieb, was ihm von seinen überwiegend jungen und weiblichen Fans entgegengestreckt wurde. Neben dem Tisch waren drei hohe Pyramiden aus Fußballstiefeln einer bestimmten Marke aufgetürmt, die von Scheinwerfern verkaufsfördernd angestrahlt wurden. Hanna wusste, dass Friederike ebenfalls ein großes Poster in ihrem Zimmer hängen hatte, auf dem der Star in der Badehose zu sehen war. Sie zögerte deshalb keine Sekunde, eine der ausliegenden Fanpostkarten zu nehmen, sich hinten an der Schlange anzustellen und zu warten, bis sie an der Reihe war. Während der Wartezeit kam ihr die Idee, dass sie auch gleich nach dem Weihnachtsgeschenk für ihre Enkeltochter sehen könnte. Es war Hanna zwar klar, dass sie so der Verkaufsstrategie des Ladens auf den Leim ging. Aber sie tröstete sich damit, dass sie früher oder später ohnedies hier im Geschäft erschienen wäre, um Fußballstiefel für Friederike zu kaufen. Bisher war es immer üblich gewesen, dass Hanna und Friedrich zusammenlegten, um ein größeres Geschenk überreichen zu können. Aber in diesem Jahr war Friedrich nicht davon abzubringen, dass ein Reithelm das einzig richtige Geschenk sei. Deshalb hatte Hanna sich zu einem Alleingang entschlossen und suchte jetzt die Regale nach Friederikes Größe ab. Ein eifriger Verkäufer bemühte sich redlich, Hanna die Vorzüge der Modelle »Günther Netzer« oder »Franz Beckenbauer« schmackhaft zu machen. Aber Hanna rümpfte die Nase und fragte provozierend, warum er kein Modell »Birgit Prinz« auf Lager habe. Der hilflose Verkäufer verdrehte die Augen, und Hanna entschied sich schließlich für das qualitativ hochwertige Modell »Worldcup«. Sie bezahlte und marschierte voller Vorfreude auf die im Schimmer der Weihnachtsbaumkerzen leuchtenden Augen ihrer Enkelin die Wilhelmstraße hinunter.

* * *

Hanna betrat den Brechtbau, fuhr aber nicht mit dem Aufzug zu ihrem Büro, sondern ging noch kurz in die Bibliothek. Sie wollte für ihr in einer halben Stunde beginnendes Hauptseminar »Dependenzgrammatik« noch einen Blick in einen erst kürzlich erschienenen Aufsatz eines ihrer Kollegen werfen. Als sie um das Regal mit den Lexika bog, schweifte ihr Blick über die Tische, an denen die Studierenden arbeiteten. Sie glaubte ihren Augen nicht zu trauen, als sie an einem der Tische Konrad Kästner erblickte, der eifrig über einem Band von Kindlers Literaturlexikon brütete und sich gelegentlich Notizen in einen Kollegblock machte. Sie trat näher.

»Was um alles in der Welt machen Sie denn hier?«, erkundigte Hanna sich erfreut.

»Nun ja«, erwiderte Konrad im Tonfall eines Kindes, das beim Marmelade-Naschen erwischt wird, »ich habe angerufen ...« Er stockte. »Für übermorgen Abend gab es noch Karten.«

Hanna verstand kein Wort.

»Fürs Theater. Emilia Galotti«, brachte er schließlich heraus. »Wir hatten uns überlegt, zusammen ...« Er brach endgültig ab.

»Ja, natürlich!«, strahlte Hanna. Sie blickte ihm über die Schulter. »Und vorher machen Sie noch schnell einen Crashkurs Lessing?«

»Einer der Studenten war so freundlich, mich auf dieses Buch hier hinzuweisen. Ich dachte, es könne nicht schaden, wenn ich vorher ...«

»Das kann es mit Sicherheit nicht! Treffen wir uns um halb acht im Foyer?«

Konrad nickte zustimmend.

»Also dann bis übermorgen«, freute sich Hanna und überließ Konrad seinen literaturwissenschaftlichen Studien.

Dienstag, 4. Dezember

Schon kurz nach dem Mittagessen ertappte sich Hanna dabei, wie sie aus dem Fenster schaute, um zu sehen, ob Friedrich sie nicht endlich wie vereinbart abholte. Ab 15 Uhr wurde sie allmählich ernsthaft ärgerlich, und als Friedrich gegen halb fünf weder aufgetaucht war noch sie angerufen hatte, schlug Hanna mit einem »Als ob ich auf Friedrich

Holzwarth angewiesen wäre!« zwischen den Zähnen ihre Bürotür zu. Sie setzte sich in ihr Auto und machte sich auf den Weg nach Pfullingen. Als sie in Reutlingen an einer Ampel anhalten musste, blinkten ihr kleine, quietschbunte Lämpchen entgegen: Ein großer, moderner Döner-Imbiss war auf türkische Art vorweihnachtlich geschmückt.

Appetitlich angerichtete Vorspeisen lockten im Schaufenster.

Nächste Woche wäre ich dran gewesen. Ayfer und die anderen Frauen wären zu mir gekommen. Sie wollte uns zeigen, wie frau imam bayildi zubereitet.

Das Auto vor ihr verschwamm vor Hannas Augen. Sie musste im Handschuhfach nach einem Taschentuch fischen.

Sie hätte es geschafft! Ganz sicher, verdammt noch mal! Sie hätte zumindest promoviert werden können! Und jetzt: tot! Ich hasse Beerdigungen! Hilde Domin. Ich werde bei ihrer Beerdigung ein Gedicht von Hilde Domin lesen. Ayfer hat sie geliebt.

Wieder lief Hanna eine Träne über die Wange.

Warum bringt jemand gerade Ayfer um? Sie hat doch niemandem ...

Die aggressive Hupe von Hannas Hintermann erzwang ihre Aufmerksamkeit. Die Ampel hatte auf grün umgeschaltet. Hanna legte mechanisch den ersten Gang ein und fuhr los.

Knapp 15 Minuten später klingelte sie in der Klemmenstraße bei der Pfullinger Zweier-Wohngemeinschaft. Die

Tür wurde von einer zierlichen jungen Frau geöffnet, die zu einer engen Jeans einen Mohair-Pullover sowie einen Seidenschal trug. Die üppigen schwarzen Locken und eine ins Oliv spielende Gesichtsfarbe legten für Hanna den Schluss nahe, dass sie Kadife Arslan gegenüberstand, der Frau, mit der Irfan den ganzen Tatabend zusammen gewesen sein wollte.

»Frau Arslan?«, versicherte sie sich trotzdem.

»Was ist? Was wollen Sie?«, tönte es Hanna unfreundlich entgegen.

»Guten Tag. Mein Name ist Hanna Kirschbaum. Ayfer Kaya ... sagt Ihnen der Name etwas?«

»Klar. Irfans Verlobte. Und?«

»Ich habe da einige Fragen und ...«

»Tut mir leid, keine Zeit. Sie sehen doch, dass ich gerade auf dem Sprung bin.« Kadife schnappte sich ihren Mantel, der an der Garderobe hing, sowie eine Umhängetasche und schob sich an Hanna vorbei ins Treppenhaus.

»Mich interessiert lediglich, ob der Verlobte von Ayfer ...«

«Und mich interessiert, was Sie das eigentlich angeht«, gab Kadife patzig zurück.

»Frau Arslan, bitte ...«

»Sie haben keinerlei Recht, hier irgendwelche Fragen zu stellen, richtig?«

»Ja, aber ...«

»Nichts aber! Verschwinden Sie! Oder machen Sie, was Sie wollen. Tschüss! War nett, mit Ihnen zu plaudern.«

Kadife nickte noch kurz einem jungen Mann zu, der in der Küche saß, die direkt an die Diele anschloss. »Ich bin zum Essen auf jeden Fall wieder da. Tschüss bis später.« Kadife verschwand aus der Wohnung. Hanna blieb unschlüssig auf dem Flur stehen.

»Möchten Sie vielleicht auch eine Tasse Tee?«, erkundigte sich der junge Mann.

»Gerne.« Hanna betrat die Wohnküche. Sie hatte erwartet, auf die obligatorische WG-Eckbank mit Stapeln von Zeitschriften, einen großen Esstisch mit Wachstuchdecke sowie selbstgebastelte Vorratsregale zu stoßen. Umso überraschter war sie, als sie sich umsah. In der Mitte stand ein Designer-Kochblock. Die Türen der Hängeschränke an den Wänden waren aus gebürstetem Edelstahl gefertigt, und die Sitzgruppe unter der Fensterfront stammte mit Sicherheit nicht von IKEA. Hanna brauchte einige Sekunden, bis sie sich wieder auf den jungen Mann konzentrieren konnte.

»Guten Tag. Mein Name ist Hanna Kirschbaum ...«

»Oliver Vogt.« Er holte eine Tasse samt Untertasse aus einem der Schränke und stellte sie vor Hanna hin. »Darf ich Ihnen einschenken?«, fragte er höflich.

»Gerne!«

Oliver goss Tee in Hannas Tasse. »Zitrone? Milch? Zucker? Ich selbst trinke ihn ohne alles«, fügte er erklärend hinzu.

»Ich auch. Danke.« Hanna nahm einige kleine Schlucke, da der Tee noch sehr heiß war. Dann kam sie zur Sache.

»Möglicherweise können *Sie* mir weiterhelfen, nachdem Ihre Mitbewohnerin offensichtlich keine Lust dazu hatte.«

»Was möchten Sie denn wissen?«, erkundigte er sich wesentlich freundlicher als Kadife zuvor.

»Ich will ganz offen zu Ihnen sein«, trat Hanna die Flucht nach vorn an. »Es geht darum, ob ein Bekannter von Kadife am Tag des Mordes den ganzen Abend und die ganze Nacht hier verbracht hat.«

»An welchem Tag ist diese ... Ayfer? ...«

Hanna nickte.

»Also, wann ist sie umgebracht worden?«

»Morgen ist es eine Woche her.«

»Morgen vor einer Woche? Da war das Fußballspiel. Ja, da hatte Kadife Besuch. Erst haben wir drei zusammen gegessen. So bis sieben vielleicht. Und dann sind die beiden auf Kadifes Zimmer. Sie wollten ein Flugblatt schreiben, glaube ich.«

»Glauben Sie?«

»Na ja, der Typ war ja schon häufiger hier. Es hat schon geknistert zwischen den beiden. Aber ob wirklich was gelaufen ist: keine Ahnung!«

»Und wie lange waren die beiden dann in Kadifes Zimmer?«

»Ich habe sie erst gegen 22.30 Uhr wieder herauskommen sehen.«

»Und Sie waren die ganze Zeit in der Wohnung?«

»Nein. Ich musste nach meinen Pantoffeltierchen schauen. Ich studiere Biologie und habe in Tübingen gerade einen Versuch laufen«, fügte er erklärend hinzu, als er Hannas verblüfftes Gesicht sah. »Aber als ich weg bin, waren sie in Kadifes Zimmer, und als ich so kurz nach zehn zurückgekommen bin, waren sie auch da, das habe ich gehört. Da bin ich mir sicher.«

»Und in der Zwischenzeit?«

»Wo sollten sie denn in der Zwischenzeit sonst ... das heißt ...«

»Was?«

»Da fällt mir ein, ... ich habe seinen Audi TT auf dem Parkplatz stehen sehen, als ich mein Auto abstellte.«

»Auf welchem Parkplatz?«

»Auf der Morgenstelle. Der wird von allen Naturwissenschaftlern benutzt, also auch von den Pharmazeuten.«

»Aber wie konnte der Audi schon dort stehen, als Sie angekommen sind? Als Sie hier weggefahren sind, saßen Kadife und ihr Besuch doch noch in ihrem Zimmer.«

»Ich habe auf der Fahrt nach Tübingen noch getankt. Wenn die beiden sofort nach mir losgefahren sind, müssen sie mich überholt haben.«

»Und Sie sind sich absolut sicher, dass es Irfans Auto war? Haben Sie so genau hingeschaut?«

»Das war nicht nötig. Die Delle hinten links erkennt man sofort.«

»Und kam Ihnen das nicht komisch vor: Irfans Auto steht in Tübingen und der Eigentümer sitzt gleichzeitig in Pfullingen?«

»Nein. Ich habe mir nichts dabei gedacht. Das heißt, ich dachte, dass er mit Kadife zusammen aus Tübingen gekommen ist und sein Auto an einen seiner türkischen Freunde verliehen hat. Das kam häufiger vor. Aber wenn Sie mich jetzt so direkt fragen ...«

»Sie können also nicht mit Sicherheit sagen, dass Kadifes Besuch den ganzen Abend hier in Pfullingen war?«

»Wie gesagt: Ich gehe ganz stark davon aus, dass er hier war. Ich war ja nicht lange weg. Aber beschwören kann ich es natürlich nicht.«

»Tja, das war's dann auch schon. Sie haben mir sehr geholfen. Und vielen Dank für den Tee.«

»Keine Ursache.«

»Auf Wiedersehen, und grüßen Sie mir Ihre Pantoffeltierchen!«

* * *

Hanna war der Ansicht, dass sie sich einen gemütlichen Abend zu Hause redlich verdient hatte, nachdem sie nach ihrem Ausflug nach Pfullingen mehrere Stunden an der Konzeption ihres Seminars im nächsten Semester getüftelt hatte. Sie steuerte ihren Passat in Richtung Reusten. Zu ihrer Überraschung war ihr Parkplatz vor dem Haus mit einem Auto belegt, das sie gut kannte: Friedrich stand am Gartenzaun und plauderte wieder einmal mit den Nachbarinnen.

»Komm rein!«, fauchte sie ihn an. Den Weg ins Wohnzimmer legten sie schweigend zurück.

»Auch wenn du es offensichtlich vergessen hast: Wir waren verabredet!«, giftete Hanna sofort los.

»Ich weiß«, begann Friedrich, »aber ich konnte wirklich nicht. Ich musste Ayfers Mörder festnehmen!« Er stand da und weidete sich an Hannas perplexem Gesichtsausdruck.

»Los! Erzähl' schon!« Hannas Tonfall wurde eine Nuance gnädiger.

»Wir haben die Waffe gefunden, mit der Ayfer ermordet wurde.«

»Wo?«, platzte Hanna vor Neugierde.

»In Bernhard Staudingers Werkstatt.«

»Wieso habt ihr ausgerechnet da gesucht?«

»Haben wir gar nicht. Es war der pure Zufall. Die Jungs vom Staatsschutz waren aktiv. In letzter Zeit sind jede Menge Felder mit genmanipuliertem Mais verwüstet worden.«

»Ich wusste nicht, dass das zu den Aufgaben des Staatsschutzes gehört«, provozierte Hanna.

»Willst du jetzt wissen, wie wir zu der Pistole gekommen sind oder nicht?«, entgegnete Friedrich unwirsch. Hanna nickte eifrig.

»Bernhard Staudinger ist ein polizeibekannter Attac-Aktivist. Sie haben seine Werkstatt durchsucht und eine Pistole mit Schalldämpfer gefunden, für die er natürlich weder einen Waffenschein noch eine Waffenbesitzkarte besaß.«

»Was es nicht alles gibt«, wunderte sich Hanna. »Und dann habt ihr Bernhard Staudinger gleich verhaftet?«

»Nein.«

»Wie: Nein?«

»Wir haben Kemal Kaya vorläufig festgenommen.«

»Wieso das denn?«, fragte Hanna ebenso überrascht wie ungläubig.

»Weil die einzigen Fingerabdrücke, die wir auf der Tatwaffe gefunden haben, seine waren.«

»Wow! Das sieht nicht gut aus. Und? Was sagt er?«

»Er hat auf stur geschaltet. Er war nicht in der Wohnung und er hat überhaupt keine Ahnung, wie seine Fingerabdrücke auf die Waffe gekommen sein könnten.«

»Klingt nicht übermäßig glaubhaft«, musste Hanna zugeben.

»Nein. Aber es kommt noch besser. Ich wollte ihn gerade abführen lassen, um ihn in der Zelle ein wenig schmoren zu lassen, als ein Wachtmeister einen Mann ins Zimmer führte, der unbedingt eine Aussage ›im Fall der toten Türkin‹ machen wollte. Erst wollte ich ihn abwimmeln. Einer der üblichen Wichtigtuer, dachte ich. Aber dann stellte sich heraus, dass er in der Wohnung über Ayfer wohnt. Er heißt Manfred Böhringer, ist Pilot und ...«

»Pilot? Ich habe am Mordtag jemanden mit einem Pilotenkoffer vor dem Haus gesehen«, erinnerte sich Hanna.

»Genau! Er war bis heute Morgen in Südafrika, und als er von diesem Hausmeister Staudinger erfahren hat, was passiert ist, ist er sofort zu uns gekommen.«

»Und? Was hat er gesagt?«

»Er hat Kemal gesehen. Wie er exakt zur Tatzeit seine Wohnung verlassen hat! Zweimal sogar!«

»Zweimal?«

»Ja. Herr Böhringer hatte seine Sachen schon gepackt. Er musste gegen 22 Uhr am Stuttgarter Flughafen sein, wollte aber noch kurz im Keller eine Flasche Mineralwasser holen, bevor er ging. Auf dem Weg nach unten sieht er, wie Kemal seine Wohnung verlässt und die Treppen hinunterrennt. Böhringer sagt freundlich ›Guten Abend‹, aber Kemal rennt einfach weiter. Böhringer, der sich wundert, dass Kemal trotz des Sauwetters nur mit einem offenen Hemd bekleidet nach draußen will, holt sein Mineralwasser und marschiert wieder nach oben. Als er schon an Ayfers Wohnung vorbei ist, hört er ihre Wohnungstür erneut zuschlagen. Er dreht sich um und sieht, wie Kemal auf der Treppe unterwegs ist. Diesmal allerdings mit einem langen Wintermantel bekleidet.«

»Das passt«, überlegte Hanna laut. »Kemal rennt aus der Wohnung. Außer sich, wie er ist, merkt er erst unten, dass er nur ein Hemd anhat. Während der Pilot sein Mineralwasser holt, geht Kemal zurück in die Wohnung und greift sich seinen Mantel. Und der Pilot trifft ihn dann noch einmal, als er die Wohnung zum zweiten Mal verlässt. Dann kann ich Kemal nur ganz knapp verpasst haben, denn den Piloten habe ich ja noch getroffen«, ärgerte sich Hanna. »Und was sagt Kemal zu alledem?«

»Zuerst gar nichts. Aber nach einer Stunde hatte ich ihn langsam weich. Zum Glück war sein Anwalt schon wieder zurück nach Mannheim gefahren. Und nach einer weiteren Stunde war seine Geschichte endlich heraus.«

»Ich höre.«

»Du hattest Recht. Kemal und Bernie haben sich in der Klinik wirklich heftig gestritten. Am Anfang ging es darum, dass Bernie ein Motorrad zu billig verkauft hat. Die Sache eskalierte, sie schrieen sich an und am Schluss riet Bernie Kemal nachzusehen, was Ayfer so alles während seiner Spätschicht treibt.«

»Woher wusste Bernie, was Ayfer während Kemals Spätschicht treibt?«

»Von Staudinger senior.«

»Sieh an! Dann hat Staudinger senior doch wesentlich mehr gesehen, als er zugegeben hat.«

»Kemal hat Bernie nicht geglaubt. Trotzdem ist er Hals über Kopf losgefahren. Aber nicht zu Irfan, sondern in seine eigene Wohnung.«

»Das hat er zugegeben?«

»Nach der Aussage des Herrn Böhringer blieb ihm ja kaum etwas anderes übrig.«

»Und was ist passiert, als Kemal in seiner Wohnung war?«

»Nach seiner Aussage ging er in Ayfers Zimmer und sah sie auf dem Boden liegen. Er ging zu ihr hin und versuchte sie aufzurichten. Er schwört Stein und Bein, dass sie in diesem Moment noch lebte. Ayfer habe krampfhaft versucht, ihm noch etwas zu sagen, sei aber schon zu schwach dafür gewesen. Unmittelbar darauf sei sie in seinen Armen gestorben.« Friedrich sah Hanna an, um zu erfahren, wie sie Kemals Aussage aufnahm, aber Hanna zeigte keine deutbare Reaktion. Deshalb fuhr Friedrich fort: »Er will dann eine Zeit lang bewegungslos neben seiner toten Schwester gesessen haben. Wie lange, kann er nicht sagen. Als er wieder in der Lage war, klar zu denken, kam ihm – so behauptet er jedenfalls – ein entsetzlicher Gedanke: Was, wenn Irfan ebenfalls von Ayfers Untreue erfahren und durchgedreht hatte? Kemal schnappt sich also die Pistole und fährt wie ein Verrückter zu Irfans Wohnung. Dass der nicht da ist, macht die Sache für Kemal nicht besser. Am nächsten Morgen fährt Kemal zu Bernie. Sie verstecken die Waffe und versuchen alle fünf Minuten bei Irfan anzurufen. Aber der war ja noch bei Kadife Arslan in Pfullingen.«

Auch wenn Hanna aufgrund ihrer eigenen Recherchen in Pfullingen erhebliche Zweifel an der Richtigkeit dieser Behauptung hatte, behielt sie sie zumindest im Moment für sich.

»Tja, das war's dann wohl. Ich denke, es ist nur eine Frage der Zeit, bis Kemal gesteht.«

»Irgendetwas stimmt nicht!«, murmelte Hanna vor sich hin.

»Unsinn! Was soll denn da nicht stimmen? Kemal war am Tatort. Auf der Tatwaffe sind ausschließlich seine Fingerabdrücke. Ehrenmord ist ein absolut plausibles Motiv. Was willst du denn noch?«, fuhr Friedrich seine Ex-Frau an.

»Was hat er zu dem Schleier und der Unterwäsche gesagt?«, blieb Hanna hartnäckig.

»Er hat so getan, als ob er von diesen Dingen heute zum ersten Mal gehört hätte. Aber ich glaube ihm kein Wort!«

Hanna ging kommentarlos zum Holzofen, von dort zur Küchentür, blieb kurz stehen und marschierte dann entschlossen auf die Sitzgruppe zu. Sie griff sich ein Kissen, legte es auf den Boden, bettete ihren Kopf darauf und streckte die Beine senkrecht in die Höhe. Friedrich vertiefte sich ergeben in eine auf dem Tisch liegende Zeitschrift. Nach kurzer Zeit stellte sich Hanna zurück auf die Füße und nahm ihre Wanderung durch die Wohnung wieder auf. Friedrich legte die Zeitschrift beiseite. »Und? Hattest du eine weiterführende Erleuchtung?«, wollte er wissen.

»Wenn du es unbedingt so nennen möchtest«, blaffte Hanna zurück, die es absolut nicht leiden konnte, wenn Friedrich sich über Dinge lustig machte, von denen er ihrer Auffassung nach nichts verstand. »Zumindest weiß ich jetzt, was nicht stimmt.«

»Sag schon!«, lenkte Friedrich ein, als Hanna von sich aus keinerlei Anstalten machte, weiterzureden.

»Der Mantel.«

»Würde es dich *sehr* anstrengen, einen oder unter Umständen vielleicht sogar zwei ganze Sätze zu bilden?«, verlor Friedrich allmählich die Geduld.

»Ich frage mich, ob Kemal im Besitz eines langen Wintermantels ist. Das passt einfach nicht zu einem, der mit alten

Motorradrädern herumhantiert«, dachte Hanna eher laut, als dass ihre Worte an Friedrich gerichtet gewesen wären. »Im Krankenhaus hat frau mir erzählt, dass Kemal immer nur in einer Lederjacke kommt. Und als ich Kemal bei seinem Kumpel Bernie getroffen habe, hing an der Garderobe auch kein langer Mantel. Hätte er aber müssen, wenn Kemal damit zu Bernie gekommen wäre!«

»Na und? Das heißt gar nichts. Der Mantel kann sonstwo gewesen sein«, maulte Friedrich.

»Trotzdem! Ich würde mich sehr gerne mit diesem Piloten unterhalten.«

»Bitte nicht! Ich hatte eigentlich vor, einen ruhigen und gemütlichen Abend zu verbringen.«

»Für Gemütlichkeit ist hinterher immer noch Zeit! Wer weiß? Vielleicht ist unser Herr ...«

»Böhringer.«

»Danke. Vielleicht ist er morgen früh schon wieder auf dem Weg nach weiß-der-Himmel-wohin.«

»Du fährst, lädst mich hinterher zu einem oder mehreren Gläsern Wein in eine Gaststätte meiner Wahl ein und bringst mich hinterher nach Hause?«

»Kleingeistige Krämerseele!«

Friedrich zog sich wortlos die Schuhe aus, holte sich die Zeitschrift vom Tisch und räkelte sich demonstrativ in seinem Sessel.

»Also gut«, gab sich Hanna geschlagen. »Los!«

* * *

»Finden Sie nicht, dass Viertel nach neun eine etwas ungewöhnliche Zeit ist?«, schimpfte Manfred Böhringer, als Hanna und Friedrich ihn herausgeklingelt hatten.

»Entschuldigen Sie bitte, aber meine ... Mitarbeiterin hätte da noch die eine oder andere Frage«, versuchte Friedrich zu vermitteln.

»Sie haben Kemal Kaya zweimal aus seiner Wohnung kommen gesehen?«, wandte sich Hanna ohne Umschweife an den Piloten.

»Ja.«

»Einmal, als Sie in den Keller gingen, und einmal, als Sie wieder zurückgekommen sind?«

»Ja doch! Aber das habe ich doch alles schon zu diesem Herrn da gesagt! Worauf wollen Sie eigentlich hinaus?«

»Ich möchte Sie bitten zu unterscheiden zwischen dem, was Sie wirklich gesehen, und den Schlüssen, die sie daraus gezogen haben.«

»Bitte?« Der Pilot war sichtlich verwirrt.

»Sehen Sie, der Punkt ist ...« Hanna brach ab, weil sie merkte, dass sie in ihren Dozenten-Jargon fiel. Sie begann erneut. »Als Sie in den Keller gegangen sind, konnten Sie Kemal direkt ins Gesicht sehen. Kein Zweifel also, dass es auch wirklich Kemal war, dem Sie begegnet sind.«

»Mein Reden!«

»Aber als Sie aus dem Keller zurückkamen, da waren Sie doch schon an der Tür zu Kemals Wohnung vorbei?«, fuhr Hanna ungerührt fort.

»Na und? Ich habe mich umgedreht und ihn gesehen! Muss ich denn unbedingt alles zweimal erzählen?«

»Woran haben Sie denn erkannt, dass es sich bei der Person um Kemal handelte? Beim zweiten Mal, meine ich«, fuhr Hanna ungerührt fort.

»Na ja ... die Größe ... die Figur ...« Herr Böhringer dachte angestrengt nach, kam aber auf keine weiteren Anhaltspunkte.

»Herrn Kayas Größe und Figur dürften Hunderte in Tübingen haben.«

»Meine Güte, wer soll es denn sonst gewesen sein?«, regte er sich schließlich auf.

»Sehen sie« – Hanna konnte das Dozieren nicht völlig vermeiden – »das ist es, was ich vorher gemeint habe. Draußen ist ein Hundewetter. Sie sehen Kemal im Hemd. Und dann sehen Sie eine Person im langen Wintermantel. Also: Die Person, die Sie auf ihrem Rückweg treffen, ist Kemal, der sich einen Mantel geholt hat.«

»Ja. Natürlich! Wo ist das Problem?«

»Das Problem liegt darin, dass die Aussage, Kemal zweimal gesehen zu haben, zumindest zum Teil nicht auf unmittelbarer Wahrnehmung beruht, sondern auf – zugegebenermaßen naheliegenden – Schlussfolgerungen, die Sie unbewusst gezogen haben. Deshalb meine Frage: Könnte die zweite Person nicht vielleicht auch jemand anderes gewesen sein?«

»Na ja, wenn Sie's so sehen ...«, räumte der Pilot widerwillig ein. Friedrich hatte Hannas triumphierenden Blick erwartet, so dass er ihm mit unbewegter Miene standhalten konnte. Trotzdem schien es ihm an der Zeit zu sein, selbst die Initiative zu ergreifen.

»Was war das denn für ein Mantel?«, wollte er deshalb von Herrn Böhringer wissen.

»Keine Ahnung. Fast bis auf den Boden gereicht hat er. Das habe ich wirklich beobachtet«, ergänzte er mit einem Seitenblick auf Hanna.

»Und sonst?«, beharrte Friedrich.

»Ein Mantel eben, was weiß ich ... das heißt, er hat geglänzt ...«

»Wie: geglänzt?«, fragte Hanna nach.

»Wie edlere Stoffe eben glänzen, wenn Licht drauf fällt«, gab der Pilot patzig zurück. »Sonst noch was?«

Hanna dachte kurz nach. »Nein«, sagte sie dann, »fürs Erste war's das. Oder hast du noch eine Frage?«, wandte sie sich an Friedrich.

»Nein. Vielen Dank für Ihre Geduld, Herr Böhringer! Auf Wiedersehen!«

»Auf ... Tschüss!«, antwortete der Pilot mit Nachdruck.

Friedrich war gerade dabei, die Haustür zu öffnen, als Hanna noch einmal umkehrte und vor Waldemar Staudingers Wohnungstür stehen blieb.

»Was ist denn jetzt schon wieder ...«, quengelte Friedrich.

»Nur einen ganz kleinen Moment. Geh du schon zum Auto! Ich komme sofort nach.« Sanft schob Hanna ihren Ex-Mann aus der Tür und klingelte bei Staudingers.

»Sie?«, knurrte Waldemar Staudinger, die Eiche.

»Bitte entschuldigen Sie die Störung! Ich habe nur eine Frage, und dann bin ich wieder weg!«

»Wegen Ayfer?«

»Ja, wegen Ayfer.«

»Fragen Sie!«

»Hat Kemal einen langen Wintermantel aus gutem Stoff?«

»Unsinn! Ne Lederjacke. Und eine aus so neumodischem Zeug. Wo kein Wasser durchkommt. Aber 'n Mantel? Nie gesehen! Bernie!«

Waldemars Sohn, der offensichtlich gerade zu Besuch war, erschien hinter seinem Vater.

»Die Lady will wissen, was Kemal anzieht, wenn es kalt ist«, informierte Waldemar seinen Sohn.

»Was soll *das* denn?«, meckerte Bernie. »Es läuft gerade Champions League und es ist halb ...«

Ein scharfer Blick der Eiche ließ Bernie verstummen.

»Also, was zieht er an?«

»Seine Lederjacke. Oder die mit Gore-Tex.«

»Hat er auch 'n Mantel? So'n langes, edles Teil?«

»Nie im Leben. Die Lederjacke ist vom Flohmarkt und die andere hat er von seiner Oma vor zwei Jahren zu Weihnachten gekriegt. So'n Mantel ist doch schweineteuer. Kemal würd' nie im Leben so viel Kohle für Klamotten ausgeben. Was soll die ganze Fragerei eigentlich?«

»Das darf ich Ihnen leider nicht sagen, aber Sie haben Kemal sehr geholfen. Jetzt will ich Sie nicht länger von der Champions League abhalten. Vielen Dank und auf Wiedersehen!«

Friedrich war schon ziemlich ungehalten, als Hanna endlich zu ihm ins Auto stieg. Sie berichtete ihm von den Auskünften der beiden Staudingers. Seine Laune verschlechterte sich weiter.

»Das heißt aber noch lange nicht, dass Kemal unschuldig ist!«, schnaubte er.

»Nein«, gab Hanna zu, »das heißt es nicht. Aber es heißt, dass durchaus noch eine andere Person zur Tatzeit in Ayfers Wohnung gewesen sein kann. Wenn nicht als Täterin ...«

Friedrich verdrehte die Augen in Richtung Autodach, sagte aber nichts.

»... so zumindest als Zeugin, die uns mit Sicherheit einiges erzählen könnte«, beendete Hanna ihren Satz. »Es bleibt also nichts anderes übrig ...«

»... als den großen Unbekannten mit dem langen Mantel zu suchen«, ergänzte Friedrich ohne eine Spur von Begeisterung.

»Aber nicht mehr heute Abend«, stellte Hanna klar. »Komm! Ich hab dir was versprochen.«

Mittwoch, 5. Dezember

Friedrich war nach fünf Vierteln Fleiner Schwarzriesling am Vorabend erst gegen 10 Uhr 30 im Büro erschienen, hatte etwas von »wichtigen Außenterminen« genuschelt und war sofort wieder verschwunden. Er rief bei Hanna an und war froh, dass sie noch zu Hause war. Wenn es jemand verstand, ihn wieder aufzurichten, das wusste er, war es seine Ex-Frau. Als er bei Hanna eintraf, hatte sie bereits einen Kaffee gekocht, der in der Lage gewesen wäre, Tote aufzuwecken. Zwei Aspirin lagen griffbereit. Nach und nach setzte Friedrichs Denkvermögen wieder ein, so dass er verstehen konnte, was Hanna ihm von ihren Recherchen in Pfullingen erzählte.

»Langsam! Das bedeutet«, versuchte Friedrich zusammenzufassen, »Ayfers Verlobter Irfan behauptet, den ganzen Abend in Pfullingen mit einer Kadife zusammen Flugblätter geschrieben zu haben. Aber Kadifes Mitbewohner hat Irfans Auto zur selben Zeit auf dem Parkplatz des Pharmazeutischen Instituts gesehen. Habe ich das so richtig verstanden?«

»Exakt! Irfan könnte also am Tatabend durchaus in Tübingen gewesen sein.«

Es folgte eine längere Denkpause, die Hanna nicht unterbrach, auch wenn ihr alles viel zu langsam voranging.

»Aber warum tischt er uns dann die Geschichte auf, er habe in Pfullingen Flugblätter geschrieben?«

»Genau!«, pflichtete Hanna ihm bei. »Da ist irgendetwas faul!«

»Was schlägst du vor?«, überließ der immer noch leicht angeschlagene Friedrich Hanna ausnahmsweise freiwillig die Initiative.

»Ich bin der Ansicht, wir sollten uns bei den Pharmazeuten umhören. Aber natürlich nur, wenn das in dein Ermittlungskonzept passt«, fügte sie schelmisch lächelnd hinzu.

»Macht es eigentlich Spaß, auf jemanden einzuprügeln, der – wenn auch nur vorübergehend – am Boden liegt?«, wollte Friedrich wissen, als er sich aus dem Sessel erhob.

»Und wie!«, versicherte Hanna immer noch lächelnd und hakte sich guter Dinge bei Friedrich ein.

* * *

»Herr Bakir soll vor einer Woche nach acht noch hier im Pharmazeutischen Institut gewesen sein? Wie kommen Sie denn da drauf?« Professor Heinze zog ein Vorlesungsverzeichnis zu Rate. »Hier! Die letzte Lehrveranstaltung mittwochs endet um 19.45 Uhr.«

»Und wenn er in einem der Labors war?«, fragte Friedrich.

»Das wäre natürlich möglich. Aber ich kann Ihnen da nicht weiterhelfen. Ich bin in letzter Zeit mittwochs immer bei einem Expertenhearing in Berlin«, antwortete der Professor mit unverkennbarem Stolz in der Stimme.

»Und wer könnte uns weiterhelfen?« Hanna zog die rechte Augenbraue hoch, denn nichts ärgerte sie mehr als die Verliebtheit von Kollegen in die eigene tatsächliche, genauso oft aber auch nur vermeintliche Wichtigkeit.

»Unser Rentner, der Aufsicht macht, vielleicht. Wenn er ein paar Stunden gesessen hat, dreht er gerne eine Runde um die Laboratorien. Ich habe ihm das schon hundertmal verboten, aber wenn die Katze weg ist, tanzen ja bekanntlich die Mäuse.«

»Wo können wir den Mann finden?«

»Vorne am Eingang, wo er hingehört.«

Friedrich bedankte sich bei Professor Heinze und zog Hanna, der eine spitze Erwiderung auf der Zunge gelegen hatte, einfach mit sich. Sie gingen zurück zum Eingang und steuerten direkt auf die kleine Loge zu, in der ein kleiner, dicklicher Mann saß, der die Sechzig schon vor einigen Jahren überschritten hatte.

»Guten Tag. Mein Name ist Holzwarth. Ich komme von der Tübinger Kriminalpolizei und hätte da einige Fragen«, stellte Friedrich sich vor.

»Tag. Fragen Sie, junger Mann! Ich bin ja gottfroh, wenn mal jemand bei mir stehen bleibt. Immer rennen alle an mir vorbei, als ob ich Luft wäre! Sie können sich ja gar nicht vorstellen, wie langweilig dieser Job ist. Wissen Sie, als meine Frau noch lebte, da war ständig was los. Aber seit ich alleine bin: Ich sag' immer ...«

Bevor der Rentner ausführen konnte, was er immer sagte, unterbrach ihn Hanna. »Haben Sie heute genau vor einer Woche auch hier gearbeitet?«

»Ja, wissen Sie, da war das Fußballspiel. Das hätte ich so gerne gesehen. Aber der Professor erlaubt es nicht, dass ich mir einen Fernseher mitbringe! Dabei wäre doch gar nichts dabei! Abends kommen hier doch sowieso immer dieselben paar Leute vorbei. Aber nein! Wenn er mir eins auswischen kann, dann tut er's! Na ja, ich hab's wenigstens im Radio gehört.« Er wandte sich an Friedrich. »Haben Sie das Spiel gesehen? Total spannend! Vor allem das Elfmeterschießen! Hält der doch tatsächlich zwei Strafstöße!«

»Sagen Ihnen die Namen Irfan Bakir oder Kadife Arslan irgendetwas?«, stoppte Hanna den Rentner schon leicht ungeduldig.

»Klar! Die Kadife, das ist die mit den wahnsinnigen dunklen Locken. Meine Güte, wenn ich 35 Jahre jünger wäre! Die ist auch noch nett, die spricht wenigstens ab und zu ein Wort mit mir. Neulich, da hat sie mir erst erzählt, dass sie demnächst Prüfung hat. Ich gönne ihr so, dass sie durchkommt. Ist ja auch wirklich schwer, so eine Prüfung. Da war mal einer, der ...«

»Können Sie sich erinnern, ob Kadife heute vor einer Woche hier im Institut war?«

»Ja, war sie. Zusammen mit Irfan. Den kann ich nicht besonders leiden, wissen Sie. War aber in letzter Zeit häufig mit Kadife zusammen hier. Dabei könnte die ganz andere haben! Den Sohn vom Professor zum Beispiel! Der scharwenzelt von morgens bis abends um das Mädchen herum. Aber sie will nichts von ihm wissen. Da braucht er sich gar nichts einzubilden! Bloß weil er ...«

»Wann haben Sie die beiden am letzten Mittwoch gesehen?«, fragte Friedrich.

»Das war komisch: Ich habe sie nicht reinkommen gesehen. Ich muss auf dem Klo gewesen sein. Aber als ich meine Runde ... wissen Sie, das hat er mir auch verboten. Was glaubt der eigentlich, wie sich meine Bandscheiben anfühlen, wenn ich acht Stunden am Stück auf diesem Stuhl gesessen habe? Aber das ist dem ja egal! Wo war ich stehen geblieben? Ach ja, bei meiner Runde um die Labors.«

»Wissen Sie zufällig noch, wann Sie ihre Runde heute vor einer Woche gemacht haben?«, kam Hanna weiteren Ausführungen des Rentners zuvor.

»Das ist jeden Tag gleich. Bis halb acht kommt gelegentlich noch jemand. Aber dann ist es hier wie ausgestorben. Deshalb mache ich meine erste Runde immer kurz nach halb acht. Und die zweite dann zwischen halb zehn und zehn. Sie können mir das glauben: Ich bin dann allerhöchstens zehn Minuten nicht auf meinem Platz. Da kommt keiner mehr um diese Tageszeit, und wenn ...«

»Auf welcher der beiden Runden haben Sie Kadife und ihren Begleiter gesehen?«

»Auf beiden! Sie haben wie wild mit ihren Flaschen und Gläsern hantiert. Ich wollte sie nicht stören und bin gleich weitergegangen. Irgendwann müssen sie dann gegangen sein. Da können Sie sehen, wie tüchtig Kadife ist! Abends um halb zehn arbeitet die noch! Da könnten sich viele ein

Beispiel nehmen. Wenn ich nur an die Tochter meiner Nachbarin denke! Ich könnte Ihnen da Sachen erzählen ...«

»Ein anderes Mal gerne. Aber ich fürchte, wir müssen jetzt weiter. Sie haben uns wirklich sehr geholfen«, verabschiedete sich Friedrich höflich, aber bestimmt. Zusammen mit Hanna strebte er dem Ausgang zu. Erst als Hanna sicher war, dass der Rentner sie nicht mehr hören konnte, blies sie die Backen auf und stieß ein sehr erleichtertes »Puh!« aus.

»Lass uns ein paar Schritte gehen«, bat Friedrich. »Ich denke, dass mir das guttun wird. Meine Güte: Einmal ein paar Gläser Wein am Abend und dann halbtot am anderen Tag!«

»Fritz, auch wenn wir es nicht wahrhaben wollen: Wir sind keine zwanzig mehr. Da! Eine Bank in der Sonne! Das wäre doch das Richtige für einen älteren Menschen mit Begleitperson!«

»Oh ja bitte! Gib mir ein paar Minuten!«

Sie setzten sich auf die Bank und Friedrich nahm das zweite Aspirin, das er sich vorsichtshalber eingesteckt hatte.

»Das Alibi von Irfan ist keinen Pfifferling wert!«, begann Hanna nach für sie endlosen fünf Minuten, in denen sie zuerst die Betonklötze, aus denen die Morgenstelle bestand, und dann die Fenster in den Betonklötzen gezählt hatte. »Der saß nicht den ganzen Abend in Pfullingen beim Flugblattschreiben, wie er uns erzählt hat.«

»Aber das ist doch Unsinn! Unterstellen wir einmal, es ging ihm darum, ein Alibi für den Mordzeitpunkt zu haben. Warum hat er dann nicht gleich gesagt, er sei den ganzen Abend zusammen mit Kadife im Pharmazeutischen Institut gewesen?«, lief Friedrich langsam zu alter Form auf.

»Warum sollte er?«, fragte Hanna zurück. »Irfan konnte nicht ahnen, dass Kadifes Mitbewohner sein Auto auf dem Parkplatz gesehen hat. Kein Mensch hätte an Kadifes Aussage gezweifelt, wenn das mit dem Auto nicht herausgekommen wäre.«

»Ich weiß nicht ...«, brummelte Friedrich.

»Du musst zumindest zugeben, dass Irfan die Gelegenheit zur Tat hatte. Er stellt sich mit Kadife ins Labor und wartet dort, bis der Rentner zum ersten Mal vorbeikommt. Da der seine Runden immer zur selben Zeit macht, weiß Irfan in etwa, dass der Rentner zwischen halb acht und Viertel vor acht vorbeikommen wird. Danach fährt Irfan schnell in die Gartenstraße und ist locker zur zweiten Runde des Rentners wieder zurück.«

»Von mir aus! Theoretisch hatte er die Möglichkeit, Ayfer zu ermorden. Aber das Motiv! Warum? Warum hätte er die Frau umbringen sollen, die er demnächst heiraten wollte?«

»Was, wenn nicht nur Ayfer, sondern auch Irfan jemand anderen hat? Zum Beispiel Kadife? Dann ist Ayfer ihnen im Weg. Er wird sie nicht los, ohne dass das Ansehen beider Familien massiv beschädigt wird. Also muss er eine andere Lösung finden.«

»Ich weiß nicht«, blieb Friedrich skeptisch. »Auf mich hat Irfan überzeugend gewirkt. Seine Überraschung und seine Trauer waren nicht gespielt. Und außerdem: Selbst wenn – was ja überhaupt nicht feststeht – Irfan und Kadife ein Paar sein sollten: So eine Verlobung muss doch irgendwie gelöst werden können, ohne dass jemand umgebracht werden muss! Bei aller Liebe, aber das ist ziemlich weit hergeholt.«

»Finde ich nicht unbedingt! Dass wegen Familienschande schon gemordet wurde, wirst du nicht bestreiten wollen.«

»Denkbar wäre allenfalls«, lenkte Friedrich ein, »dass Irfan ebenfalls auf irgendwelchen Kanälen von Ayfers aktivem Liebesleben erfahren hat. Dann wäre er der klassische gehörnte Mann, der sich rächen will.«

»Eifersucht. Genau. Ein Motiv gäbe es also so oder so«, freute sich Hanna.

»Und wie kommen dann Kemals Fingerabdrücke auf die Tatwaffe?«, gab sich Friedrich noch nicht geschlagen.

»Wenn Irfan Ayfer umgebracht hat, könnte Kemals Geschichte doch stimmen. Er findet Ayfer, sie stirbt in seinen Armen, er nimmt sich die Pistole und fährt zu Irfan, der natürlich nicht zu Hause ist.«

»Und warum macht Irfan einen so groben Fehler, die Pistole am Tatort liegen zu lassen?«

»Keine Ahnung«, gab Hanna zu. »Das werden wir ihn alles fragen, sobald wir mit ihm sprechen können.«

»Was schlägst du vor?«, überließ der immer noch angeschlagene Friedrich Hanna erneut die Initiative.

»Wir versuchen einfach unser Glück. Vielleicht ist er ja zu Hause.«

Hanna setzte sich ans Steuer von Friedrichs Auto, und nach wenigen Minuten bogen sie in den Philosophenweg ein.

»Ziemlich feine Wohngegend für einen Studenten, findest du nicht?«, bemerkte Hanna. »Ich hatte während des Studiums gerade mal 18 Quadratmeter in einem Wohnheim«, meinte sie überrascht, als sie zu beiden Seiten der Straße an kleinen Reihenhäusern mit gepflegten Gärten vorbeifuhr. Nach etwa 300 Metern entdeckte Hanna die Nummer 35. Ein Audi TT mit Delle links hinten war allerdings nirgends zu sehen. »Sieht nicht so aus, als hätten wir Glück.«

»Er könnte das Auto in der Garage haben«, wandte Hanna ein. Sie wollte anhalten, fand aber in der Nähe keine Parklücke und musste deshalb an Nummer 35 vorbeifahren. Sie trommelte auf dem Lenkrad herum, aber es half nichts. Sie musste wenden und hielt auf dem Gehweg vor dem Haus kurz an. »Kannst du bitte schnell aussteigen und klingeln?

Wenn er nicht da ist, brauche ich nicht erst groß nach einem Parkplatz zu suchen.«

Friedrich stemmte sich aus dem Auto und ging bedächtigen Schrittes zur Eingangstür. Als nach mehrmaligem Klingeln keinerlei Reaktion erfolgte, zuckte er mit den Schultern und kehrte auf den Beifahrersitz zurück. »Scheint ausgeflogen zu sein«, teilte er Hanna überflüssigerweise mit.

»Ihn zu suchen macht keinen Sinn. Der kann sonst wo sein. Ich denke, wir sollten es am späteren Nachmittag noch einmal versuchen. Das ist die Zeit, zu der Studenten am ehesten zu Hause sind.«

»In Ordnung«, stimmte Friedrich zu. »Dann ist jetzt erst einmal Pause! Was hältst du von einer schönen Tasse Kaffee?«

»Viel! Komm, lass uns ins Café Lieb gehen! Da waren wir schon ewig nicht mehr.«

»Gute Idee! Die Schwarzwälder dort ist unerreicht!«

»Wenn wir«, tat Hanna so, als ob ihr der Gedanke gerade eben erst gekommen wäre, »zum Lieb fahren, sind wir ja sowieso schon fast in Derendingen. Da könnten wir doch ...«

»Was?« Friedrich ahnte Böses.

»... im Bengelhaus bei unserem verhinderten Romeo Markus vorbeischauen«, beendete Hanna ihren Satz.

»Hanna, manchmal bist du mir unheimlich! Wirst du eigentlich überhaupt nie müde?«

»Im Moment geht es«, erwiderte Hanna leichthin und bog zügig in die Hölderlinstraße ein.

* * *

Da Hanna schon einmal im Bengelhaus gewesen war, hatte sie bereits eine knappe Viertelstunde später Markus Kleinerts Tür gefunden und angeklopft.

»Herein!«, tönte es dumpf von innen.

Sie betraten den kärglich eingerichteten Raum. Markus saß am Schreibtisch und war offensichtlich mit der Lektüre mehrerer Fotokopien beschäftigt. Sein Unwille, gestört zu werden, war seinem Gesicht deutlich abzulesen.

»Holzwarth, Kriminalpolizei Tübingen«, stellte Friedrich sich vor. »Und das hier ist ...«

»Ich weiß, wer das ist«, gab Markus unfreundlich zurück. »Was verschafft mir das Vergnügen?«

»Warum haben Sie mich auf der Vernissage angelogen?«, kam Hanna sofort zur Sache.

»Erlauben Sie!«, erwiderte Markus forsch. »Wie kommen Sie eigentlich dazu ...«

»Sie haben mir erzählt«, schnitt ihm Hanna das Wort ab, »dass zwischen Ayfer Kaya und Ihnen nie etwas war.«

»War auch nicht!«

»Da haben wir von verschiedenen Seiten aber etwas ganz anderes gehört«, schaltete sich Friedrich in das Gespräch ein.

»Von wem?«, wollte Markus aufgebracht wissen.

»Das tut nichts zur Sache. Ich frage Sie jetzt noch einmal: Was für ein Verhältnis hatten Sie zu Ayfer?«

»Ich wüsste nicht, was Sie das anginge!«

»Herr Kleinert! Muss ich wirklich erst die Zeugen hier aufmarschieren lassen?«

»Also gut. Wir waren einmal zusammen. Eine Nacht. Na und? Was ist dabei?«, wurde Markus auf einmal aggressiv.

»Wo waren Sie am letzten Mittwoch zwischen acht und neun?«, wechselte Friedrich daraufhin in einen schneidenden Verhörton.

»Warum?«, versuchte Markus seine Position zu behaupten.

»Herr Kleinert, die Rollen hier sind eindeutig verteilt: Ich stelle die Fragen! Sie antworten!« Friedrichs sehr bestimmtes Auftreten wirkte.

»Mittwoch ... Mittwoch ...?«

Ob Markus wirklich nachdenken musste, oder ob er nur so tat, war schwer abzuschätzen.

»Bei einem Geburtstagsfest. Den ganzen Abend«, brachte er schließlich heraus.

»Name? Adresse?«

»Franz Stein. Fichtenweg 15.«

»Von wann bis wann waren Sie auf dem Fest?«

»Ich habe nicht auf die Uhr geschaut. Tun Sie das, wenn Sie irgendwohin zum Feiern gehen?«, blieb Markus wenig kooperativ.

»Ungefähr?«

»Um kurz vor acht war ich bestimmt schon dort. Gegangen bin ich so gegen zwei. Kann auch halb drei gewesen sein.«

»Sagen Sie«, wechselte Hanna das Thema, »wollten Ayfer Kaya und Sie heiraten?«

»Wer hat Ihnen denn den Unsinn erzählt?«, brauste Markus auf. »Das war vielleicht zu Ihrer Zeit so, dass erst geheiratet werden musste.«

So alt bin ich nun auch wieder nicht.

»Kommt so etwas häufiger bei Ihnen vor? Ich meine, haben Sie häufiger One-Night-Stands?«, bohrte Hanna weiter.

»Hin und wieder!« Markus schickte den Versuch eines Wir-Männer-müssen-zusammenhalten-Grinsens in Richtung Friedrich. »Sonst noch etwas, das ich für Sie tun kann?«

»Nein, das war's für's Erste. Wir werden das nachprüfen mit dem Geburtstagsfest. Sie hören von uns!«, beendete Friedrich das Gespräch.

Hanna und Friedrich marschierten schweigend zum Auto. Als Friedrich am Steuer saß, machte er seinem Ärger Luft.

»Wenn du mich fragst, hat der uns nach Strich und Faden die Hucke vollgelogen! ›Es kommt hin und wieder vor‹«, äffte er Markus nach. »Dass ich nicht lache! Dem Typ blinkt doch der sexuelle Notstand aus jedem Knopfloch! Wenn dieser Stein das mit dem Fest nicht Wort für Wort bestätigt, kann sich unser Pfarrer in spe warm anziehen!«

»Also! Nichts wie zu Herrn Stein!«

»Nein! Definitiv nicht!«

Hanna kannte Friedrich immer noch gut genug, um zu wissen, wann er absolut keinerlei Widerspruch duldete. »Café Lieb?«, fragte sie deshalb, obwohl sie die Antwort bereits kannte.

»Café Lieb!«, bestätigte Friedrich mit Nachdruck.

* * *

»Das Übliche, Herr Holzwarth?«, erkundigte sich die ältere Dame, die als Rentnerin hier stundenweise als Bedienung arbeitete. Dabei ging es ihr weniger um den zusätzlichen Verdienst als darum, nicht den ganzen Tag allein in ihrer Wohnung sitzen zu müssen. Friedrich rang mit sich. Einerseits liebte er Schwarzwälder Kirschtorte über alles. Andererseits war er sich nicht sicher, wie sein Magen nach dem Wein vom Abend zuvor auf die Portion Sahne reagieren würde. Die Bedienung wartete auf eine Antwort. Friedrich überlegte, dass zumindest ein Versuch nicht schaden könne. Sollte sein Magen rebellieren, konnte er sich die Torte immer noch einpacken lassen. »Das Übliche!«, orderte er deshalb entschlossen. Hanna entschied sich für ein Stück Quarkstollen.

Als Studentin bin ich sonntags immer um das Schaufenster des Cafés geschlichen. Der Stollen war im Verhältnis zu seiner Größe wirklich nicht teuer. Aber für mein Studentinnen-Budget trotzdem unerschwinglich. Heute kann ich mir so viel Quarkstollen leisten, wie ich will. Ich habe verdammtes Glück gehabt. Schließlich ist es nicht mein *persönlicher Verdienst, in ein mitteleuropäisches, wohlsituiertes Handwerker-Häuschen mit Garten und nicht in eine ärmliche Wellblechhütte der Favelas Südamerikas hineingeboren worden zu sein. Und der deutsche Wohlstand – inklusive Quarkstollen – basiert letztlich zu einem guten Teil auf einer systematischen Ausbeutung der sogenannten Dritten Welt. Aber was soll ich tun? Zum Bananenpflücken nach Kuba fahren? Das ist natürlich Unsinn. Ich kann versuchen, meine Studentinnen zum Nachdenken über die Zusammenhänge zwischen der Verschwendungsmentalität der Industrienationen und der Armut der Rohstoffländer zu animieren. Ich kann versuchen, immer und immer wieder gegen jede Art der Diskriminierung im Allgemeinen und von Frauen im Speziellen anzukämpfen. Und ich werde dafür sorgen, dass meine Enkelin Fußball spielen kann und nicht benachteiligt wird, weil sie ein Mädchen ist. Aber reicht das? Müsste ich nicht eigentlich ...*

»Hast du wieder deinen Moralischen?« Friedrich kannte ihren Gesichtsausdruck, wenn sie sich minutenlang zurückzog und ihren Gedanken nachhing.

»Im Gegensatz zu manchen anderen Menschen ...«, blickte sie Friedrich spitz an, »gönne ich mir den Luxus, gelegentlich über gewisse Dinge nachzudenken, die ich für wichtig halte!«

Friedrich versuchte, Hanna dadurch zu ködern, dass er ihre Aufmerksamkeit übergangslos auf ein anderes Thema lenkte.

»Sollen wir es gleich noch einmal im Philosophenweg versuchen?«

Hanna ging sofort darauf ein. »Unbedingt! Und auf dem Weg dahin können wir gleich bei diesem Herrn Stein vorbeifahren. Waldhäuser Ost liegt ja praktisch auf dem Weg.« Sie war wieder in ihrem Element, obwohl auch sie Mühe hatte, ein aufsteigendes Gähnen zu unterdrücken. Aber auf dem Weg zum Auto klingelte Hannas Handy. Die Gästegruppe von der Partneruniversität in Bologna war unerwartet früh eingetroffen und Hanna blieb nichts anderes übrig, als sich sofort zur offiziellen Begrüßung in die Neue Aula zu begeben.

»Wie lange wird das dauern?«, erkundigte sich Friedrich.

»Zwei Stunden, höchstens drei«, antwortete Hanna.

»Mist. Um drei habe ich einen Termin beim Volkmann. Er hat bei meinem Chef angerufen und sich beklagt, dass er nicht ausreichend über den Fall Kaya unterrichtet wird.«

»Wieso ruft der bei deinem Chef an, wenn er etwas von dir will?«, regte sich Hanna auf.

»Weil er Jurist ist! Juristen können nur in Hierarchien denken. Immer schön von oben nach unten!«, schnaubte Friedrich. »Dann treffen wir uns eben am späten Nachmittag«, schlug er Hanna vor.

»Das geht nicht. Da bin ich beim Friseur.«

»Dann eben am frühen Abend.«

»Das geht auch nicht. Da habe ich schon etwas anderes vor.«

»Was?«

»Ich gehe ins Theater.«

»Mit wem?«

»Mit Herrn Kästner. Er hat mich eingeladen. Und er hat sich sogar extra auf das Stück vorbereitet«, fügte Hanna mit einem Lächeln hinzu.

»Na dann viel Vergnügen bei eurer ... literarischen Abendgestaltung«, brummte Friedrich missmutig.

»Vielen Dank! Ich bin mir ganz sicher, dass ich einen sehr angenehmen Abend mit Herrn Kästner verbringen werde!«, gab Hanna patzig zurück.

»Das freut mich außerordentlich für dich! Du kannst mich ja morgen früh anrufen, falls du dann schon wieder Zeit haben solltest!«

* * *

Der Mann hat aber auch ein Pech bei der Auswahl seiner Klamotten!

Hanna, die ein bodenlanges, lindgrünes Abendkleid, eine passende Stola sowie hochhackige, italienische Schuhe trug, blickte amüsiert auf Konrad, der in einer sportlichen Kombination aus modischen Jeans und einem weinroten Sakko über einem weißen Hemd am Eingang des LTT, des Landestheaters Tübingen, auf sie wartete. Der offene, krawattenlose Hemdkragen und seine hellen Slippers rundeten das legere Bild ab, um das er nach seinen Erfahrungen beim sonntäglichen Fußballspiel mit Hanna und Friedrich bemüht gewesen war.

Kein Muskel in Hannas Gesicht verriet, was sie über Konrads Garderobe dachte. »Hallo, Herr Kästner! Schön, dass es geklappt hat mit den Karten! Wollen wir schnell noch ein Gläschen Sekt zusammen trinken? Ich könnte ehrlich gesagt einen kleinen Wachmacher im Moment ganz gut gebrauchen.«

Konrad beeilte sich zuzustimmen, und nach den ersten Schlucken gelang es ihm sogar, bei Hannas Stichwort »Aufklärung« die berühmte kantische Definition fehlerfrei zu zitieren.

Sieh an! Da hat sich jemand richtig Mühe gegeben!

Das dreimalige Läuten unterbrach den inzwischen flüssigen Dialog von Hanna und Konrad. Sie nahmen ihre Plätze ein und Hanna widmete ihre ganze Aufmerksamkeit dem Geschehen auf der Bühne. Konrad dagegen riskierte immer wieder einmal einen Seitenblick auf seine Begleiterin. Nach etwa einem Drittel des Stückes stockte Konrad der Atem: Hannas Kopf senkte sich sachte auf seine Schulter. Das sehr regelmäßige Geräusch von Hannas Atem ließ keinen Zweifel zu: Professor Dr. Hanna Kirschbaum war eingeschlafen!

Donnerstag, 6. Dezember

Am nächsten Morgen wachte Hanna früh auf, blieb aber noch im Bett liegen. Am Abend zuvor hatte Konrad sie nach Hause gebracht und sich vor ihrer Haustür formvollendet von ihr verabschiedet. Hanna hatte sich überlegt, ihn noch ins Haus zu bitten, war dann aber doch froh, es nicht getan zu haben: Wenn er mit ihr hätte schlafen wollen, würde sich eine neue Gelegenheit ergeben. Wenn nicht, war es besser, ihn nicht in eine peinliche Situation gebracht zu haben. Hanna war vor allem sehr froh darüber, dass Konrad absolut souverän auf ihren Theaterschlaf reagiert hatte. »Gehen wir an die Bar«, hatte er zu Beginn der Pause in vollkommen unverfänglichem Tonfall vorgeschlagen, »dann kann ich Sie –

soweit das erforderlich ist – auf den aktuellen Stand bringen.«

Hanna fühlte sich behaglich in ihrem Bett. Und sie wusste, dass das weniger am Bett als an Konrad Kästner lag. Sie fing gerade an, sich wohligen Tagträumen hinzugeben, als es drängend klingelte. Hanna beschloss, es zu ignorieren. Aber als der Besucher auch nach mehreren Minuten keine Ruhe gab, stand Hanna wütend auf und öffnete die Tür. Friedrich streckte ihr beide Arme entgegen. In der einen Hand hielt er eine Tüte der nahegelegenen Bäckerei und in der anderen einen kleinen Nikolaus aus Schokolade.

Hanna funkelte ihn trotzdem wütend an. »Es geht dich so etwas von überhaupt nichts an, ob Herr Kästner hier übernachtet hat oder nicht! Und jetzt verschwinde! Ich bin noch müde.«

Friedrich nahm mit Befriedigung zur Kenntnis, dass Hanna offensichtlich allein war und verkündete gut gelaunt: »Ich dachte, wir frühstücken vielleicht nett und fahren dann zusammen zu diesem Herrn Stein. Aber wenn du nicht willst, kann man selbstverständlich nichts machen!«

»Friedrich, im Ernst: Ich kann es auf den Tod nicht ausstehen, wenn du mir nachspionierst!«

»Du siehst Gespenster! Kein Mensch spioniert dir nach! Wir sind geschieden. Du kannst tun und lassen, was du willst. Ich persönlich bin zwar der unmaßgeblichen Ansicht, dass es dieser Liberallala nun wirklich nicht unbedingt sein muss. Aber bitte! Jede ist ihres Glückes Schmiedin. Also? Was ist jetzt? Kommst du mit oder nicht?«

»Natürlich komme ich mit.« Hannas Zorn verrauchte nur sehr langsam. »Und du wartest im Wohnzimmer, bis ich fertig bin!«

* * *

Nach dem Frühstück fuhren Hanna und Friedrich auf dem Nordring in Richtung Waldhäuser Ost. Diesen Tübinger Stadtteil dominierten streng funktionelle Hochhäuser, einige davon in den 70er-Jahren als Studierendenwohnheime aus dem Boden gestampft. Kam man im Herbst oder im Winter abends nach einem langen Tag von den grauen Quadern der ebenfalls außerhalb der eigentlichen Stadt errichteten naturwissenschaftlichen Institute auf der Morgenstelle zurück zu den Hochhäusern von Waldhäuser Ost, konnten sich leicht depressive Stimmungen einstellen. So war es kein Wunder, dass dieser Stadtteil die mit Abstand höchste Selbstmordrate in ganz Tübingen aufwies.

Hier sollten sie herkommen! Die japanischen und amerikanischen Touristen, die auf dem Weg von Heidelberg nach Neuschwanstein für eine halbe Stunde aus dem Bus aussteigen. Oder die stolzen Mütter und Väter, die ihre Sprösslinge besuchen. Aber denen wird natürlich immer nur die herausgeputzte Puppenstube zwischen Rathaus, Neckargasse und Platanenallee vorgeführt!

Die einzelnen Etagen der Wohnheime bestanden aus je zwei Wohngruppen, bei denen die Einzelzimmer um eine gemeinsame Küche herum angelegt waren. Trotzdem kam oft kein echtes Wohngemeinschaftsgefühl auf. Zu häufig wechselten die Bewohner, eine zu deutliche Sprache sprachen die abschließbaren Fächer in dem großen Kühlschrank der Gemeinschaftsküche. So war es nicht verwunderlich, dass eine Studentin, die sie im Fahrstuhl trafen und nach Franz Stein fragten, diesen Namen noch nie gehört hatte, obwohl sie, wie sich herausstellte, im Stockwerk direkt unter ihm wohnte. Aber schließlich hatten Hanna und Friedrich die richtige Tür gefunden.

»Wohnt hier ein Herr Stein? Franz Stein?«, fragte Friedrich einen jungen Mann, der ihnen die Tür geöffnet hatte.

»Ja. Das bin ich selbst. Worum geht es?«

»Mein Name ist Holzwarth. Kriminalpolizei Tübingen. Ich hätte ein paar ...«

Weiter kam Friedrich nicht, denn Franz Stein schlug ihm die Tür vor der Nase zu. Friedrich schmunzelte.

»Wetten? Der wirft jetzt sofort mindestens fünf Gramm Gras ins Klo!« Hanna klingelte erneut. »Herr Stein! Wir sind nicht von der Drogenfahndung«, rief Friedrich laut. »Wir überprüfen nur schnell ein Alibi in einer Mordsache und sind sofort wieder weg!« Nichts geschah. Hanna klingelte noch einmal ausdauernd.

Schließlich hörte sie, wie in der Wohnung jemand schrie: «Verdammt noch mal, kann da vielleicht endlich irgendjemand an die Tür gehen?«

Wenige Augenblicke später öffnete eine junge Frau, die aus den späten 60er-Jahren übrig geblieben zu sein schien. Zu einem bunten Wickelrock trug sie ein ihre langen Haare kaum bändigendes, gewobenes Stirnband und Armreifen aus geschnitztem Holz.

»Guten Tag«, übernahm diesmal Hanna die Initiative. »Wir hätten gerne ...« Sie brach ab, weil aus einem der Zimmer Marion Gerster, Hannas Sekretärin, auf den Gang trat. Sie war lediglich mit einem Badetuch bekleidet, das nachlässig um ihren Körper gewickelt war. Das Duschgel in ihrer Hand und die Badehaube ließen darauf schließen, dass sie auf dem Weg in die Gemeinschaftsdusche war.

»Beeilst du dich bitte!« Ein Student mit kahlem Schädel trat in die Tür. »Ich muss spätestens um neun im Kupferbau sein!«

»Sie können völlig unbesorgt sein, junger Mann«, wandte sich Hanna an die Billardkugel. »Ich weiß zufällig, dass Ihre

Bekannte ebenfalls spätestens um neun an ihrer Arbeitsstelle im Brechtbau sein muss.«

Marion brachte lediglich ein schuldbewusstes »Guten Morgen, Frau Kirschbaum« heraus, als sie sich an Hanna vorbeidrückte und in Richtung Dusche schlich.

»Du kennst die Dame?«, wunderte sich Friedrich.

»Die Dame ist meine Sekretärin, die, soweit ich weiß, verheiratet ist. Allerdings ganz bestimmt nicht mit diesem jungen Mann hier.«

Die Frau im Wickelrock, die die Szene interessiert, aber ohne sie zu verstehen verfolgt hatte, wartete noch, bis Marion endgültig im Badezimmer verschwunden war, und fragte dann: »Zu wem wollen Sie jetzt eigentlich?«

»Wir hätten gerne Franz Stein gesprochen«, sagte Friedrich.

»Der sitzt auf dem Klo«, war die knappe Antwort.

Friedrich genoss es, mit seiner Behauptung richtig gelegen zu haben. »Wo ist das Klo?«

»Den Gang runter und dann links«, wies der Wickelrock den Weg.

Friedrich baute sich vor der Tür auf. »Herr Stein, Sie können ruhig herauskommen. Wir sind nicht von der Drogenfahndung, sondern von der Mordkommission«, wiederholte er.

»Es interessiert uns wirklich nicht, ob Sie ab und zu das Bedürfnis haben, ... dem tristen Alltag zu entfliehen«, assistierte Hanna, die auf ihrer Indienreise erstmals in ihrem Leben entsprechende Erfahrungen gemacht hatte. Der Schlüssel drehte sich im Schloss, und die Tür ging auf.

»Das hätten Sie auch gleich sagen können!«, schimpfte Franz Stein und blickte wehmütig in die Schüssel.

Hanna verkniff sich ein Lächeln, während Friedrich auf den eigentlichen Grund ihres Besuches kam.

»Wir haben gehört, dass Sie heute vor einer Woche hier eine kleine Geburtstagsparty veranstaltet haben.«

»Von wem?«, wollte Franz wissen.

»Das spielt doch keine Rolle. Stimmt es oder nicht?«

»Was geht Sie das an?«, wurde Franz mutiger.

»Vorsicht, junger Mann! Ich bin zwar nicht von der Abteilung BTM. Aber die Jungs sitzen nur ein Stockwerk tiefer!«

»Ja doch«, knirschte Franz. »Wir haben hier gefeiert. Das wird man doch wohl noch dürfen!«

»Keine Frage! Uns interessiert nur, ob ein gewisser Markus Kleinert auch mitgefeiert hat.«

»Ja, hat er. Ich habe zwar keine Ahnung, wer den eingeladen hat, aber da war er.«

»Und wissen Sie auch noch, wann er gekommen ist?«

»Sie sind gut! Da waren rund 30 Leute auf dem Stockwerk. Wie soll ich noch wissen, wann der Typ hier aufgetaucht ist?«

»Auf jeden Fall nach neun«, mischte sich der Wickelrock ein, der die Unterhaltung durch ihre offene Zimmertür verfolgt hatte.

»Wieso wissen Sie das noch so genau?«

»Mein Freund. Wohnt zur Zeit in Düsseldorf. Wir telefonieren jeden Tag so um neun miteinander. Und Markus, dieser Schussel, ist über die Telefonschnur gestolpert, als er hereingekommen ist. Er hat das Kabel aus der Wand gerissen! 35 Euro. Die hat er bis heute nicht bezahlt!«

»Sind Sie sicher, dass er nicht vorher schon auf der Party war?«

»Klar! Oder lassen Sie ihren dicken Wintermantel an, wenn sich 30 Leute gegenseitig auf den Füßen herumstehen, weil kaum Platz für 20 ist?«

»Wintermantel?«, hakte Hanna sofort nach. »Wie sah denn der aus?«

»Wie der aussah? Ganz normal. Keine Ahnung.«

»War er lang oder kurz?«

»Eher lang. Oder? Ich weiß es wirklich nicht mehr.«

»War es ein teurer Stoff? Ich meine, hat er geglänzt?«, übernahm Friedrich die Befragung.

»Meine Güte! Es war Partybeleuchtung und der Typ hat das Telefonkabel aus der Wand gerissen. Glauben Sie ernsthaft, dass ich da darauf achte, ob sein Mantel glänzt oder nicht?«

»Nein. Sie haben Recht. Das ist vielleicht wirklich ein wenig viel verlangt«, gab Friedrich zu. »Vielen Dank, Sie haben uns trotzdem weitergeholfen«, beendete er das Gespräch. Im Hinausgehen flüsterte Hanna Franz noch ins Ohr: »Tut mir wirklich leid um Ihr schönes Gras!«

Draußen auf dem Parkplatz stöhnte Friedrich: »Großartig! Er hatte also alle Zeit der Welt, Ayfer umzubringen! Der Kreis der möglichen Täter wird nicht kleiner, sondern ständig größer!«

»Aber sonst wärst du doch gar nicht richtig gefordert!«, frotzelte Hanna. Friedrich hatte dafür nur ein gereiztes Brummen übrig.

* * *

»Raus mit der Sprache! Wo waren Sie?«, bellte Friedrich Markus Kleinert in dessen Zimmer im Bengelhaus am frühen Nachmittag regelrecht an.

»Kein Kommentar!«

«Es wäre aber wesentlich besser für Sie, wenn Sie meine Fragen beantworten! Es könnte sonst verdammt leicht sein, dass ich auf die Idee komme, Sie vorläufig festzunehmen und Sie morgen dem Haftrichter vorzuführen!«, drohte Friedrich jetzt ganz offen.

»Ich habe Ayfer nicht umgebracht! Wie oft soll ich Ihnen das denn noch sagen? Sie hat mich sitzen lassen. Okay. Aber deswegen bringt man jemanden doch nicht gleich um!«

»Herr Kleinert, Sie verkennen Ihre Situation! Sie haben ein Motiv und Sie hatten die Gelegenheit. Es sind schon Leute mit wesentlich besseren Karten monatelang in Untersuchungshaft gesessen!«

»Überlegen sie doch einmal, was das für Ihren Vater bedeutet, wenn Sie tatsächlich ins Gefängnis müssten!«, versuchte es Hanna auf die etwas sanftere Tour. »Was das für ein Gerede in seiner Kirchengemeinde gibt! Sie sagen uns, wo Sie vor dem Fest waren. Wir überprüfen das. Und wenn es stimmt, sind Sie aus der ganzen Sache raus und sehen uns nie wieder.«

»Ich bin unschuldig! Ich habe mit dem Mord nichts zu tun! Wieso glauben Sie mir nicht endlich?«, schrie Markus Friedrich an.

»Hören Sie!«, wurde auch Friedrich deutlich lauter, »spielen Sie hier nicht den dicken Maxe! Sind Sie schon einmal vernommen worden? Ich meine, richtig vernommen? Die ganze Nacht durch? Und am nächsten Morgen gleich weiter? Wir haben genügend Beamte. Wir können uns abwechseln! Also, noch einmal von vorn: Wo waren Sie, bevor Sie zu Franz Steins Geburtstagsfest gegangen sind?«

Markus Kleinert wechselte die Strategie. Statt weiter mit Friedrich zu streiten, richtete er sich auf seinem Stuhl auf, verschränkte die Arme vor der Brust und schloss seinen Mund. Friedrich setzte sich ihm gegenüber, so dass die beiden Köpfe nicht mehr als einen halben Meter voneinander entfernt waren. So saßen sich die beiden Männer gut zwei Minuten stumm gegenüber. Dann blickte Markus demonstrativ auf seine Armbanduhr. Friedrich wollte gerade zu einem neuen Angriff ansetzen, aber Hanna kam ihm zuvor. »Fritz, ich würde dich gerne etwas fragen. Draußen. Kommst du bitte mit?«

»Nicht jetzt!«, herrschte er Hanna an.

»Doch! Genau jetzt«, erwiderte Hanna bestimmt und zog ihn am Ärmel. Widerstrebend folgte er ihr zunächst ins Treppenhaus und dann ins Auto.

»Das hat doch keinen Sinn mehr. Du drohst ihm ständig mit etwas, das du gar nicht verwirklichen kannst. Und er wird nur immer noch bockiger. Was haben wir denn wirklich gegen ihn in der Hand? Er hat uns angelogen. Gut. Aber das allein reicht hinten und vorn nicht für einen Haftbefehl. Das weißt du genauso gut wie ich.«

»Glaubst du vielleicht, ich lasse mir von diesem Bürschchen auf der Nase herumtanzen? So weit kommt's noch! Entweder er redet, oder er bekommt heute sein Abendessen auf Staatskosten! Gott sei Dank gibt es Richter, die vernünftig sind. Und nicht solche Waschlappen wie dein Herr Kästner!«

»Friedrich, das nimmst du zurück!«

»Ich denke nicht daran!«

Hanna schlug mit der flachen Hand kräftig auf den Handschuhfachdeckel, blies ihre Backen auf, stieß die Luft wieder aus, riss die Tür auf, stieg aus, schlug die Tür so kraftvoll sie konnte hinter sich zu. Vor dem Haus zog sie ihr Handy heraus und bestellte sich ein Taxi. Als sie die Neuphilologie erreicht hatte, hatte sie sich immer noch nicht beruhigt. Aber sie war zumindest schon so weit, sich die Frage zu stellen, warum sie Friedrichs Äußerung über Konrad so in Rage versetzt hatte. Als sie schließlich im Brechtbau angekommen war, hatte sie die besten Vorsätze. Trotzdem war an ein konzentriertes Lesen von studentischen Hausarbeiten nicht zu denken. Hanna bemühte sich zwar nach Kräften, bei der linguistischen Sache zu bleiben.

Aber gegen 15 Uhr gab sie auf und suchte sich ein nettes Café in der Altstadt.

Bin ich etwa gerade dabei, mich zu verlieben?

Hanna nippte an ihrem Cappuccino.

Unsinn! In meinem Alter! Aber immerhin bin ich offenbar immer noch attraktiv genug, um ihn dazu zu bringen, Kant zu zitieren. Das tut gut! Wenn er doch nur nicht so entsetzlich schüchtern wäre! Falls etwas daraus werden sollte, muss ich etwas dafür tun. So viel ist klar. Aber was, wenn Konrad einfach nur nett sein will? Quatsch! Männer wollen nie nur nett sein! Trotzdem: Wäre er sonst nach dem Abend im Theater einfach so gegangen? Hätte er nicht wenigstens versucht, mich zu küssen? Du lieber Himmel, bin ich denn ein vierzehnjähriger Backfisch, oder was? Und wenn? Es ist wundervoll! Aber Friedrich? Was geht mich Friedrich an?

Hanna bestellte eine weitere Tasse Cappuccino. Während sie wartete, fiel ihr Blick auf eine Ausgabe eines Politmagazins, das ein Gast auf dem Nebentisch liegengelassen hatte. Auf dem Titelbild war eine Domina im Lederdress zu sehen. Der Titel lautete: »Dienstleistung Prostitution – Die geheimen Wünsche der Männer.« Hannas spontane Reaktion war Zorn darüber, dass ein sich seriös gerierendes Nachrichtenmagazin mit aufreizenden Titelbildern offensichtlich dieselbe Werbestrategie verfolgte wie einschlägige Organe für alleinstehende Männer. Aber sofort danach schoss ihr ein weiterer Gedanke durch den Kopf. Markus Kleinert wollte um keinen Preis verraten, wo er zum Zeitpunkt des Mordes an Ayfer gewesen war. Vielleicht hatte auch er geheime Wünsche! Vielleicht hatte auch er entsprechende Dienstleistungen in Anspruch genommen!

Für den Moment war Konrad Kästner vergessen. Hanna rief bei Anni Zeitler an und erfuhr, dass Thommi zu Hause war. Sie fragte ihn, ob er zufällig ein Bild von Markus Kleinert besitze. Thommi hatte eines, das er auf einer der Kirchenfreizeiten mit dem Handy fotografiert hatte. Wenige Minuten später hatte Hanna das Portrait des Theologiestudenten auf ihrem Display. Sie ließ sich ein Taxi rufen und in Richtung Kirchentellinsfurt kutschieren. Der Fahrer staunte nicht schlecht, als Hanna ihn bat, ausgerechnet in die Parkbucht einzubiegen, in der die mit leuchtenden roten Herzchen versehenen Wohnwagen standen. Hanna bat den Fahrer zu warten und klopfte entschlossen an die Tür des ersten Wagens. Keine Reaktion.

»Sie sind zu früh dran«, meldete sich der Taxifahrer. »Vor sieben spielt sich da gar nichts ab!«, offenbarte er Insiderwissen.

Hanna ließ sich nicht entmutigen. An der dritten Tür hatte sie Glück.

»Für Mädels geht hier nichts! Da müssen Sie schon nach Reutlingen fahren«, schätzte eine etwa 25-jährige Frau Hannas Anliegen vollkommen falsch ein. Sie war nur mit Slip und BH sowie einem durchsichtigen Morgenmantel bekleidet, auf dem der Namen »Kitty« eingestickt war.

»Vielen Dank für den Tipp. Aber deshalb bin ich nicht hier. Ich möchte Sie gerne etwas fragen.«

»Polente?«, ging Kitty sofort auf Distanz. Dann aber besah sie sich Hanna genauer. »Sie sehen gar nicht nach einer von der Sitte aus.«

»Bin ich auch nicht!« Hanna öffnete ihr Handy. »Ich möchte nur gerne wissen, ob Sie diesen jungen Mann hier kennen.«

»Selbst wenn: Was geht Sie das an?«

»Hören Sie, das ist ...«

Hanna wurde von der energischen Stimme einer älteren Frau in Sweatshirt und Pluderhosen unterbrochen. »Kitty, was stehst du da rum und hältst Maulaffen feil? Hast du nichts zu tun?«

»Doch ... natürlich, Madame Rosa!«, stammelte Kitty.

Hanna ging zu Madame Rosa, die ihren Kopf aus der Tür des benachbarten Wohnwagens streckte, und zeigte ihr das Bild auf dem Handy.

»Das ist der Mann, den meine Tochter unbedingt heiraten will«, erfand sie eine Geschichte. »Mein Mann und ich ... wir sind nicht unvermögend. Wir wollen auf keinen Fall, dass unser Kind einem Heiratsschwindler aufsitzt, der es nur auf unser Geld abgesehen hat. Jemand hat uns den Tipp gegeben, dass er regelmäßig ... Ihre Damen besucht. Wenn das stimmt, sind wir ihn schnell los! Deshalb wäre ich Ihnen sehr dankbar ...«

»Kitty, komm her!«, befahl Madame Rosa. »Kennst du den Typen?«

»Das ist Philosophen-Markus. Redet ständig irgendwelches geschwollenes Zeug daher, das kein Mensch versteht. Aber wenn's drauf ankommt: Tote Hose!«

»Wissen Sie zufällig noch, wann er in letzter Zeit hier war?«

»Was soll das hier werden? ›Wer wird Millionär‹?«, raunzte Madame Rosa.

»Bitte, es ist wichtig für mich!«

Madame Rosa drehte sich zu Kitty um. »Du hast gehört, was sie gefragt hat!«

»Lassen Sie mich überlegen ... ich glaube, er ist weggegangen, kurz bevor Tanga-Uwe auf der Matte stand. Und Tanga-Uwe kommt alle 14 Tage mittwochs. Zwischen acht und halb neun.«

»War ... Tanga-Uwe gestern da?«, fragte Hanna.

»Nein, gestern nicht. Da war Ketten-Arthur dran.«

»Dann muss Ihr ... Schwiegersohn ... gestern vor einer Woche hier gewesen sein«, schloss Madame Rosa.

»Vielen Dank! Sie haben mir sehr geholfen!«, wollte sich Hanna bereits verabschieden, als ihr noch etwas einfiel. »Sagen Sie ...«

»Was ist denn jetzt noch?« Madame Rosa wurde langsam ungehalten.

»Können Sie sich erinnern, ob der Mann einen langen dunklen Mantel aus teurem Stoff angehabt hat?«

»Sie haben vielleicht Nerven! Ich habe den lieben langen Tag genug damit zu tun, auf die Mädchen aufzupassen!«

»Er hatte einen grünen Anorak an. Mit Kapuze«, meldete sich Kitty noch einmal zu Wort. »Er hat ausgesehen wie einer der Sieben Zwerge.«

Über Madame Rosas Gesicht huschte ein ganz kurzes Lächeln. Dann wurde sie wieder ernst. »Kitty, in den Wagen! Mach dich fertig für den Abend! Und Sie verschwinden am besten auch so schnell wie möglich! Und sehen Sie zu, dass Ihre Tochter sich diesen Halbstarken aus dem Kopf schlägt!«

* * *

»Es tut mir leid. Den Waschlappen nehme ich zurück.« Friedrich hatte inzwischen eingesehen, dass er bei der Auseinandersetzung mit Hanna zu weit gegangen war.

»In Ordnung«, akzeptierte Hanna seine Entschuldigung. Zwar war sie nachtragender als Friedrich, aber ihr Bedürfnis, ihrem Ex-Mann von ihren neuen Erkenntnissen zu berichten, überwog. Deshalb war sie von Kitty und Madame Rosa direkt ins Kommissariat gefahren.

»Ich weiß jetzt, wo Markus Kleinert war, bevor er auf der Fete aufgetaucht ist!«

»Und?«, war Friedrich gespannt.

»Ich nehme an, du kennst den Parkplatz zwischen Tübingen und Kirchentellinsfurt?«

»Den Mobil-Puff?«

»Mein Gott, Friedrich! Wenn es etwas gibt, was ich an dir liebe, dann ist es deine sensible Wortwahl!«

»Markus Kleinert? Das glaube ich nicht!«, überging Friedrich Hannas Bemerkung.

»Ich habe mit einer Kitty gesprochen. Sie hat ihn eindeutig identifiziert.«

»Konnte sich die Hure ...«

»Die Frau heißt Kitty!«

»Konnte sich *Kitty* daran erinnern, wann er wieder weggefahren ist?«

»Das ist das Problem. Sie konnte es nicht genau sagen. Irgendwann zwischen acht und halb neun.«

»Dann sind wir genauso weit wie vorher«, stöhnte Friedrich, »wenn er kurz vor acht weggefahren ist, kann er ohne weiteres um Viertel nach acht in der Gartenstraße gewesen sein.«

»Das ist richtig«, stimmte Hanna zu. »Außerdem hatte er auf dem Parkplatz wohl ein ... *kleines* Problem ... im wahrsten Sinne des Wortes, wenn du verstehst, was ich meine.«

»Das passt! Wahrscheinlich hat Kitty ihn ausgelacht. Er fühlt sich gedemütigt. Er fährt zu Ayfer. Keine Ahnung. Vielleicht will er sich bei ihr ausweinen. Vielleicht will er einen letzten Versuch starten, doch noch bei ihr zu landen. Sie weist ihn ab. Vielleicht lacht auch sie ihn aus. Er dreht durch und bringt sie um.«

»Ein bisschen viele Vielleichts, meinst du nicht? Außerdem: Wieso hatte er eine Waffe dabei? Und er hatte keinen langen Mantel an. Kitty konnte sich an einen grünen Anorak erinnern.«

»Na und? Ich habe einen langen, teuren Mantel bei ihm gefunden, als du schon in deiner Wut abgehauen warst! Er kann nach Hause gefahren sein und sich umgezogen haben.«

»Warum hätte er das tun sollen? Wenn du jemanden umbringen willst, wechselst du dann vorher noch schnell deine Kleidung?«

»Ist ja schon gut!«, regte sich Friedrich auf. »Ich weiß: Für einen Haftbefehl reicht das nie und ...«

»Bitte! Keine neuen Ausfälligkeiten gegen die Staatsanwaltschaft im Allgemeinen und gegen Herrn Kästner im Speziellen!«

»Ist doch wahr! Wir haben jede Menge Verdächtige, aber an keinen von ihnen kommen wir wirklich ran! Es ist zum Verrücktwerden!«

»Mein Favorit ist immer noch Irfan. Er muss uns erklären, warum er uns angelogen hat. Ich finde, wir sollten ihn ordentlich in die Mangel nehmen!«

»Einverstanden. Vielleicht ist er ja jetzt zu Hause.«

* * *

Der Mann im Garten, der zum Gebäude Philosophenweg 35 gehörte, hätte mit seiner grünen Schürze und seinem Strohhut, den er trotz des bewölkten Himmels trug, gut für das Katalog-Titelbild einer Großgärtnerei getaugt. Nachdem Friedrich erneut erfolglos geklingelt hatte, trat er auf den Strohhut zu.

»Wir möchten zu Herrn Bakir. Sind Sie zufällig sein Vermieter?«

»Vermieter? Hier gibt es keinen Vermieter. Das sind alles Eigentumswohnungen«, klärte der Mann mit der grünen Schürze Friedrich auf.

»Wie auch immer. Sie wissen nicht zufällig, wo wir Herrn Bakir finden können?«

»Da haben Sie Pech. Der ist mit seiner Freundin vor zwei Minuten weggefahren.«

»Freundin? Wie sieht die denn aus?«, hakte Hanna sofort ein.

»Etwas größer als Sie. Südländischer Typ.«

»Mit schwarzen, auffallend dichten Locken?«, griff Hanna vor.

»Ja.«

»Kadife!«, klangen Hanna und Friedrich im Chor.

»Wissen Sie zufällig, wo die beiden hinwollten?«

»Woher denn? Ich habe nur gesehen, dass sie in Richtung Kunsthalle und Nordring gefahren sind.«

»Also zur Morgenstelle«, folgerte Friedrich. »Los!«

»Na bitte! Was ich gesagt habe! Irfan und Kadife sind ein Paar«, triumphierte Hanna auf der Fahrt zu den naturwissenschaftlichen Instituten. »Jetzt muss er sich schon eine sehr plausible Erklärung einfallen lassen, warum er uns das Märchen aufgetischt hat, er sei den ganzen Abend in Pfullingen gewesen.«

Den Pförtner der Pharmazeuten kannten sie ja schon.

»Guten Tag«, begrüßte ihn Friedrich. »Wir suchen Herrn Bakir. Ist der in den letzten Minuten bei Ihnen vorbeigekommen?«

»Was wollen Sie eigentlich immer von dem? Da gibt es ganz andere. Da sollten Sie sich drum kümmern! Meiner Schwester haben sie die Einkaufstasche geklaut. Am helllichten Tag! Aber glauben Sie, das interessiert irgendjemanden auf dem Polizeirevier? Kein Stück! Aber wenn ich den erwische, dann ...«

»Haben Sie Herrn Bakir jetzt gesehen oder nicht?«, schnitt Hanna ihm schroff das Wort ab.

»Ja, habe ich«, antwortete der Rentner beleidigt. »Vor fünf Minuten sind die beiden ... Hallo, Herr Bakir! Die Herrschaften hier möchten gerne mit Ihnen sprechen!«

Irfan Bakir, der in jeder Hand eine Jutetasche trug, war aus einem der Flure in den Eingangsbereich getreten. Unmittelbar, nachdem er Friedrich erkannt hatte, erstarrte er ganz kurz. Dann rannte er los, rempelte Hanna, die sich ihm in den Weg gestellt hatte, rüde um und verschwand durch die große Drehtür ins Freie. Friedrich half Hanna wieder auf die Beine. An ihrem Kopf war eine kleine Schürfwunde zu sehen. »Hast du dir weh getan?«, erkundigte er sich besorgt.

»Geht schon.«

Sie rannten ebenfalls nach draußen und sahen, wie Irfan zu seinem Auto sprintete.

»Hinterher?«, fragte Hanna.

»Hinterher«, entschied Friedrich.

Schon nach kurzer Zeit hatten sie den Audi eingeholt. Aber dann musste Friedrich scharf abbremsen, wenn er nicht riskieren wollte, frontal mit dem Müllauto zusammenzustoßen, das langsam aus einer Hofeinfahrt gerollt kam.

»Scheiße! Weg ist er!«, fluchte Friedrich und nahm sofort Funkkontakt mit der Leitstelle auf. »Ein schwarzer Audi TT. Kennzeichen TÜ M 903. Fährt auf dem Nordring von der Morgenstelle aus in Richtung Innenstadt«, gab er professionell durch. »Keine Sorge«, wandte er sich dann wieder an Hanna, »den haben wir bald. Was macht deine Schramme?«

»Es zieht.« Hanna wollte ihren Kosmetikspiegel aus der Handtasche holen und stieß dabei auf einen Briefumschlag.

»Ach du liebe Zeit! Das habe ich total vergessen! Da! Mein Antrag für die Mitgliederversammlung. Wegen des Mädchenteams. Friederikes Sportlehrerin hat zugesagt! Sie übernimmt das Training. Zumindest für das erste halbe Jahr.«

»Tja ...«, erwiderte Friedrich gedehnt. »Du wirst ihr wieder absagen müssen!«

»Wieso?«

»Weil es kein Mädchenteam geben wird!«

»Das wollen wir erst einmal sehen! Die notwendigen Stimmen werde ich schon zusammenbekommen!«

»Das wird dir nichts nützen. Weil dein Antrag gar nicht behandelt werden wird!«

Friedrich blickte zu Hanna hinüber. Als keine Reaktion erfolgte, fuhr er fort: »Laut Satzung muss ein Antrag für die Mitgliederversammlung spätestens drei Tage vorher beim Vorstand eingegangen sein. Und da die Versammlung morgen Abend stattfindet ... ich meine, ich persönlich hätte ja nichts dagegen, dass über das Thema gesprochen wird. Aber die Vorschriften, die Vorschriften, du verstehst ... Mir sind die Hände gebunden. Leider.«

»Friedrich Holzwarth! Du bist das Scheinheiligste, was mir seit langem unter die Augen gekommen ist! Aber glaube ja nicht, dass ich klein beigebe! Du hältst den Fortschritt beim FC Tübingen nicht auf! Du nicht!«

»Oh doch! Zumindest bis zur nächsten Mitgliederversammlung in einem Jahr«, gab er zurück und schmunzelte stillvergnügt in sich hinein.

* * *

»Frau Professor! Guten Tag. Was für eine angenehme Überraschung!« Konrad Kästner nahm Hanna den Mantel ab. »Was führt Sie zu mir?«

»Das sage ich Ihnen, wenn Sie mir versprechen, mich in Zukunft so anzusprechen, wie ich heiße.«

»Bitte?«

»Ich heiße Kirschbaum, und nicht Professor.«

»Selbstverständlich«, murmelte Konrad verlegen.

»Ich brauche Ihren juristischen Rat«, kam Hanna ohne Umschweife zur Sache. »Es gibt da ein Problem mit der Satzung des FC Tübingen, zu dem ich gerne Ihre Meinung gehört hätte.«

* * *

Eigentlich hätte Friedrich wegen der Sache mit dem verspäteten Antrag eine deutlich verärgerte Hanna erwartet. Umso überraschter war er, als sie beschwingten Schrittes und mit einem Lächeln auf den Lippen in sein Büro marschierte.

»Na? Was hat Irfan dir erzählt?«

»Mir? Bisher gar nichts.«

»Hast du ihn nicht vernommen?«, fragte Hanna ungläubig.

»Nein.« Friedrich liebte es zuweilen, Hanna wie einen Fisch an der Angel zappeln zu lassen.

»Fritz, bitte, lass die Spielchen!« Hannas rechte Augenbraue zuckte nach oben.

»Ich bin noch gar nicht an ihn rangekommen. Becker von der Drogenfahndung hat ihn immer noch in der Mangel.«

»Wieso Drogenfahndung?«

»Weil die beiden Jutetaschen, die er dabeihatte, voll mit ... ich hab's mir aufgeschrieben ...«, Friedrich suchte einen Zettel auf seinem Schreibtisch, »MDMA war.«

»Was ist das denn?«

»Ecstasy.«

»Du meinst ...?«

»Genau! Unser Herr Pharmazeut hat heimlich den Wirkstoff für Partydrogen zusammengemixt.«

»Und das hat niemand bemerkt?«

»Als Doktorand hat er ziemlich freien Zugang zu den Labors. Und weil das Thema seiner Doktorarbeit auf dem Gebiet der präparativen Pharmazie liegt, hat sich niemand gewundert, dass er ständig mit allerlei Gerätschaften hantiert hat. Na ja, und immer mittwochs, wenn der Herr Professor weg war, hat er nicht für seine Doktorarbeit, sondern für seinen Lebensstandard gearbeitet. Und Kadife hat ihn tatkräftig unterstützt.«

»Woher weißt du das eigentlich alles?«

»Becker hatte Irfan schon nach relativ kurzer Zeit weich. Er hat alles zugegeben und Becker hat mich informiert. Jetzt geht es nur noch darum, wer den reinen Wirkstoff zu Tabletten verarbeitet.«

Hanna dachte nach. »Daher also die teuren Wohnungen der beiden«, kombinierte sie.

»Jetzt kennen wir auch den Grund, warum Irfan uns erzählt hat, er sei die ganze Zeit in Pfullingen gewesen, als Ayfer umgebracht wurde. Damit ist er raus. Gott sei Dank! Ein Verdächtiger weniger.«

Hanna blieb stumm. Friedrich sah ihrem Gesichtsausdruck jedoch an, dass sie intensiv überlegte.

»Nein! Er ist nicht raus!«

»Und warum nicht, bitte schön?«, war Friedrich genervt.

»Er war im Labor. Okay. Das hat uns ja schon der Rentner von der Aufsicht bestätigt. Er hatte einen plausiblen Grund, uns anzulügen. Auch okay. Aber wer sagt«, machte Hanna eine Kunstpause, »dass er die ganze Zeit dort war? Niemand! Allenfalls Kadife. Und die ist als heimliche Freundin und Mittäterin keine besonders überzeugende Alibilieferantin. Außerdem: Was, wenn Ayfer hinter den ... Nebenverdienst von Kadife und Irfan gekommen ist und ihm gedroht hat, zur Polizei zu gehen, wenn er nicht aufhört, Partydrogen zu produzieren?«

»Pure Spekulation!«, schnaubte Friedrich.

»Zugegeben. Aber durchaus denkbar. Nein, nein, mein Lieber, Irfan können wir nicht von der Liste der Verdächtigen streichen.«

»Unsinn! Das ist alles viel zu weit hergeholt. Irfan ...« Friedrich wurde durch ein energisches Klopfen an der Tür unterbrochen.

»Herein!«

»Da ist ein Herr Böhringer. Er will Sie unbedingt sprechen«, streckte ein uniformierter Wachtmeister den Kopf ins Zimmer.

»Jetzt nicht!«, polterte Friedrich.

»Das habe ich ihm auch schon gesagt. Aber er lässt sich nicht abwimmeln.«

»Böhringer? Das ist doch der Pilot, der über Ayfer und Kemal wohnt. Vielleicht ist ihm noch etwas Wichtiges eingefallen«, wandte Hanna ein.

»Schön. Von mir aus. Schicken Sie ihn rauf!«, beauftragte Friedrich den Wachtmeister wenig begeistert. Nur Sekunden später betrat Manfred Böhringer das Büro. Er musste dem Wachtmeister gefolgt sein und vor der Tür gewartet haben.

»Herr Kommissar! Wissen Sie, ich habe gerade einige Tage Urlaub. Und da habe ich lange über den Mord und alles nachgedacht.«

»Das kann nie schaden«, bemerkte Hanna trocken.

»Der Sohn vom Hausmeister hat mir erzählt, dass ...«, Manfred Böhringer bewegte den Kopf ganz leicht in Hannas Richtung, ohne sie eines Blickes zu würdigen, »... Ihre Kollegin da wissen wollte, ob Kemal einen langen, dunklen Mantel hat.«

»Und? Hat er?«, ermunterte Friedrich den Piloten.

»Er selbst vielleicht nicht. Das mag sein. Aber Ayfer hat einen! Sie ist fast gleich groß wie er. Er könnte ihren Mantel angehabt haben! Ich glaube nach wie vor, dass es beide Male Kemal war, den ich im Treppenhaus gesehen habe! Da können Sie mir erzählen, was Sie wollen«, fügte er mit einem missbilligenden Seitenblick auf Hanna hinzu.

»Hat Ihr langes Nachdenken noch weitere Früchte getragen?«, erkundigte sich Hanna mit einer Spur Verärgerung in der Stimme.

»Nein. Aber das mit Ayfers Mantel wollte ich Ihnen unbedingt sagen, Herr Kommissar!« Manfred Böhringer ignorierte Hanna demonstrativ. »Aber wenn Sie auf meine Aussage keinen Wert legen: Bitte, ich will mich nicht aufdrängen!«

»Nein, nein. Das war schon vollkommen richtig, dass Sie hierhergekommen sind«, beschwichtigte Friedrich den Piloten.

Nachdem Hanna und Friedrich wieder allein waren, atmete der Kommissar hörbar auf. »Gott sei Dank ist der Haftprüfungstermin von Kemal erst morgen. Wenn die ihn freigelassen hätten und das mit Ayfers Mantel hätte sich erst danach herausgestellt, wären wir ganz schön blöd dagestanden!«

»Ich kann den Typ zwar nicht leiden. Aber es könnte tatsächlich so gewesen sein, wie er behauptet. Kemal bringt seine Schwester um und rennt nach draußen.«

»Wo ihn Herr Böhringer zum ersten Mal trifft.«

»Dann kommt Kemal zurück, weil er bemerkt, dass er nur ein Hemd anhat. Seine Jacke hängt in der Klinik. Er schnappt sich Ayfers Mantel und rennt zum zweiten Mal weg.«

»Und der Böhringer sieht, wie er mit Mantel verschwindet. Ja, so könnte es durchaus gewesen sein«, vollendete Friedrich ihre Überlegungen. »Ich bin gespannt, was er sagt, wenn ich ihn mit unseren neuen Erkenntnissen konfrontiere!«

»Am besten, du redest jetzt sofort mit ihm!«

»Kommt nicht in Frage! Der läuft uns nicht noch einmal weg. Und Irfan sitzt immer noch bei Becker. Außerdem bin ich seit heute Morgen um sieben ununterbrochen auf den Beinen! Jetzt ist Schluss!«

Hanna lag auf der Zunge, darauf hinzuweisen, dass sie mindestens genauso viel herumgerannt war. Aber es war ihr klar, dass Friedrich nicht mehr dazu zu bewegen war, heute noch Kemal zu befragen. Deshalb, aber auch, weil sie selbst ziemlich abgespannt war, schlug sie vor, gemeinsam ins Kino zu gehen.

»Wenn ich den Film aussuchen darf, gerne«, machte Friedrich zur Bedingung.

»Wir werden uns schon einigen«, meinte Hanna und schlug die Seite des Schwäbischen Tagblatts mit dem Kinoprogramm auf.

Freitag, 7. Dezember

»Mein schönstes Adventserlebnis.

Ich und meine Mama wollten Zimtsterne backen. Zuerst hat sie Eiweiß und Eigelb getrennt. Da durfte ich nicht helfen. Weil ich immer so eine Sauerei mache. Sagt meine Mama. Aber dann habe ich den Mixer ganz alleine so lange festgehalten, bis das Eiweiß steif war. Und die Mandeln durfte ich auch dazuschütten. Aber dann musste Mama den Mixer halten, weil das mit den Mandeln ganz schwer geht. Sie rollte den Teig aus und schimpfte, weil der so klebt. Auf einmal klingelte es. Die Nachbarin fragte, ob wir noch ein Ei haben. Mama ging zurück in die Küche, um eins zu holen. Auf einmal hat sie ganz laut geschrieen. Unser Kater Paule stand mitten im ausgerollten Teig.

Überall waren seine Fußspuren. Macht nichts, sagte die Nachbarin, dann habt ihr jetzt Tigerplätzchen! Aber Mama war stinksauer, weil sie den Teig noch einmal ausrollen musste.«

Hanna saß in ihrem Büro und blickte auf den Bildschirm ihres Rechners.

Nein, das mit der stinksauren Mama lasse ich besser weg. Das könnte Ärger geben.

Hanna markierte den letzten Satz und drückte die Taste, auf der »Entf« stand. Sie las den ganzen Text noch einmal durch und war zufrieden mit ihrem Werk. Sie war so auf ihre Geschichte konzentriert, dass sie Friedrichs Klopfen nicht hörte. Als keine Reaktion erfolgte, betrat Friedrich auch ohne Aufforderung den Raum, stellte sich neben Hanna und richtete seinen Blick ebenfalls auf den Bildschirm. »Was ist das denn?«, fragte er verblüfft.

»Ein Aufsatz für Friederike. Das war ein hartes Stück Arbeit, wie eine Neunjährige zu schreiben.«

»Und wieso machst du das?«

»Weil sie keine Zeit hat. Sie ist heute zum ersten Mal bei ihrem Mädchenteam!«, erklärte Hanna voller Stolz.

»Wieso das denn?«

»Ihre Sportlehrerin hat sich freundlicherweise bereit erklärt, schon heute mit dem Training zu beginnen. Ausnahmsweise in der Schulsporthalle. Ab nächster Woche findet das Training ja dann in der Halle des FC Tübingen statt.«

»Ich habe dir schon einmal gesagt, dass die Mitgliederversammlung nicht über deinen Antrag beschließen kann, weil er zu spät gestellt worden ist! Und außerdem weißt du genau, dass Magdalena das mit dem Fußball nicht will!«

Und du genauso wenig!

»Schon gar nicht, wenn es auf Kosten der Hausaufgaben geht!«, fügte Friedrich hinzu.

»Das ist keine Hausaufgabe, das ist eine Strafarbeit. Und dann müssen die ganzen Kinder heute Nachmittag um fünf in der Schule antanzen und den Aufsatz abgeben. Deshalb habe ich ein wenig für Rieke vorgearbeitet.«

»Hanna! Du kannst doch nicht ...«

»Wieso bist du eigentlich nicht in deinem Büro und vernimmst Kemal? Oder Irfan?«, würgte Hanna die Familiendebatte ab.

»Vergiss die beiden! Katharina Volkmann ist unsere Frau!«

Friedrich genoss die wenigen Augenblicke, in denen Hanna sprachlos war.

»Wieso das denn?«, brachte Hanna schließlich heraus.

»Du hast doch ein paar Haare von deiner Freundin Katharina eingesammelt. In rechtsstaatlich mehr als bedenklicher Weise, wie ich ausdrücklich betonen möchte.«

»Und du hast sie – ohne dass es in den Akten auftaucht, wie *ich* ausdrücklich betonen möchte – an euer Labor zur Untersuchung weitergegeben?«

»Genau!«

»Lass mich raten: Die Muratti in Ayfers Aschenbecher wurden von Katharina Volkmann geraucht?«

»Bingo! Die DNA-Spuren an den Zigaretten stammen ohne jeden Zweifel von ihr. Ich habe den Laborbericht vor zehn Minuten bekommen.«

»Wenn ich mich richtig erinnere, habt ihr die Kippen im Aschenbecher gefunden?«

»Richtig.«

»Das heißt, dass sie am Tattag geraucht worden sein dürften, da sie sonst wohl bereits im Abfalleimer gelandet wären.«

»Richtig.«

»Dann schlage ich vor, dass wir schleunigst beim Arsenal vorbeigehen und nachfragen, ob Katharina tatsächlich im Kino war!«

»Hast du vielleicht ein Bild von ihr?«

»Nein. Zumindest keines neueren Datums. Aber im Internet ist eins. Sie ist – unter anderem – Vorsitzende des Tübinger Filmforums.«

* * *

Das »Arsenal« besteht nicht nur aus dem Programmkino, sondern auch aus der Kneipe, in der sich die Kinobesucher vor der Vorstellung treffen und danach zusammen ein Bier trinken können. Am frühen Nachmittag war die Eingangstür zwar offen, aber weder an der Theke noch an den kleinen, runden Tischen war jemand zu sehen. Dafür drang der penetrante Lärm eines Staubsaugers aus dem hinteren Bereich des Lokals. Hanna und Friedrich stießen zur Lärmquelle vor und bekamen einen Mann zu Gesicht, der eifrig damit beschäftigt war, den fleckigen Teppichboden von gröberen Schmutzpartikeln zu befreien. Die langen, in die Augen fallenden Haare und der nahezu das ganze Gesicht bedeckende Vollbart machten es im herrschenden Dämmerlicht unmöglich, sein Alter zu schätzen. Wie die allermeisten Studierenden, deren Eltern nicht zu den Großverdienern gehörten, war er gezwungen, sich das Geld für die neu eingeführten Studiengebühren nebenbei zu verdienen. Dass sich dadurch die individuelle Studiendauer und damit die Kosten des Studiums insgesamt zwangsläufig erhöhten, schien die Bildungspolitiker in Stuttgart nicht zu interessieren.

Hanna bedeutete dem Mann mit den langen Haaren durch Gesten, dass er den Staubsauger ausschalten solle. Nur widerwillig kam er dieser Bitte nach.

»Holzwarth. Kriminalpolizei Tübingen«, stellte Friedrich sich vor.

»Ich bin nichts, ich kann nichts. Gebt mir eine Uniform!«, nuschelte der Geologiestudent, der als Alt-Linker ein außerordentlich gespanntes Verhältnis zur Staatsgewalt hatte. Zu gut war ihm noch in Erinnerung, wie er bei Demonstrationen gegen die Teilnehmer des Gipfeltreffens in Heiligendamm mit Wasserwerfern traktiert worden war. Das dem Wasser illegal beigemischte Gas hatte bei ihm zu erheblichen Augenreizungen und für einen Moment zu der panischen Angst geführt, erblindet zu sein.

»Junger Mann ...« Friedrich setzte gerade zu einer Zurechtweisung an, als der wuschelköpfige Kinobetreiber aus dem Vorführsaal auftauchte.

»Wir haben noch zu!«, meinte auch er ziemlich unfreundlich.

»Das macht nichts. Wir haben nur eine Frage, und dann sind wir wieder weg.« Friedrich hielt dem Wuschelkopf seinen Dienstausweis unter die Nase.

»Es geht um diese Frau«, schaltete sich Hanna ein und zeigte den beiden das Foto aus dem Internet. »War sie vorgestern vor einer Woche zwischen acht und zehn in Ihrem Kino?«

»Woher soll ich das wissen? Ich bin auch nicht jeden Abend hier«, meckerte der Wuschelkopf.

»Und Sie?«, wandte Friedrich sich an den Putzmann.

»Ich weiß prinzipiell nichts«, war die wenig ergiebige Antwort.

»Conny könnte es wissen. Sie reißt die Karten ab«, schlug der Kinobetreiber vor.

»Name? Adresse?« Friedrichs Ton wurde frostiger.

»Cornelia Hanselmann. Westbahnhofstraße 27. Und jetzt wäre ich Ihnen dankbar, wenn Sie meinen Mitarbeiter in Ruhe weiterarbeiten ließen.«

* * *

Cornelia Hanselmann musterte das Foto von Katharina.

»Nein. Diese Frau war weder vorgestern noch am Mittwoch davor bei uns im Kino«, erklärte sie bestimmt und gab Hanna das Bild zurück.

»Wie können Sie sich da so sicher sein?«, fragte Friedrich.

»Mittwochs ist nie viel los. Da könnte ich jeden einzeln mit Handschlag begrüßen. Und außerdem kenne ich Frau Volkmann.«

»Sie kennen Frau Volkmann? Woher denn?«, wunderte sich Friedrich.

»Vom Tübinger Filmforum. Wir treffen uns einmal im Monat und unterhalten uns über die Neuheiten im Kino.«

»Ja dann, vielen Dank!«, verabschiedete sich Friedrich.

»So viel zum Thema ›Katharinas Alibi‹!«, bemerkte Hanna trocken, als sie wieder auf der Straße standen.

»Ich denke, es ist an der Zeit, ein ernsthaftes Gespräch mit Frau Volkmann zu führen!«, stimmte Friedrich ihr zu.

* * *

Leander Bluhm beruhigte den kläffenden Tarras so weit, dass Hanna und Friedrich an ihm vorbei zum Eingang der Villa gelangten, während der Maler im Garten blieb.

»Katharinas ... Bekannter scheint häufiger hier zu sein«, zischelte Hanna in Friedrichs Ohr und deutete dabei mit dem Kopf auf den brav neben Leander hertrottenden Hund.

»Na, das ist ja eine angenehme Überraschung! Kommt rein!«

Katharina gab Hanna die Hand.

Diese Fröhlichkeit: Total aufgesetzt! Ich kaufe ihr das einfach nicht ab. Dass sie Martins Affären so locker wegsteckt. Oder es ist ihr tatsächlich gleichgültig. Weil sie selbst auch einen anderen hat. Den Maler? Wäre gut möglich. Ob sie ahnt, warum wir hier sind? Kaum. Von der DNA-Analyse kann sie nichts wissen.

»Hanna! Willst du noch länger im Flur stehen und die Wände anstarren?«, erkundigte sich Friedrich. Hanna warf ihm einen missbilligenden Blick zu und folgte ihm ins Wohnzimmer, in dem Katharina dabei war, ein Feuer im offenen Kamin zu entfachen. »Ich bin gleich fertig«, kündigte sie an. »Ist doch viel gemütlicher so«, fügte sie im Stil einer Gastgeberin hinzu, die lieben Besuch in ihrem Wohnzimmer empfängt.

Hanna platzte der Kragen.

»Katharina, du hast uns angelogen!«

»Bitte!?«, gab sich Katharina völlig konsterniert.

»Du warst nicht im Kino!«, schleuderte Hanna ihr entgegen.

»Wir haben uns bei der Kartenabreißerin erkundigt«, versuchte Friedrich die Schärfe aus dem Gespräch zu nehmen. »Sie hat absolut glaubhaft erklärt, dass Sie an dem Tag, an dem Ayfer Kaya ermordet wurde, nicht im Kino waren.«

»Meine Güte!« Katharina bemühte sich, einen Hauch von Gelangweiltsein in ihre Stimme zu legen. »Dann habe ich mich eben im Tag geirrt. Wahrscheinlich war ich am Tag davor oder am Tag danach im Kino.«

»Und wo warst du am Mordtag?«, ließ Hanna nicht locker.

»Was weiß ich. Lass mich überlegen. Wann war das noch genau?«

»Vorgestern vor einer Woche.«

»Vorgestern vor einer Woche. Mittwoch. Da ist immer das Treffen der Tübinger Theaterfreunde im LTT. Ja, genau. Das war der Tag, an dem der Intendant des Staatstheaters Stuttgart bei uns war.«

»Und wie lange hat diese Veranstaltung gedauert?«

»Das weiß ich nun wirklich nicht mehr! Ich kucke doch nicht alle fünf Minuten auf die Uhr!«

»Frau Volkmann«, schaltete sich Friedrich ein, »wir können das problemlos nachprüfen! Also!« Auch sein Ton wurde eine Spur schärfer. »Wie lange waren Sie bei Ihren Theaterfreunden?«

Katharina setzte ein nachdenkliches Gesicht auf.

Wenn sie wenigstens nicht so eine miserable Schauspielerin wäre!

»Acht, halb neun. So um den Dreh«, antwortete sie schließlich.

»Und danach? Was haben Sie danach gemacht?«

»Spazieren gegangen. Ich hatte Kopfweh und bin die Platanenallee rauf- und runtergegangen.«

»Allein?«

»Ja, allein! Was soll das hier eigentlich werden? Ein Verhör? Ich habe dieses türkische Mädchen nicht umgebracht, verdammt!«

»Eine andere Frage.« Friedrich ließ Katharinas Ausbruch verpuffen. »Waren Sie jemals in der Wohnung der Ermordeten?«

»Natürlich nicht! Was sollte ich denn da? Ich neige nicht zum Masochismus.«

»Rauchen Sie?«

»Was soll das denn jetzt?«

»Bitte, beantworten Sie meine Frage.«

»Ja, ich rauche. Das ist ja wohl nicht verboten. Ich bin über 16.«

»Welche Marke?«

»Muratti. Soll ich Ihnen vielleicht auch noch die Marke meines Deos nennen?«

»Frau Volkmann, ich bin mir keineswegs sicher, ob Sie in der Position sind, sich über meine Fragen lustig zu machen!«, griff Friedrich jetzt Katharinas aggressiven Ton auf. »Wir haben nämlich im Aschenbecher des Opfers Zigaretten gefunden. Murattis! Wie lange lassen Sie Zigarettenstummel im Aschenbecher liegen, bevor Sie sie in den Mülleimer werfen?«

»Ich leere den Aschenbecher natürlich sofort!«

»Sehen Sie! Wir gehen davon aus, dass Ayfer das genauso macht, so sauber, wie es in der ganzen Wohnung aussah. Das bedeutet, dass die Zigaretten kurz vor ihrem Tod geraucht worden sein müssen, weil wir sie sonst nicht mehr im Aschenbecher, sondern im Mülleimer gefunden hätten.«

»Ja und? Was geht das alles mich an? Ich bin nicht der einzige Mensch auf Erden, der gelegentlich eine Muratti raucht!«

Friedrich zog ein zweifach gefaltetes Blatt aus der Innentasche seiner Jacke. »Das hier«, er hielt es Katharina vor die Nase, »ist der Bericht unseres Labors. Die DNA, die am Mundstück der Zigaretten gefunden wurde, stimmt mit Ihrer 100-prozentig überein! Ein Zweifel ist nicht möglich: Sie haben die Zigaretten geraucht. Sie waren am Tattag in Ayfer Kayas Wohnung!«

Katharinas Gesicht verlor jede Farbe. Sie musste sich setzen, weil ihre Beine sie offensichtlich nicht mehr trugen.

»Ich warte!«, herrschte Friedrich sie an, nachdem fast eine Minute lang niemand etwas gesagt hatte.

»Ja, ich war dort. Aber als ich wieder weggegangen bin, hat sie noch gelebt! Das müssen Sie mir glauben! Ich habe sie nicht umgebracht!«

»Was wollten Sie von ihr?«, fuhr Friedrich ungerührt fort.

»Das sage ich nicht!«, trotzte Katharina.

»Das ist Ihr gutes Recht. Aber verlangen Sie nicht von mir, dass ich Ihre Geschichte glaube, wenn Sie gleichzeitig an der entscheidenden Stelle mauern!«, wurde Friedrich laut. Katharina schwieg einige Sekunden. Dann überwand sie sich. »Ich habe mich bei ihr entschuldigt.«

Hanna und Friedrich blickten erstaunt zuerst sich und dann Katharina an.

»Glotzt nicht so blöd! Als Ayfer bei mir angerufen hat, war ich stinksauer. Auf sie. Auf Martin. Auf all die anderen Frauen vorher. Ich habe Ayfer ziemlich übel beschimpft. Türkenschlampe und so. Und dann kam Leander. Und auf einmal tat es mir irgendwie leid, was ich zu Ayfer gesagt hatte. Deshalb bin ich zu ihr gegangen. Nur deshalb!«

»Und woher wusstest du, wo sie wohnt?«, fragte Hanna.

»Sie steht im Telefonbuch.«

»Sie sind also zu Frau Kaya gegangen«, übernahm Friedrich wieder die Gesprächsführung. »Und dann?«

»Nichts. Sie hat mir eine Tasse Tee angeboten, und ich hab' eine Entschuldigung gestammelt. Am Anfang war es zäh. Aber dann haben wir uns doch noch richtig nett unterhalten. Ich habe eine oder zwei Zigaretten geraucht und bin wieder gegangen. Das ist alles! Sie war munter wie ein Fisch im Wasser, als ich zur Tür hinausgegangen bin. Das schwöre ich!«

»Geschworen wird erst beim Richter«, nuschelte Friedrich. »Und dann? Was haben Sie dann gemacht?«, wechselte er wieder zu normaler Lautstärke.

»Ich bin zu meiner Sitzung gegangen.«

»Und wieso hast du uns das alles nicht gleich erzählt, sondern erst, als wir dir nachgewiesen hatten, dass du in Ayfers Wohnung warst? Wieso hast du uns angelogen?«, forschte Hanna nach.

»Wieso, wieso, wieso«, echote Katharina. »Ich habe Ayfer nicht umgebracht! Wie oft muss ich das denn noch sagen? Ich bin niemandem gegenüber Rechenschaft schuldig. Und dir schon gar nicht!«

»Sie hatten die Gelegenheit. Sie haben kein nachprüfbares Alibi. Und Sie haben ein Motiv«, zählte Friedrich auf. »Sie sollten ...«

»Motiv? Was soll denn das für ein Motiv sein? Welchen Grund sollte ich gehabt haben, diese Frau zu töten? Können Sie mir das vielleicht sagen?«, fuhr Katharina Friedrich an.

»Kann ich!«, warf Friedrich scharf zurück. »Die eifersüchtige Ehefrau bringt ihre Nebenbuhlerin um.«

»Das ist doch lächerlich! Unsere Ehe besteht seit Jahren nur noch auf dem Papier! Er hat seine Freundinnen und ich ...«

»Ja?«

Statt einer Antwort ging Katharina zum Fenster und öffnete es. »Le, kommst du herein?«

Hanna schaute ebenfalls aus dem Fenster und sah, wie Leander Bluhm den kleinen roten Ball, den er gerade in hohem Bogen wegwerfen wollte, beiseitelegte und auf die Villa zutrabte. Tarras, der bereitgestanden hatte, dem Ball hinterherzuhetzen und ihn zu Leander zurückzubringen, bellte und versuchte, sich seinem Spielgefährten in den Weg zu stellen. Als Leander die Haustüre schloss, trabte der Hund mit gesenktem Kopf in den Garten zurück.

»Le, wärst du bitte so freundlich, den Herrschaften hier zu erklären, dass du mein Liebhaber bist?«

Leander schnappte nach Luft. »Ich dachte, das soll zumindest vorläufig keiner wissen?« Er blickte Katharina ratlos an.

»Sollte es auch nicht. Aber ich werde hier allen Ernstes beschuldigt, Martins Freundin umgebracht zu haben! Also sag es ihnen.«

»Katharinas Mann ist ein Idiot. Er hat sie de facto gezwungen, mit dem Malen aufzuhören. Dabei hat sie Talent wie kaum eine Zweite!«

»Leander und ich waren zusammen auf der Kunstakademie in Berlin. Schon damals hat es schwer gefunkt zwischen uns. Aber aus irgendwelchen Gründen wurde nichts daraus. Dann wurde er ein gefeierter Künstler. Und ich Hausfrau! Und vor zwei Wochen ist er wegen seiner Ausstellung nach Tübingen gekommen. Natürlich haben wir uns getroffen«, ergänzte Katharina.

»Ich habe sie gebeten ... ach was, ich habe sie beschworen, wieder mit dem Malen anzufangen. Und ich habe mich unsterblich in sie verliebt«, begann Leander zu schwelgen. »Sofort am ersten Abend waren wir zusammen in meinem Hotelbett. Und seither stecken wir zusammen, sooft es nur irgend geht. Und dann bringt sie Martins Geliebte um? Aus Eifersucht? Das ist doch vollkommen absurd!«

Sowohl Hanna als auch Friedrich brauchten einige Zeit, um die neue Situation zu verdauen. Mit jeder Sekunde, die verstrich, gewann Katharina an Selbstsicherheit zurück. »Werde ich jetzt verhaftet?«, erkundigte sie sich schon wieder ziemlich keck.

»Vorläufig nicht. Aber Sie halten sich bitte zu unserer Verfügung! Wir werden Ihre Angaben überprüfen. In welchem Hotel waren Sie mit Herrn Bluhm? Und wir brauchen die Namen und Adressen von Ihren Theaterleuten.«

* * *

Dass Katharina und Leander tatsächlich ein frisch verliebtes Paar waren, stand nach einem Anruf beim Portier des Schönbuch-Hotels außer Zweifel. Er erinnerte sich genau daran, wie die beiden am ersten Abend turtelnd und mit erkennbarer Eile auf Leanders Zimmer gingen. Auch mehrere spätere Treffen konnte der Hotelangestellte bestätigen. Die Nachfrage bei den Tübinger Theaterfreunden ergab, dass Katharina die Versammlung gegen 20 Uhr verlassen hatte.

»Es ist zum Auswachsen! Sie könnte es durchaus gewesen sein. Vom LTT bis zur Gartenstraße schafft sie es problemlos in 5 Minuten!«, stöhnte Friedrich.

»Schon. Aber es bleibt dabei: Warum sollte sie Ayfer umbringen? Er geht fremd. Schön. Aber gleichzeitig vergnügt sie sich mit ihrem Le ...

Wie das schon klingt! Le! Entsetzlich!

... im Hotelbett. Mit Eifersucht als Motiv kommen wir also nicht weiter.«

»Trotzdem! Warum hat sie uns die Geschichte mit dem Kino aufgetischt? Sie hätte uns ohne weiteres von ihrem Theatertreffen erzählen können. Außerdem hat sie steif und fest behauptet, nie in Ayfers Wohnung gewesen zu sein!«

»Schon. Aber ihre Erklärung klingt einigermaßen plausibel.«

»Und wenn! Irgendetwas ist da faul, das rieche ich!«, meinte Friedrich.

Beide versanken in brütendes Schweigen, bis sich Hanna, der offensichtlich eine Idee gekommen war, aufgeregt zu Friedrich umdrehte.

»Was, wenn es gar nicht um Eifersucht ginge? Kannst du dich erinnern? Als wir zum ersten Mal bei Katharina waren? Da hast du eine Bemerkung gemacht. Die könnte hochinteressant sein. Jetzt, nachdem wir wesentlich mehr wissen als damals. Für die Bedeutung einer Aussage kommt es nämlich entscheidend darauf an, wie viel frau vorher schon weiß. Das ist das Prinzip des hermeneutischen Zirkels, oder, wie es eigentlich heißen müsste, der hermeneutischen Spirale, mein Lieber. Das erkennende Subjekt begegnet dem zu erkennenden Objekt mit einem spezifischen Vorwissen, das die Erkenntnis auf einer bestimmten Stufe bestimmt. Mit jeder Erweiterung dieses Wissens ändert sich zwangsläufig auch die Erkenntnis, so dass ein spiralförmiger Prozess abläuft, der ...«

»Du sagst Bescheid, wenn du wieder unter den Normalsterblichen weilst?«, knurrte Friedrich.

»Entschuldige. Ich meinte ja nur, dass deine Bemerkung von damals im Licht dessen, was wir inzwischen herausgefunden haben, eine ganz neue Bedeutung haben könnte. Dabei verwende ich den Ausdruck ›Bedeutung‹ sowohl im Sinne von ›Sinngehalt‹ als auch von ›Wichtigkeit‹«, konnte Hanna sich nicht verkneifen hinzuzufügen.

»Wie auch immer. Was habe ich denn jetzt vor ein paar Tagen Bahnbrechendes von mir gegeben?«

»Du hast gesagt, dass Katharina möglicherweise nur deshalb mit Martin zusammenbleibt, weil sie sonst auf ihr sorgenfreies Leben und den ganzen Luxus verzichten müsste, den er ihr bietet. Sie wohnt in einer Villa. Sie muss nicht arbeiten. Sie kann rauschende Feste geben. All das wäre vorbei, wenn Martin sich von ihr trennt.«

»Verstehe. Ayfer erzählt ihr am Telefon, dass Martin versprochen hat, sie zu heiraten.« Friedrich dachte kurz nach. »Na ja«, fuhr er dann fort. »Aber eine Scheidung heißt doch noch lange nicht, dass sie hinterher arm sein wird wie eine Kirchenmaus. Im Gegenteil! Ständig liest man, dass geschiedene Frauen ihren Ex-Männern den letzten Cent aus der Tasche ziehen.«

»Nicht, wenn es einen Ehevertrag gibt, der für den Fall der Scheidung etwas anderes regelt! Ich bin mir nicht sicher. Aber ich meine, Katharina hat mir vor Jahren so etwas Ähnliches erzählt.«

»Selbst wenn es so ist, wird sie das kaum freiwillig zugeben.«

Hanna und Friedrich blickten sich in die Augen.

»Martin?«, schlug Hanna vor.

»Martin! Und zwar sofort!«, bestätigte Friedrich.

* * *

»Das trifft sich ganz ausgezeichnet, dass ihr beiden bei mir vorbeikommt!«, strahlte Martin Volkmann, als Hanna und Friedrich sein Büro betreten hatten. »Jetzt ist es amtlich! Hier!« Martin nahm einen Brief vom Schreibtisch und wedelte damit vor Hannas Nase herum. »Die offizielle Ernennungsurkunde. Ihr dürft ab sofort Herr Generalstaatsanwalt zu mir sagen!«

»Gratuliere!« Hanna streckte ihm ihre Hand aufrichtig erfreut entgegen.

»Danke, danke.«

»Wann fängst du in Stuttgart an?«, erkundigte sich Hanna.

»Am 2. Januar. Aber vorher wird gefeiert! Morgen Abend findet eine kleinere Party statt. Höchstens 50 Personen. Es ist nicht ausgeschlossen, dass der Leiter der Generalstaatsanwaltschaft auf einen Sprung hereinschaut. Ihr kommt auf jeden Fall auch! Acht Uhr. Bei mir!«

»Martin, ich fürchte, es könnte da ein ... kleines Problem geben«, versuchte Hanna Martins Euphorie zu bremsen.

»Was soll das denn heißen?«, fragte er verständnislos.

»Herr Volkmann, wir ermitteln in der Sache Kaya gegen Ihre Frau und hätten da einige Fragen«, kam Friedrich ohne weitere Umschweife zum eigentlichen Grund für das Gespräch.

»Wie bitte? Drehen Sie jetzt vollkommen durch, Holzwarth?«, vergaß Martin Volkmann jede Etikette.

Hanna sah, dass Friedrich unmittelbar vor einem seiner Zornesausbrüche stand. »Martin, wir wissen, dass Katharina am Tag des Mordes in Ayfer Kayas Wohnung war«, beeilte sie sich deshalb die Situation zu entschärfen.

»Und woher wollt ihr das wissen?«, behielt Martin seinen aggressiven Tonfall bei.

»Sie hat es uns gegenüber selbst zugegeben«, erläuterte Hanna ruhig.

»Na und? Wenn schon! Katharina eine Mörderin? Das ist doch vollkommen absurd! Hanna! Das glaubst du doch selber nicht!«, kam Martin dennoch immer mehr in Rage. »Kannst du mir vielleicht sagen, was Katharina für einen Grund gehabt haben soll, Frau Kaya umzubringen? Und komm mir jetzt bloß nicht mit Eifersucht! Glaubst du, ich weiß nicht, dass sie sich seit mindestens zwei Wochen mit diesem Kleckse produzierenden Casanova in Hotelbetten rumtreibt? Und dass ich ... regelmäßigen Kontakt zum Opfer hatte, ist ja auch nicht unbekannt geblieben. Sie hat ein Verhältnis. Ich habe ein Verhältnis. Da gibt Eifersucht als Mordmotiv wirklich nicht viel her!«

»Das sehe ich genauso«, stimmte Hanna zu. »Aber was wäre, wenn es zu einer Scheidung käme? Ich meine, wie stände Katharina wirtschaftlich da, wenn du Ayfer tatsächlich geheiratet hättest?«

»Geheiratet? Ich? Ayfer? Wie naiv bist du eigentlich, Hanna?«

»Ayfer hat bei dem Telefonat mit Katharina durchaus vom Heiraten geredet.«

»Ayfer war ein nettes Mädchen. Und ...«, wandte er sich an Friedrich, »... sie hatte auch sonst ihre Qualitäten, wenn Sie verstehen, was ich meine. Aber heiraten? Wer kommt denn auf so was?«

»Katharina könnte durchaus auf ›so was‹ gekommen sein«, antwortete Hanna.

Martin setzte zu einer Erwiderung an, blieb dann aber doch stumm. »Das Buch«, sagte er dann unvermittelt. Hanna und Friedrich blickten sich verständnislos an.

»Die Eltern von Angelika – Angelika ist die Freundin meines Sohnes – wollen sich scheiden lassen. Ich glaube, sie hat einen anderen. Ist ja auch egal. Auf jeden Fall hat Angelika mich gefragt, wie das mit dem Sorgerecht für ihre kleinere Schwester aussieht. Na ja, und weil es mit meinen Kenntnissen im Familienrecht nicht allzu weit ... kurz: Ich habe mir ein entsprechendes Lehrbuch besorgt. Und das lag einige Tage zu Hause auf meinem Schreibtisch. Wenn Katharina es beim Putzen gesehen hat ...«

»Könnte sie durchaus auf die Idee gekommen sein, dass du es in eigener Sache lesen wolltest«, ergänzte Hanna.

»Das wäre immerhin denkbar«, gab Martin zu.

»Also, was ist jetzt? Was würde geschehen, ...

Friedrich, du wirst es nie lernen mit dem Konjunktiv der starken Verben!

... wenn es zu einer Scheidung kommen würde?«

Schon wieder falsch!

»Sie bekäme ...

Sieh an!

... keinen Cent. Mein Vater war gegen die Hochzeit. Er bestand auf einem Ehevertrag, in dem eine absolut strikte Gütertrennung vereinbart wurde.«

»Und was bedeutet das?«, wollte Hanna wissen.

»Es gibt kein gemeinsames Vermögen der Eheleute. Jeder behält das als Alleineigentümer, was er vor der Ehe schon hatte oder was er im Verlauf der Ehe erwirbt. Das Haus mit allem Drum und Dran hat mein Vater finanziert. Und bei allen größeren Anschaffungen hat er ebenfalls großzügige Zuschüsse geleistet.«

»Das bedeutet, dass Katharina im Falle einer Scheidung arm wie eine Kirchenmaus werden würde«, stellte Friedrich fest.

»Sie hat ja auch nie einen Cent verdient mit ihrer Kleckserei!«, wandte sich Martin an Hanna. »Für eine Arbeit, die Geld einbringt, war sich Gnädigste ja immer zu fein!«

»Sie hätte ihren Lebensstil von heute auf morgen komplett ändern müssen«, überging Hanna den nur mühsam verhohlenen Zorn in Martins Äußerung.

»Allerdings«, bestätigte Martin. »Da unser Sohn Florian schon seit einiger Zeit aus dem Haus ist und Katharina grundsätzlich arbeiten kann, hätte ich wahrscheinlich nicht einmal viel Unterhalt für sie bezahlen müssen.«

»Ja ...«, meinte Friedrich gedehnt, »dann stand für Ihre Frau ja einiges auf dem Spiel ...«

»Aber deshalb wird Katharina doch nicht zur Mörderin!«, begehrte Martin auf.

»Muss ich ausgerechnet Ihnen als Staatsanwalt erzählen, für welche lächerlichen Geldbeträge Menschen umgebracht werden?«, konterte Friedrich.

»Und was haben Sie jetzt vor?«, fragte Martin.

War das gerade Angst in seiner Stimme?

»Ich fürchte, ich werde Ihre Frau verhaften müssen. Sie war am Tatort. Sie hat ein plausibles Motiv. Und ihr Alibi ist keinen Pfifferling wert. Es tut mir leid, aber ich habe keine andere Möglichkeit mehr.«

»Unterstehen Sie sich! Ich werde Sie ...«

»Sie werden gar nichts! Erstens sind Sie gar nicht mit dem Fall befasst. Und zweitens wissen Sie ganz genau, dass ich bei dieser Sachlage jede Unterschrift eines Richters bekomme, die ich haben will! Mit oder ohne Einverständnis der Staatsanwaltschaft«, fügte Friedrich hinzu.

»Holzwarth, ich warne Sie! Das wird Folgen für Sie haben!«

»Es würde nur Folgen für mich haben, wenn ich Katharina ausschließlich deshalb nicht festnähme, weil sie *Ihre* Frau ist!«

»Das werden wir sehen!«, schäumte Martin. »Und wehe, Holzwarth, ich erfahre, dass Sie mit dem Verhör anfangen, bevor ich meiner Frau einen Anwalt besorgt habe!«

* * *

»Muss das denn wirklich sein?«, bat Hanna, als Friedrich einen Streifenwagen anforderte. »Katharina wird wohl kaum einen Fluchtversuch starten. Das ist nicht ihr Stil.«

»Sie wäre nicht die Erste, die bei ihrer Festnahme Ärger macht. Wenn sie friedlich ist, geht das alles ohne großes Aufsehen über die Bühne. Wenn nicht, will ich zwei Streifenpolizisten dabeihaben«, beendete Friedrich die Diskussion. Er ließ das Auto in einer Parkbucht ausrollen und stellte den

Motor ab. Erst als im Rückspiegel der Wagen mit dem Blaulicht auf dem Dach auftauchte, startete er erneut, und die beiden Autos fuhren im Minikonvoi Richtung Hagelloch weiter.

»Können deine Kollegen nicht wenigstens in der nächsten Seitenstraße parken?«, bettelte Hanna. Friedrich seufzte, nahm aber Funkkontakt zum Steifenwagen auf. »Ihr fahrt weiter und parkt um die Ecke. Wenn ich euch brauche, rufe ich euch mit dem Walkie-Talkie. Zufrieden?«, wandte er sich an Hanna.

»Danke.«

Tarras galoppierte auf das Gartentor zu. Friedrich öffnete das Tor und sprach beruhigend auf das Tier ein. Zu Hannas größter Verwunderung dauerte es nur wenige Augenblicke, bis Tarras so friedlich neben Friedrich herlief, als seien sie alte Bekannte. Hanna schlich vorsichtig hinter den beiden her. Schon bevor das Trio die Haustüre erreicht hatte, kam ihnen Leander Bluhm entgegen, nachdem er die Haustür hinter sich geschlossen hatte. »Frau Volkmann ist leider nicht zu Hause. Kann ich Ihnen vielleicht weiterhelfen?«

»Nein«, war Friedrichs barsche Antwort. »Wo ist sie hingegangen und wann kommt sie zurück?«

»Tut mir leid, das weiß ich wirklich nicht. Aber ich könnte ihr selbstverständlich etwas ausrichten.«

»Nicht nötig. Wir warten!«

»Könnten wir das nicht *im* Haus tun? Hier draußen ist es auf die Dauer ziemlich kalt«, bat Hanna.

»Aber selbstverständlich, gar keine Frage«, beeilte sich Leander zu versichern. Er ging voraus zur Tür, blieb aber nach wenigen Schritten schon wieder stehen. »Zu dumm!«, schlug er seine Hand vor die Stirn. »Ich habe den Schlüssel innen liegen gelassen. Wir sind ausgesperrt!«

Tarras, der sich bisher immer in unmittelbarer Nähe Friedrichs aufgehalten hatte, sprintete plötzlich den Kiesweg entlang um die Villa herum. Seine Sätze waren deutlich zu hören, bis sie an der gegenüberliegenden Seite des Hauses abrupt abbrachen.

»Was ist denn in den gefahren?«, wunderte sich Hanna. Friedrich erfasste die Situation sofort. »Verdammter Mist!«

Friedrich! Was für eine Ausdrucksweise!

»Sie türmt hinten raus! Seht zu, dass ihr sie zu fassen kriegt!« bellte Friedrich in sein Walkie-Talkie. »So viel zum Thema ›Das ist nicht ihr Stil‹!«, schimpfte er dann. Hanna hob die rechte Augenbraue, sagte aber nichts.

»Was ist da unten eigentlich los?« Katharinas Mutter streckte den Kopf aus ihrem Wohnzimmerfenster.

»Ihre Tochter ist gerade abgehauen, und jetzt warte ich hier, bis meine Kollegen in Uniform sie wieder zurückbringen«, erwiderte Friedrich den sehr unfreundlichen Ton von Frau Sendlinger.

»Können wir bitte hereinkommen?«, versuchte Hanna die Atmosphäre zu beruhigen.

»Hanna? Was machst du denn hier?« Elfriede bemerkte Hanna jetzt erst.

»Wir müssen dringend mit Katharina reden«, wich Hanna aus.

»Na schön, dann kommt rein von mir aus«, blieb Elfriede ungehalten.

Kaum hatte Friedrich auf dem Sofa in Katharinas Wohnung Platz genommen, meldete sich einer der Streifenpolizisten. »Wir haben sie. Was sollen wir jetzt mit ihr machen?«

»Bringt sie hierher in ihr Haus!«, ordnete Friedrich an. »Gute Arbeit, Männer!«, fügte er mit einem Seitenblick auf

Hanna noch hinzu. Wenige Minuten später stand Katharina Volkmann in Handschellen in ihrem eigenen Wohnzimmer.

»Hanna! Kannst du vielleicht dafür sorgen, dass mir diese ekelhaften Dinger abgenommen werden?« Sie ignorierte Friedrich demonstrativ. Aber der schüttelte nur den Kopf.

Friedrich zog ein rosafarbenes Blatt aus seiner Jacke und hielt es Katharina vor die Nase. »Frau Volkmann, ich verhafte Sie wegen des dringenden Verdachts, Ayfer Kaya ermordet zu haben. Hier ist der Haftbefehl. Und dass Fluchtgefahr besteht, haben Sie ja gerade eindrücklich bewiesen.«

Aus Katharinas, aber auch aus Elfriedes Gesicht wich jede Farbe. »Das ist doch wohl nicht Ihr Ernst, junger Mann!«, fand die ältere Frau als erste die Sprache wieder.

»Ich fürchte doch«, sagte Hanna. »Es haben sich neue ... Erkenntnisse ergeben. Und im Moment sieht es wirklich schlecht aus für Katharina.«

»Was für Erkenntnisse sollen das denn sein?«, erwachte auch Katharina langsam aus ihrer Passivität.

»Wir haben mit Ihrem Mann geredet«, brauste Friedrich auf. »Eine Scheidung hätte Sie finanziell komplett ruiniert. Ade schöne Villa, ade süßes Nichtstun. Wenn das kein Mordmotiv ist!«

»Ich war's nicht! Wie oft muss ich das denn noch sagen?«

»Sie hatten Motiv und Gelegenheit. Das reicht! Alles andere können Sie dem Untersuchungsrichter erzählen.«

Katharina blieb stumm und bewegungslos stehen.

»Nehmt sie mit!«, forderte Friedrich die Uniformierten auf. Einer der beiden ging auf Katharina zu und stellte sich neben sie. »Kommen Sie freiwillig mit, oder müssen wir unmittelbaren Zwang anwenden?«, fragte er Katharina, die nicht reagierte, weil sie offensichtlich angestrengt nachdachte.

»Hey, was ist? Los, marsch marsch, wenn ich bitten darf!« Der Polizist fasste Katharina am Arm und zog sie leicht in Richtung Tür.

»Sie lassen mich augenblicklich los!«, fauchte sie.

Der Polizist blickte fragend zu Friedrich.

»Abführen!«

»Nein! Stopp! Ich war nicht spazieren auf der Neckarinsel, als Ayfer ermordet wurde.«

»Wie schön, dass Ihnen das jetzt schon einfällt«, bemerkte Friedrich gallig.

»Wo warst du dann?« Hanna war gespannt.

»Bei einem Immobilienmakler.«

»Bei welchem?«, nahm Friedrich die Befragung wieder auf.

»Kroll und Partner. Mohlstraße 16. Zweiter Stock.«

»Wir werden das überprüfen!«, warnte Friedrich.

»Ich bitte darum«, erwiderte Katharina.

»Was um alles in der Welt wolltest du denn bei einem Immobilienmakler?«, wollte Elfriede wissen.

»Ich habe Sie ausdrücklich gewarnt! Das wird Folgen haben! Katharina, du sagst ab sofort kein einziges Wort mehr, bevor du mit deinem Verteidiger geredet hast!«

Von den anderen unbemerkt war Martin Volkmann zur Tür hereingekommen. »Verschwinden Sie augenblicklich aus meinem Haus!«, herrschte er Friedrich an.

»Herr Volkmann! Ich ermittle hier als Leiter der Mordkommission!«, erhob Friedrich die Stimme. »Wenn dringender Tatverdacht und Fluchtgefahr besteht, würde ich auch die Kaiserin von China verhaften. Und niemand, Sie eingeschlossen, kann mich daran hindern!«

»Gnade Ihnen Gott, wenn Sie mir nicht augenblicklich einen richterlichen Haftbefehl zeigen!«

Friedrich streckte Martin das gewünschte Formular entgegen.

»Frau Volkmann, Sie kommen jetzt mit mir. Und bitte: Keine Fluchtversuche mehr!«

Die beiden Polizeibeamten in Uniform nahmen Katharina in ihre Mitte.

»Martin, tu doch was!«, kreischte Katharina.

»Im Moment kann ich nichts tun. Formal ist er im Recht. Aber du sagst kein Wort, hörst du? Nicht, bevor nicht Dr. Volz bei dir ist. Ich kenne alle Verteidiger. Er ist der beste.«

Katharina rührte sich nicht vom Fleck. Den fragenden Blick eines der beiden Polizisten beantwortete Friedrich mit einem Kopfnicken. Daraufhin fassten die Beamten sie an den Oberarmen und zogen sie in Richtung Tür.

»Fassen Sie mich nicht an!«, zischte Katharina.

Wieder der fragende Blick und das zustimmende Nicken Friedrichs. Die Polizisten ließen Katharina wieder los.

»Gehen wir?«, forderte Friedrich sie auf.

Katharina setzte sich stumm in Bewegung. Die Beamten folgten ihr in kurzem Abstand.

Vor dem Volkmannschen Anwesen hatten sich inzwischen einige Nachbarn versammelt. Die Frau eines Staatsanwaltes, abgeführt und in einen Streifenwagen gesetzt, das sah man nicht alle Tage. Die Spekulationen schossen wild ins Kraut. Sie reichten von »bestimmt Rauschgift« bis zu »die geht heimlich auf den Strich«. Friedrich überlegte, ob er einschreiten sollte, erkannte dann aber die Sinnlosigkeit einer Intervention – gegen diese amorphe, geschwätzige Masse war letztlich kein Kraut gewachsen. Er schüttelte den Kopf und stieg zu Hanna ins Auto.

»Willst du ins Präsidium?«, fragte sie.

»Nein. Das bringt nichts. Katharina wird nichts sagen, bevor ihr Anwalt nicht da ist. Und das kann dauern.«

»Also?«

»Kroll und Partner!«

* * *

Hanna versank in einem der cremefarbigen Ledersessel, die zu einer Sitzecke gruppiert waren. Die Sessel und der Kristalltisch, um den sie herumstanden, erfüllten ihre Funktion optimal: Sie vermittelten, bei einer seriösen Immobilienagentur gelandet zu sein, waren aber gleichzeitig unbequem genug, um Verhandlungen nicht zu einem endlosen Gesprächsmarathon werden zu lassen.

»Was kann ich für Sie tun, Herr ...«

»Holzwarth. Ich bin von der Tübinger Kriminalpolizei und habe einige Fragen an Sie«, knurrte Friedrich.

»Wenn ich Ihnen helfen kann, gerne«, beugte sich der Makler eifrig vor.

Wenn ich eins nicht leiden kann, dann dieses unterwürfige, joviale Verkäufergetue!

»Es geht um ein Alibi. Eine Verdächtige behauptet, am Mittwoch, den 28. November, hier bei Ihnen im Büro gewesen zu sein. Zwischen acht und neun.«

»Das ist ja richtig spannend! Wie heißt die Dame?«

»Volkmann. Katharina Volkmann.«

»Das werden wir gleich haben!« Roland Kroll drückte die Taste an der Gegensprechanlage. »Frau Grill, seien Sie bitte so gut und bringen Sie mir unseren Terminkalender herein.«

Die Empfangsdame erschien nur wenige Sekunden später mit dem gewünschten Buch. Der Makler blätterte beflissen. »Hier: Volkmann, Katharina, 28. November, 19.30 Uhr. Sie hatte einen Termin bei unserer Frau Wolf. Eine ausgezeichnete Kraft, wenn ich mir diese Bemerkung erlauben darf.«

»Können wir diese ›ausgezeichnete Kraft‹ sprechen? Uns interessiert in erster Linie, wann Frau Volkmann ihr Büro wieder verlassen hat.«

»Leider nein. Frau Wolf macht im Moment Urlaub.«

»Wo?«

»In den Pyrenäen. Nostalgisches Wandern mit Zelt und Schlafsack.«

»Ihre Handynummer bitte!«, trommelte Friedrich mit den Fingern auf der Tischplatte.

»Bedaure. Ihr Diensthandy liegt in ihrem Büro und die private Nummer kenne ich nicht. Es ist die Philosophie unseres Hauses ...«

»Wer könnte die Nummer haben?« Friedrich zeigte keinerlei Interesse für die Philosophie des Hauses.

»Das wird schwer. Wie gesagt, das Privatleben meiner Mitarbeiter ...«

»Verwandte?«

»Sie hat mal eine Schwester erwähnt, glaube ich. Aber ob die auch Wolf heißt und wo sie wohnt, kann ich Ihnen leider nicht sagen.«

»Schön. Lassen wir das. Was wollte Frau Volkmann hier?«

»Keine Ahnung. Die einzelnen Berater arbeiten mit dem jeweiligen Klienten in eigener Verantwortung. Zumindest, wenn sie, wie Frau Wolf, mein uneingeschränktes Vertrauen genießen.«

»Aber es muss doch Unterlagen geben«, warf Hanna ein.

»Selbstverständlich.« Roland Kroll betätigte erneut die Gegensprechanlage. »Die Akte Volkmann bitte!«

Sofort erschien die Vorzimmerdame mit einem dünnen, grünen Ordner. Der Makler blätterte darin. »Frau Volkmann war an einem Objekt in der Umgebung von Aix-en-Provence interessiert. Wir sind auf Immobilien der mittleren Preisklasse im südeuropäischen Ausland spezialisiert«, fügte er erklärend hinzu.

»Sonst noch etwas, was uns weiterhelfen könnte?«

»Kaum.« Der Makler blätterte weiter. »Hier«, verkündete er dann. »Eine handschriftliche Notiz von Frau Wolf: ›Evtl. Dachfenster einbauen wg. Licht.‹ Das kommt häufiger vor. Dass Kunden Umbauwünsche haben.«

»Was hätte denn das Haus kosten sollen, das Frau Volkmann ausgesucht hatte?«, fragte Hanna.

»Ein echtes Schnäppchen. 250 000. Plus minus. Wobei Frau Volkmann offenbar die ganze Summe auf einmal bezahlen wollte. Dadurch hätte sich der Preis um etwa 10 000 reduziert.«

Hanna und Friedrich blickten sich an, verfolgten das Thema aber nicht weiter. Es entstand eine kurze Stille.

»Ich habe heute noch einiges zu erledigen ... Wenn Sie sonst keine Fragen mehr haben ...«, breitete Roland Kroll die Arme aus.«

»Vorerst nicht«, meinte Friedrich. Aber falls sich Frau ...«

»... Wolf«, ergänzte Hanna.

»Sobald sich Frau Wolf meldet, sagen Sie ihr, dass sie umgehend bei mir anrufen soll!«, schärfte Friedrich Roland Kroll ein. »Hier!« Er überreichte ihm seine Karte.

»Mache ich«, versprach der Makler. »Und wenn Sie mal eine Immobilie suchen ... oder verkaufen wollen, wir sind immer für Sie da!«

* * *

Zurück auf der Straße erkundigte sich Hanna: »Was hältst du davon?«

»Sie war bei Kroll und Partner. Von mir aus. Aber das heißt noch gar nichts. Wir haben keine Ahnung, wie lange sie dort geblieben ist. Solange diese Wolf nicht wieder auftaucht, bleibt Katharina in Haft!«

»Das meine ich nicht«, wandte Hanna ein. »Die Sache mit dem Haus. Soll ich dir sagen, was ich glaube?«

»Habe ich eine Chance, nein zu sagen?«

»Natürlich nicht. Also: Katharina will Martin verlassen und mit Leander nach Aix ziehen. Das steckt dahinter! Sie hat vor, ernsthaft wieder mit dem Malen anzufangen. Deshalb braucht sie so viel Licht, dass extra ein Dachfenster eingebaut werden muss.«

»Kann ich mir nicht vorstellen. Wenn sie mit diesem Künstler durchbrennt, würde sich ihr Herr Gemahl mit ziemlicher Sicherheit scheiden lassen. Und dann hätte sie von heute auf morgen nicht die Butter aufs Brot. Wenn es überhaupt für das Brot reicht. Kannst *du* dir Katharina als darbende, aber glückliche Künstlerin vorstellen? Ich nicht! Nein, nein, Katharina will unbedingt an der Ehe festhalten. Und deshalb musste sie verhindern, dass Martin Ayfer heiratet. Katharina hat nach wie vor ein Motiv erster Güte!«

»Vielleicht hat Leander Bluhm genug Geld für beide. Und für das Haus.«

»Warum hat sie uns dann nicht von Anfang an gesagt, dass sie zur Tatzeit bei Kroll war? Ihr Mann hätte es ja ohnedies in nächster Zukunft erfahren. Aber nein: Zuerst erzählt sie uns was von Kino. Dann hat sie auf einmal einen einsamen Spaziergang gemacht! Und als wir sie befragen wollen, versucht sie sich in die Büsche zu schlagen. Das schreit doch nach Vertuschen und schlechtem Gewissen!«

»Zumindest gibt es einiges, was Katharina uns erklären muss«, gab Hanna zu.

Friedrich schaute auf seine Uhr. »Ich fahre jetzt ins Präsidium. Inzwischen müsste ihr Verteidiger es auch geschafft haben.«

»Aber du merkst dir jedes Wort, das sie sagt. Ich will alles ganz genau wissen heute Abend!«

»Heute Abend?«

»Mitgliederversammlung des FC Tübingen. Hast du das etwa vergessen? Es könnte auf jede männliche Stimme ankommen, wenn ihr das Mädchenteam noch verhindern wollt!«

* * *

»Fritz! Gott sei Dank, dass du endlich da bist!« Der Sportwart war der Verzweiflung nahe, als er Friedrich und Hanna erblickte, die den Schankraum der Vereinsgaststätte betraten, in der eine Hochzeitsgesellschaft in fröhlicher Runde aß und trank. »Das Nebenzimmer platzt aus allen Nähten! Ich weiß nicht, wo ich noch mehr Stühle herkriegen soll!«

»Wieso?«, war Friedrich verblüfft. »Bisher hat es auch immer gereicht. In den letzten Jahren sind doch nie mehr als 20, höchstens 25 Leute gekommen.«

»Da! Schau's dir selber an!«

Friedrich öffnete die Tür zum Nebenzimmer, warf einen Blick in die Runde. Um den großen Tisch herum saßen diejenigen Vereinsmitglieder, die zu jeder Mitgliederversammlung erschienen. Etwas mehr als 20 Männer, die die in aller Regel gähnend langweiligen Berichte des Sportwarts, des Kassierers und des Ersten Vorstands über sich ergehen ließen, da sich der Abend nach dem offiziellen Teil zur Zufriedenheit aller feuchtfröhlich zu entwickeln pflegte. Das übliche Bild also, wären an den Wänden des Raumes nicht mindestens ebenso viele Frauen unterschiedlichen Alters gestanden, die sich in kleinen Grüppchen angeregt miteinander unterhielten. Während manchen am Kostüm und an der dezent aufgetragenen Schminke anzusehen war, dass sie als erfolgreiche Geschäftsfrauen arbeiteten, waren andere in Jeans und Sweatshirt offensichtlich noch mit der Schule oder ihrem Studium beschäftigt.

»Was ... was wollen *die* denn hier?«, stotterte Friedrich.

»Vielleicht an der Versammlung teilnehmen?«, schlug Hanna unschuldig vor.

»Unsinn! Das dürfen nur Vereinsmitglieder! Das weißt du ganz genau!«

»Fritz, das *sind* Vereinsmitglieder!«, wandte der Sportwart ein.

»Wie bitte?! Keine von denen habe ich jemals in meinem Leben gesehen!«

»Kannst du auch nicht«, bemerkte Hanna trocken, »weil sie nämlich alle erst innerhalb der letzten Tage eingetreten sind.«

»Du hast ...« In Friedrich keimte ein furchtbarer Verdacht.

»Ich habe ein wenig ... Mitgliederwerbung betrieben, ja. Wie du als Erster Vorstand es immer wieder verlangt hast.«

»Ich habe es überprüft. Jede einzelne hat einen gültigen Mitgliedsausweis. Da ist nicht dran zu rütteln!«, berichtete der Sportwart.

»Die sind nicht stimmberechtigt!«, fuchtelte Friedrich mit dem rechten Zeigefinger in der Luft herum. »Nie und nimmer!«

Hanna zog ein dünnes Bündel photokopierter Blätter aus der Tasche und blätterte, bis sie die von ihr gesuchte Stelle gefunden hatte. »Hier!«, zeigte sie Friedrich eine mit gelbem Textmarker angestrichene Passage. »Paragraph sieben Absatz vier bestimmt, dass die Mitgliederversammlung aus allen Vereinsmitgliedern besteht, die zum Zeitpunkt der Versammlung einen gültigen Ausweis haben. Und das hat unser Sportwart ja wohl gerade eben bestätigt! Auf die

Dauer der Vereinszugehörigkeit kommt es also nach der Satzung gerade nicht an«, schloss Hanna ihre Argumentationskette.

Der Sportwart neigte sich zu Friedrichs Ohr. »Und wenn wir die Aufnahmeerklärungen umdatieren?«, raunte er.

»Das habe ich gehört«!, verurteilte Hanna den Plan des Sportwarts von vornherein zum Scheitern.

»Das wirst du mir büßen!«, drohte Friedrich und ließ Hanna und den Sportwart stehen, als er in das Nebenzimmer stürmte.

Die Männer wunderten sich zwar über die Anwesenheit der Frauen. Aber da Friedrich als Erster Vorsitzender die Sitzung genau wie immer eröffnete, schien alles seine Richtigkeit zu haben. Die Versammlung nahm ihren gewohnten Verlauf, ohne dass es zu irgendwelchen Störungen gekommen wäre. Als jedoch der Tagesordnungspunkt »Anträge« aufgerufen wurde, kam Unruhe auf. Friedrich verkündete: »Ich stelle fest, dass innerhalb der Antragsfrist keine Anträge eingegangen sind. Wir können deshalb sofort zum Punkt »Verschiedenes« übergehen.«

»Moment!« Hanna sprang auf und stürmte zum Kopfende des Tisches, an dem der Vorstand saß. »Friedrich Holzwarth! Ich habe einen Antrag gestellt! Das weißt du ganz genau!«

Alle Anwesenden verfolgten die Geschehnisse mit gespannter Aufmerksamkeit.

»Richtig ist, dass du mir ein entsprechendes Schreiben ausgehändigt hast«, bediente sich Friedrich jetzt genau der Sprache, über die er sich bei Martin Volkmann und Konsorten sonst so ärgerte. »Aber die Satzung – aus der du ja vorher selbst ausführlich zitiert hast – sieht vor, dass Anträge mindestens eine Woche vor der Mitgliederversammlung gestellt werden müssen. Und da du diese Frist verpasst hast, darf dein Antrag – zu meinem größten Bedauern – hier nicht behandelt werden!«

Hanna ging zurück zu ihrem Platz, holte die Kopie der Satzung und streckte sie Friedrich entgegen.

»Ich habe mich juristisch beraten lassen. Herr Kästner war so freundlich, wenn du es genau wissen willst.«

Friedrich schnaubte.

»Wo, bitte schön«, fuhr Hanna fort, »steht, dass Anträge schriftlich gestellt werden müssen? Bitte! Zeig mir die Stelle!«

Friedrich nahm die Satzung und begann zu blättern.

»Spar dir die Mühe, du wirst nichts finden! Und wenn ein ... wie heißt das noch ... ach ja, ein ›Schriftformerfordernis‹ nicht ausdrücklich vorgesehen ist, reicht auch ein mündlicher Antrag. Und dass ich den bei eurer letzten Vorstandssitzung gestellt habe, wirst du nicht ernsthaft bestreiten wollen! Ich darf also um Abstimmung über meinen Antrag bitten!«

Auch wenn die meisten Frauen und Männer nicht verstanden hatten, worum es im Detail ging, brach ein lautes Durcheinander aus. Die Frauen jubelten Hanna zu, während die Männer ihre ablehnende Haltung lautstark zum Ausdruck brachten. Unbeeindruckt von dem entstandenen Lärm beriet sich Friedrich mit dem Rest des Vorstandes. Nachdem sie offensichtlich zu einem Ergebnis gekommen waren, schaffte Friedrich es nur mit Mühe, wieder Ruhe herzustellen. »Wird von der Antragstellerin eine Diskussion zum Thema ›Mädchenmannschaft‹ gewünscht?«, fragte er, ohne Hanna anzusehen. Hanna blickte zu ihren Frauen.

»Nein, ich glaube, wir können sofort abstimmen.«

Beifälliges Gemurmel der Frauen mischte sich mit unheilverkündendem Grummeln der Männer.

»Wer ist dafür, dass der FC Tübingen eine Mädchenmannschaft aufbaut?«, fragte Friedrich. Alle Frauenhände schossen in die Luft.

»Dafür: 24«, diktierte Friedrich dem Schriftführer. »Wer ist dagegen?«

Alle Männer bis auf den Kassierer hoben die Hand. Friedrich zählte die Stimmen. Er schüttelte den Kopf und zählte erneut.

»Dagegen: 23, Enthaltungen: Eine.« Friedrich warf dem Kassierer einen Blick zu, der Herkules niedergestreckt hätte, und stellte dann mit vor Zorn bebender Stimme fest. »Damit ist der Antrag angenommen.«

Samstag, 8. Dezember, 15.30 Uhr

»Och Mensch!« Friederikes Begeisterung über Hannas Erfolg hinsichtlich des Mädchenteams bekam einen Dämpfer. »Warum kommt Opa denn nicht?«

Seit Friederike beim Plätzchenbacken mithelfen konnte, hatte sich eine Art Tradition herausgebildet, nach der Hanna und Friedrich einmal während der Adventszeit zu Besuch kamen, um das von Magdalena und Friederike hergestellte Weihnachtsgebäck zu probieren.

»Das liegt an mir«, bekannte Hanna kleinlaut. »Ich glaube, ich habe ihn gestern Abend ziemlich geärgert. Er will mich heute bestimmt nicht sehen.«

»Aber er muss kommen! Dieses Mal habe ich die Haselnussmakronen ganz alleine gemacht! Ich ruf' ihn an!« Friederike lief in ihr Zimmer, um ihr Handy aus dem Schulranzen zu fischen.

»In zwanzig Minuten ist er da!«, verkündete sie, als sie nach wenigen Minuten zurückkam. Hanna schmunzelte in sich hinein. Der beinharte Verbrecherjäger Friedrich Holzwarth war wieder einmal Wachs in den Händen einer Neunjährigen gewesen.

Das Teetrinken verlief in gedämpfter Stimmung. Auch wenn Friedrich versuchte, sich mit Tochter und Enkeltochter in gewohnt lockerer Tonart zu unterhalten, empfand die Runde dennoch als Belastung, dass er Hanna so offensichtlich ignorierte.

Er ist genau so ein Gockel wie alle anderen auch! Gibt hier die beleidigte Leberwurst, nur weil er einmal *nicht seinen Willen bekommt! Der kann mich mal! Alles, was ich getan habe, war vollkommen legal!*

»Rieke, ich muss jetzt leider gehen.« Hanna war nicht mehr länger bereit, die bedrückende Atmosphäre zu ertragen. »Es tut mir leid für dich, aber solange dein Opa sich so bockig anstellt ... Und außerdem«, vergewisserte sie sich, dass ihr Ex-Mann jedes Wort hörte, »habe ich zu tun. Vielleicht kann ich eine Unschuldige aus der Untersuchungshaft holen!«

»Das ist nicht mehr nötig!«, erwiderte Friedrich grimmig und ohne Hanna anzusehen. »Der Haftbefehl wurde gegen Auflagen wieder außer Vollzug gesetzt. Die Frau eines Staatsanwalts ist eben doch gleicher als andere!«, regte er sich auf. »Aber ich kriege sie! Unschuldig! Dass ich nicht lache!«

»Wenn du mit mir reden würdest, könnte ich dir ja vielleicht erklären, warum ich inzwischen auch glaube, dass Katharina Ayfer nicht umgebracht hat. Aber so ...«

»Wenn du etwas weißt«, sprach Friedrich Hanna zum ersten Mal direkt an, »musst du es mir so oder so sagen! Wenn nicht freiwillig und hier, dann bei einer formellen Zeugenbefragung auf dem Präsidium!«

»Jetzt ist aber Schluss!«, sprach Magdalena ein Machtwort. »Ich predige Friederike ständig, dass man nicht nachtragend sein darf, und ihr fechtet hier euren Privatkrieg wegen gestern Abend vor den Augen der Kleinen aus! Entweder ihr vertragt euch wieder oder ihr haut euch eure Gemeinheiten anderswo um die Ohren!«

Sowohl Hanna als auch Friedrich senkten schuldbewusst den Blick. Nach einer kurzen Phase knisternder Stille war es Friedrich, der das Wort ergriff.

»Über die Aktion von gestern reden wir noch! Aber sonst: Waffenstillstand?«, streckte er Hanna seine rechte Hand entgegen. Hanna nahm sie sofort und drückte sie kurz, aber kräftig.

»Prima!«, freute sich Friederike. »Dann zeige ich euch jetzt meinen Ordner mit den Stars aus der Bundesliga!«

»Ein anderes Mal«, widersprach Hanna. »Ich muss wirklich los.« Sie drehte sich zu Friedrich um. »Kommst du mit zu Katharina?«

»Nein, ich bleibe hier. Was soll ich denn da?«, brummelte Friedrich immer noch missmutig.

* * *

Als Hanna in die Straße einbog, an der die Villa der Volkmanns lag, wunderte sie sich zunächst, dass bereits alle Parkplätze belegt waren. Aber dann fiel ihr ein, dass heute Martins Beförderung gefeiert werden sollte. Die ersten Gäste waren offensichtlich schon eingetroffen, wenn auch zwei Gärtner noch mit dem Anbringen einer Blumendekoration über der Eingangstür beschäftigt waren.

»Wage es ja nicht, dieses Grundstück zu betreten!«

Der knurrende Tarras unterstrich das strikte Verbot Elfriede Sendlingers, die im Rahmen der Haustür stand.

»Vielleicht kann ich Katharina helfen!«, schrie Hanna über den Zaun hinweg. »Aber dazu muss ich noch ein, zwei Fragen stellen. Bitte, lassen Sie mich herein.«

Elfriede focht einen Kampf mit sich selbst aus. Schließlich befahl sie: »Tarras, Platz!« Der Hund legte sich folgsam neben Elfriede auf den Boden. Hanna konnte die Villa betreten.

»Was sollen denn das für Fragen sein?«, fragte Elfriede immer noch argwöhnisch.

»Haben Sie Ihrer Tochter in letzter Zeit eine größere Geldsumme gegeben?«

»Das geht dich nichts an!«

»Frau Sendlinger, bitte, beantworten Sie meine Frage! Tun Sie es für Katharina!«

»Nein. Sie hat kein Geld von mir bekommen.«

»Und von ihrem Mann?«

»Sicher nicht. Das hätte sie mir erzählt.«

»Hatte sie eine größere Summe gespart? Sagen wir so circa eine Viertelmillion?«

»Nein, natürlich nicht. War's das jetzt? Ich habe zu tun! In einer halben Stunde kommt der Generalstaatsanwalt und der Partyservice ist immer noch nicht fertig!«

»Noch eine ...«

»Was soll die ganze Fragerei?«, schnitt Elfriede Hanna das Wort ab.

»Ich habe da eine Idee, bin mir aber noch nicht sicher«, wich Hanna aus. »Sie können also definitiv ausschließen, dass Katharina 250 000 Euro zu ihrer Verfügung hatte?«

»Absolut.«

»Das stützt meine Theorie. Könnte ich mich jetzt bitte allein mit Katharina unterhalten?«

»Was willst du denn *noch* von mir?« Katharina war unbemerkt hinzugetreten. Sie fuhr Hanna an: »Reicht es dir nicht, was du bisher angerichtet hast?«

»Katharina, ich muss mit dir reden! Wenn es stimmt, was ich denke, bist du möglicherweise raus aus der Mordsache! Wo sind wir ungestört?«

Katharina zögerte. »Im ganzen Haus sind Leute. Wir könnten allenfalls nach oben in Florians ehemaliges Kinderzimmer gehen.«

Kaum hatte Katharina die Tür hinter sich geschlossen, baute sich Hanna vor ihr auf. »Ich werde dir jetzt eine Frage stellen. Und ich rate dir, sie wahrheitsgemäß zu beantworten: Erpresst du deinen Ehemann?«

»Bist du jetzt vollständig verrückt geworden?«

»Keineswegs«, erwiderte Hanna ruhig. »Du willst dir ein Haus in Südfrankreich kaufen.«

»Und? Ist das etwa verboten?«

»Katharina! Wir haben uns bei Kroll und Partner erkundigt. Das Haus kostet eine Viertelmillion. Und du willst es auf einen Schlag bezahlen. Da frage ich mich, mit welchem Geld!«

»Leander. Er hat genug Geld«, wurde Katharina trotzig.

»Hat er nicht«, konterte Hanna. »Ich habe mich kundig gemacht. Im Internet. Keine der großen Galerien hat auch nur ein Bild von ihm im Angebot. Und er bewirbt sich ständig um Stipendien. Das macht niemand, der eben mal so 250 000 lockermachen kann. Also: Woher wolltet ihr das Geld nehmen?«

Katharina schwieg.

»Ich werde es dir sagen. Martin wird von dir erpresst. Ich weiß zwar noch nicht womit, aber daran, dass es so ist, zweifle ich nicht mehr.«

»Wie kommst du eigentlich auf eine derart absurde Idee?«, versuchte Katharina Empörung und Überraschung in ihrer Stimme zu mischen.

»Ich erzähle dir jetzt eine Geschichte. Und ich finde, dass sie ziemlich plausibel ist. Also hör gut zu! Eine junge, erfolgversprechende Malerin ist so verliebt in einen jungen Staatsanwalt, dass sie einen Ehevertrag unterschreibt, der dazu führt, dass sie ihren Ehemann um jeden Euro einzeln bitten muss. Sie gibt ihm zuliebe die Malerei auf und nistet sich in einem goldenen Käfig ein. Da stört es mit der Zeit nicht einmal mehr besonders, wenn der Gatte gelegentlich Affären mit anderen Frauen hat.«

»Und? Wann kommt die Pointe?«, warf Katharina schnippisch ein.

»Nur Geduld, ich bin gleich so weit. Alles scheint seinen geordneten Gang zu gehen. Bis Leander auftaucht. Jetzt hast du auf einmal alles hier satt und beschließt, mit ihm ein neues Leben zu beginnen. Dabei ist dir aber klar, dass ihr beide nicht von Luft und Liebe leben könnt. Und dass du bei einer Scheidung ohne jede Mittel daständest. Was liegt also näher, als Martin für all' die langen Jahre büßen zu lassen und ihn zu erpressen?«

»Was für eine interessante Theorie! Aber leider vollkommener Blödsinn!«

»Weit gefehlt! Ich kann dir einen der Erpresserbriefe zeigen! Hier! Ich habe mir eine Kopie besorgt! Ich lese ihn dir vor: ›27. November. Nicht alle, die so tun, haben wirklich eine weiße Weste: Bei einem von Ihnen gibt es da einen rabenschwarzen Fleck! Ein dunkles Geheimnis in der akademischen Vergangenheit! So viel für heute. Ich melde mich wieder!‹ – Na? Erkennst du ihn wieder?«

»Wo hast du das her?«, war Katharina fassungslos.

»Das tut hier überhaupt nichts zur Sache!«, wies Hanna sie zurecht.

»Und wieso soll ausgerechnet ich diesen Brief geschrieben haben?«

»Du brauchst dringend schnell viel Geld und jemand bei der Staatsanwaltschaft Tübingen wird erpresst«, fuhr Hanna fort. »Da muss frau nur noch eins und eins zusammenzählen. Bevor ich damals wusste, dass du dir ein teures Haus kaufen willst, war die Erklärung, an die alle bei der Staatsanwaltschaft glaubten, plausibel. Dass sich nämlich der Brief – wie mehrere vorher – auf den früheren Psychiatrieaufenthalt eines Staatsanwaltes bezieht. Aber gestern nach unserem Besuch bei Kroll und Partner bekam die Sache eine vollkommen neue Bedeutung. Ich bin heute Morgen noch einmal zu Herrn Kästner gegangen. Und tatsächlich: Die früheren Schreiben waren allesamt wesentlich drastischer in der Wortwahl und immer mit einer konkreten Forderung verbunden. Außerdem ist dieser Brief der einzige, auf dem ein Datum angegeben ist. Es spricht also eine Menge dafür, dass der letzte Brief nicht in die Reihe der früheren passt. Also, Katharina, ich frage dich jetzt noch einmal: Hast du Martin erpresst, ja oder nein?«

»Nein! Natürlich nicht!«

»Katharina«, schlug Hanna den Tonfall an, mit dem sich Magdalena gelegentlich an ihre Tochter wandte, »wenn du diesen ominösen Brief geschrieben hast, bekommt Friedrich das heraus! DNA-Spuren, falls du den Umschlag mir Spucke zugeklebt hast. Verwendetes Papier, Drucker, Tinte, irgendetwas werden die in ihrem Labor mit absoluter Sicherheit finden!«

»Ja, verdammt, ich habe ihn erpresst«, brach es plötzlich aus Katharina heraus. »Du hast ja keine Ahnung, wie das ist, wenn man für jeden Cent auf den Knien herumrutschen muss! Das Geld steht mir zu! Jeder Euro! Ich wollte mir schließlich nur nehmen, was mir zusteht!«

»Na also, dann hätten wir das ja geklärt!«, triumphierte Hanna. »Wovor hatte Martin denn eigentlich so viel Angst, dass du es für realistisch gehalten hast, so viel Geld von ihm zu bekommen?«, konnte sie ihre Neugier nicht im Zaum halten.

»Das ... sage ich nicht«, antwortete Katharina.

»Du willst ihn schützen? Dann kann deine Ehe ja wohl nicht so schlimm gewesen sein, wie du mir noch vor einer Minute weismachen wolltest«, provozierte Hanna Katharina bewusst.

»Okay. Du hast recht. Von mir aus soll es alle Welt wissen. Dass Herr *Doktor* Volkmann weite Teile seiner Doktorarbeit von einem gewissen Bernhard Frühwirth abgeschrieben hat.«

»Ein solches Risiko ist er eingegangen? Warum?«, wunderte sich Hanna.

»Dass sein alter Herr Landgerichtspräsident war, weißt du ja. Als Martin das Referendarsexamen beim ersten Anlauf nicht bestanden hatte, wurde er von seinem Vater vor der versammelten Familie abgekanzelt. ›Wir können von Glück reden, wenn Martin noch bei einer Versicherung unterkommt.‹ ›Ein brauchbarer Jurist wird Martin nie im Leben.‹ Lauter solche Sachen. Ab diesem Tag wollte er es seinem Vater zeigen.«

Typisch Männer!

»Martin hat gearbeitet wie ein Tier. Tag und Nacht. Und er bestand das Examen beim zweiten Versuch. Mit sieben von 18 möglichen Punkten, aber immerhin. Aber das reichte ihm noch nicht. Er bekniete einen Professor so lange, bis der zusagte, Martin ein Thema für eine Doktorarbeit zu geben. Und selbst das war noch nicht genug. Martin musste es seinem alten Herren ja unbedingt beweisen. Überall hat er herumposaunt, dass es ihm gelingen werde, noch während des Referendariats promoviert zu werden. Als ihm etwa ein halbes Jahr vor dem Assessorexamen klar wurde, dass er es nicht mehr schaffen würde, war er vollkommen verzweifelt und sah keinen anderen Ausweg, als weite Teile einer ähnlichen Doktorarbeit einfach zu übernehmen. Und er ist damit durchgekommen.«

»Wow! Sieh an! Der honorige Herr Doktor!«

»Also. Jetzt weißt du es. Bist du nun zufrieden?«

Hanna überlegte. »Noch nicht ganz«, antwortete sie auf Katharinas Frage. »Wer weiß alles von Martins Betrug?«

»Kein Mensch! Ich habe nie irgendjemandem ein Sterbenswörtchen verraten. Würdest du mich jetzt bitte entschuldigen? Ich muss mich unbedingt um die Tische in den Partyzelten kümmern.« Katharina ließ Hanna ohne ein weiteres Wort allein zurück.

* * *

Als Hanna aus Katharinas Villa gekommen war, hatte sie eigentlich vorgehabt, sofort wieder nach Tübingen zurückzufahren. Aber sie überlegte es sich anders und schlug zu Fuß den Waldweg in Richtung Hohenentringen ein. Nach einem ausgedehnten Spaziergang kam sie mit leicht geröteten Backen zurück nach Hagelloch und stieg in ihr Auto.

Ja! So könnte es gewesen sein! Es passt alles zusammen, wenn frau davon ausgeht ... Also: Wilhelmstraße. Und dann Frau Gerster. Los!

Sie fuhr auf dem kürzesten Weg zur Universitätsbibliothek in der Wilhelmstraße. Zum ersten Mal war sie froh über das, was sie die »Amerikanisierung der Verhältnisse« nannte: Trotz des frühen Samstagabends war die Bibliothek noch geöffnet. Hanna wandte sich an den jungen Mann, der für die Ausgabe bestellter Bücher zuständig war.

»Guten Tag. Mein Name ist Hanna Kirschbaum. Ich bin Professorin am Brechtbau und es würde mich interessieren, welches Buch eine meiner Studentinnen so etwa vor einem Monat per Fernleihe bestellt hat. Können Sie das Ihrem Computer entlocken?«

»Kein Problem! Wie heißt Ihre Studentin?«

»Ayfer Kaya.« Hanna buchstabierte.

»Kaya ... Kaya ... Moment ... hier! Am 12. November. Stefan Franke. ›Die Sicherungsverwahrung im Lichte des Grundgesetzes.‹« Der Student machte eine kleine Pause und fuhr dann fort: »Sie hat es am 12. November bestellt, am 19. abgeholt und am selben Tag wieder zurückgebracht.«

»Prima. Danke. Und jetzt bräuchte ich noch die Dissertation eines gewissen Bernhard Frühwirth. Ich hätte gerne die eine oder die andere Seite daraus kopiert. Kann ich es bitte gleich ausleihen?«

»Tut mir leid, das geht nicht. Samstags ab fünf kann nicht mehr ausgeliehen werden«, bedauerte der Student.

»Vielen Dank, junger Mann, Sie haben mir sehr geholfen!« Sie verließ das Gebäude und lenkte ihr Auto in Richtung Hennentalweg.

Friedrich, ich komme!

* * *

»Ich denke nicht einmal im Traum daran, da hinzugehen! Nicht nach dieser Schlappe: Ich verhafte Katharina, und ganze drei Stunden später wird der Haftbefehl auf Betreiben des Herrn Staatsanwaltes wieder außer Vollzug gesetzt!«

Hanna schwieg, weil sie wusste, dass sie Friedrich Zeit geben musste.

»Wieso willst *du* eigentlich auf einmal unbedingt zu dieser Jubelparty?«, erkundigte sich Friedrich, als sein abflauender Zorn langsam wieder klare Gedanken zuließ.

»Weil ... ich jetzt zu wissen glaube, wer Ayfer Kaya ermordet hat. Und warum.«

»Wer? Wer war es?«, riss Friedrich die Augen auf.

»Langsam! Im Moment ist es noch nicht mehr als eine Hypothese, die verifi ...« Hanna brach ab, als sie Friedrichs gerunzelte Stirn sah. »Ich muss herausfinden, ob es stimmt, was ich mir heute Nachmittag so zusammengereimt habe. Und ich glaube, dass ich das könnte, wenn wir beide zu Martins Feier gehen. Vorausgesetzt, wir können Ayfers Bruder, ihren Verlobten und diesen Theologiestudenten ebenfalls mitbringen ...«

»Bist du jetzt vollkommen übergeschnappt? Kemal und Irfan sitzen in U-Haft. Und Markus Kleinert? Weiß Gott, wo der sich zur Zeit rumtreibt!«

»Tja ... wenn du nicht willst ... schade ...«

»Hanna! Was, glaubst du, passiert, wenn ich zwei Leute aus der U-Haft hole mit der Begründung, ich wolle sie zu einer Party mitnehmen?«

»Plausible Gründe gibt's doch nun wirklich genug! Lokaltermin, Gegenüberstellung. Was weiß ich. Dir fallen doch sonst auch hundert Ausreden für die abenteuerlichsten Ermittlungsmethoden ein!«

»Kannst du mir nicht wenigstens sagen, wen du im Verdacht hast?«

»Tut mir leid, keine Zeit! Ich muss unbedingt noch jemanden zu Martins Party einladen! Wir treffen uns um neun vor Volkmanns Villa. In Ordnung?«

»In Ordnung«, gab sich Friedrich geschlagen. »Sobald ich die drei Spezialisten zusammen habe, rufe ich dich an. Und wenn ich vielleicht sonst noch irgendetwas für dich tun kann, brauchst du es selbstverständlich nur zu sagen!«

»Oh ja«, tat Hanna, als habe sie Friedrichs Sarkasmus nicht bemerkt, »du solltest nachher bitte unbedingt die Blätter mit Ayfers E-Mail-Verkehr dabeihaben! Und, wenn's geht, eine von diesen Plastiktüten, die eure Spurensicherung immer verwendet!«

* * *

Friederike freute sich, ihre Großmutter zu sehen. Aber Hanna meinte bedauernd: »Tut mir leid, Schatz, aber im Moment habe ich keine Zeit für dich. Ist Mama da?«

»Wann hast du jemals Zeit für das Kind? Kannst du mir das vielleicht sagen?« Magdalena blickte Hanna kampfeslustig an.

»Hör zu, Magdalena! Wir unerhalten uns morgen! Aber jetzt brauche ich ganz schnell deine Hilfe! Hast du einen langen, weißen Schal?«

»Ja, wozu?«

»Das erkläre ich dir auch morgen. Es ist wirklich sehr eilig!«

Magdalena zuckte mit den Schultern, ging aber in ihr Schlafzimmer und kam mit einem Stück weißen Stoffs zurück, das Hanna auffaltete. »Ein wenig kurz vielleicht. Aber es könnte gehen. Jetzt brauche ich noch eine Kerze!«

Friederike holte den von Magdalena gebundenen Adventskranz und stellte ihn auf den Tisch. Hanna zündete eine Kerze an und brannte ein kleines Loch in den Schal ihrer Tochter. Magdalena und Friederike blickten sich sprachlos an.

»Morgen. Ich erkläre es dir morgen«, wiederholte Hanna schon auf dem Gang.

* * *

Wieder in ihrem Passat steuerte Hanna ihr vorerst letztes Ziel an. Dort allerdings hatte sie kein Glück: Schon durch die geschlossene Tür konnte sie hören, dass ihre Sekretärin Marion

Gerster mitten in einer Auseinandersetzung mit ihrem Mann steckte, bei der ein kahlköpfiger Student von Waldhäuser Ost eine zentrale Rolle spielte. Hanna klingelte trotzdem. Marion öffnete mit hochrotem Gesicht. Hanna war klar, dass ihre Sekretärin im Moment ziemlich schlecht ansprechbar war. Deshalb beschränkte sie sich darauf, Marion mit eindringlichen Worten zu bitten, in etwa zwei Stunden in die Nähe der Villa der Volkmanns in Hagelloch zu kommen. Marion konnte sich zwar keinerlei Reim darauf machen, warum Hanna sie um so etwas derart Merkwürdiges bat. Aber in der derzeitigen Situation hatte Marion auch keine Lust, lange nachzufragen. Deshalb versprach sie Hanna eilig, pünktlich in Hagelloch zu erscheinen. Marions wippender rechter Fuß machte deutlich, dass sie Hanna gerne möglichst schnell losgeworden wäre. Deshalb verabschiedete sich Hanna, allerdings nicht ohne noch einmal darauf hinzuweisen, wie wichtig Marions pünktliches Erscheinen in Hagelloch sei.

* * *

Dann setzte Hanna sich in die nächstbeste Studentenkneipe und versuchte, Konrad Kästner zu erreichen. Als der Staatsanwalt sich nicht meldete, klappte Hanna ihr Handy zusammen und beschloss, es bei diesem einen Versuch zu belassen.

Vielleicht gar nicht so schlecht, wenn er nicht dabei ist. Es kann durchaus sein, dass ich mich bis auf die Knochen blamiere!

Hanna holte sich eine Illustrierte und blätterte lustlos darin herum. Nach circa fünf Minuten legte sie das Heft weg, um zu überprüfen, ob ihr Handy auch wirklich angeschaltet war.

Samstag, 8. Dezember, 21 Uhr

Die Eingangshalle war zwar von unzähligen Kerzen angenehm warm erleuchtet. Aber trotz der eigens aufgestellten und mit kleinen Blumenarrangements geschmückten Bistrotischchen war sie menschenleer. Das kleine Grüppchen, das aus Hanna, Friedrich, Kemal und Irfan bestand, durchquerte die Halle. Friedrich hatte es trotz einiger Anstrengungen nicht geschafft zu erfahren, wo sich Markus Kleinert im Moment aufhielt. Und auch Marion Gerster war bisher nicht beim vereinbarten Treffpunkt erschienen. Aber Friedrich hatte gefroren und war nicht bereit gewesen, noch länger auf Hannas Sekretärin zu warten.

Weil Hanna die Einzige war, die sich im Haus wenigstens einigermaßen auskannte, übernahm sie die Führung, und so dauerte es nicht lange, bis sie die Tür zum großen Wohnzimmer öffnen konnte. Friedrich sah durch den langgestreckten Raum, dass sich die meisten Gäste der Feier anlässlich Martin Volkmanns Beförderung im direkt angrenzenden Esszimmer befanden und sich über das reichhaltige Büfett hermachten. Nur der Hausherr selbst und ein weißhaariger Mann standen vor dem brennenden Kamin und unterhielten sich. Als Martin Hanna und ihre Begleiter bemerkte, reagierte er sofort.

»Hallo Hanna! Herr Holzwarth! Ich freue mich, dass ihr doch noch gekommen seid!« Er machte eine kurze Pause. »Natürlich«, setzte er dann wieder an, »habe ich grundsätzlich nichts dagegen, wenn meine Gäste noch jemanden mitbringen. Aber was *das* soll, müsst ihr mir schon erklären!« Der Blick von Martins Gesprächspartner folgte Martins Zeigefinger. Die Handschellen, die Kemal und Irfan trugen, waren nicht zu übersehen.

»Also Frau Kollegin, ich muss schon sagen, Ihr Auftritt hier ist tatsächlich ... ein wenig ungewöhnlich«, schaltete sich Manfred Kramer, der Leiter der Generalstaatsanwaltschaft und Martins zukünftiger Vorgesetzter, ein. Er hatte neben seiner Tätigkeit in Stuttgart noch einen Lehrauftrag für Strafrecht und Strafprozessrecht an der Universität Tübingen. Trotz des strahlenden Lächelns, das er jedes Mal aufsetzte, wenn er Hanna sah, waren mehrere Versuche, Hanna zu einem Abendessen einzuladen, bislang gescheitert.

»Ich weiß, dass wir deine Feier stören, Martin«, ging Hanna in die Offensive. »Aber ich glaube, dass wir hier und jetzt diejenige Person dingfest machen können, die Ayfer Kaya ermordet hat.«

»Etwas Gutes hätte es ja«, antwortete Martin. »Dann wäre endgültig dieser lächerliche Verdacht gegen meine Frau aus der Welt! Aber du hast sicher Verständnis dafür, dass das hier nicht der richtige Ort dafür ist.«

Tatsächlich waren bereits einige Männer und Frauen mit vollen Tellern vom Büfett zurückgekehrt. Auch wenn sie sich scheinbar uninteressiert an die bereitstehenden Tische setzten und begannen, Perlhuhn- und Fasanenpastete mit der Gabel aufzuspießen, konnte kein Zweifel daran bestehen, das sie die Ohren spitzten und mit Argusaugen verfolgten, was vor dem Kamin geschah. »Deshalb schlage ich vor, dass wir unser Gespräch in meinem Arbeitszimmer fortsetzen!«, bat Martin Hanna deshalb eindringlich.

»Meine Damen und Herren, wenn Sie uns bitte einen Augenblick entschuldigen würden ...«, wandte er sich dann an seine Gäste, legte seinen Arm um Hannas Schultern und schob sie für alle anderen unmerklich in Richtung Ausgangstür. Hanna wehrte sich nicht, und auch Friedrich, Kemal, Irfan sowie Manfred Kramer setzten sich in Bewegung. Außerdem schloss sich auch Elfriede Sendlinger der kleinen Prozession an.

»So, hier sind wir«, stellte Martin überflüssigerweise fest, als er die Tür seines Arbeitszimmers hinter sich geschlossen hatte. »Ich hoffe, Hanna, du hast für das alles hier eine wirklich plausible Erklärung!« Er konnte seine Gereiztheit nicht länger verbergen.

»Aber Herr Kollege!« Das strahlende Lächeln erschien auf Manfred Kramers Gesicht. »Ich habe Frau Professor Kirschbaum als außerordentlich intelligente Kollegin und absolut integren Menschen kennen- und – ich darf sagen – schätzen gelernt. Ich kann mir nicht vorstellen, dass sie sich zu einem derartigen ... Auftritt entschlösse, wenn sie dafür nicht wirklich triftige Gründe hätte. Ich schlage vor, wir hören uns in Ruhe an, was Frau Professor Kirschbaum zu sagen hat, und dann sehen wir weiter.« Manfred Kramer blickte in die Runde. Es regte sich kein Widerstand.

»Ich denke, wir alle sind sehr gespannt auf Ihre Ausführungen«, wandte sich der Generalstaatsanwalt an Hanna. »Sie wissen also, wer diese junge Türkin ermordet hat?«

»Nein«, antwortete Hanna. »Noch weiß ich es nicht sicher. Im Moment habe ich nur eine Theorie, deren Richtigkeit ich gerne überprüfen möchte.«

»Ja dann mal los, Frau Kollegin! Was ist das für eine Theorie?«, drängte Manfred Kramer.

Hanna konzentrierte sich und begann dann, langsam zu sprechen. »Es gibt mehrere Personen, die ein Motiv gehabt hätten, Ayfer Kaya umzubringen. Kemal wollte möglicherweise die Familienehre wieder herstellen, die seine Schwester vermeintlich dadurch beschädigt hat, dass sie ein Verhältnis zu einem verheirateten, deutschen Mann hatte. Dieser Mann«, fügte Hanna nach einer kurzen Sprechpause hinzu, »ist übrigens niemand anderes als Martin Volkmann.«

Nur für den Bruchteil einer Sekunde zuckte Manfred Kramer zusammen. Dann hatte er sich wieder in der Gewalt.

»Bei Irfan«, sprach Hanna weiter, als ob sie nichts bemerkt hätte, »wäre die klassische Eifersucht denkbar. Möglich wäre aber auch, dass Ayfer hinter seinen ... Nebenverdienst mit Partydrogen gekommen war und deshalb sterben musste. Und nicht zu vergessen ist Markus Kleinert. Er hatte sich unsterblich in Ayfer verliebt und war durchgedreht, als ihm klar wurde, dass er für sie nicht mehr als eine Bettgeschichte war. Ja, und dann ist da noch Katharina ... wo ist Katharina eigentlich?« Hanna sah sich im Raum um.

»Keine Ahnung.« Martin sah auf seine Armbanduhr. »Vor etwa einer Stunde hat sie gesagt, sie müsse noch etwas mit dem Partyservice klären. Seitdem habe ich sie nicht mehr gesehen. Ich muss mich schließlich um meine Gäste kümmern.«

»Würdest du bitte rasch hochgehen und nachschauen?«, bat Hanna. Martin verließ den Raum und kam nach wenigen Augenblicken sichtlich verstört zurück. »Katharina ... sie ... ist noch kurz in die Stadt gefahren. Sie kommt bestimmt jeden Augenblick zurück.«

»Unsinn!«, behauptete dagegen Elfriede. »Katharina kommt nicht zurück! Sie ist mit diesem Mal-Heini durchgebrannt. Ich habe die beiden gesehen, wie sie sich mit zwei Koffern zur Garage geschlichen haben!«

»Elfriede! Was erzählst du denn da? Das ist doch absoluter Blödsinn!«, herrschte Martin seine Schwiegermutter an.

»Ich habe versucht sie aufzuhalten«, berichtete Elfriede unbeirrt weiter. »Aber es war nichts zu machen. Sie will ›ein neues Leben anfangen‹. Sie will ›endlich wieder malen‹. Katharina ist in ihr Auto gestiegen und weg waren sie.«

»Und wieso erfahre ich das erst jetzt?«, vergaß Martin seine souveräne Gastgeberrolle.

»Ich habe ja versucht, es dir zu sagen. Aber du hattest natürlich wieder einmal keine Zeit für mich!«

»Das bedeutet, dass wir neben Martin Kleinert auf eine weitere Verdächtige verzichten müssen«, unterbrach Hanna die Auseinandersetzung zwischen Elfriede und ihrem Schwiegersohn. »Denn auch Katharina hätte durchaus ein Interesse an Ayfers Tod haben können.«

»Hanna, das geht zu weit! Ich verbiete dir, schon wieder so von meiner Tochter zu reden! Katharina als Mörderin! Das ist doch vollkommen absurd!« Elfriedes hochroter Kopf zeigte das Ausmaß ihrer Erregung.

Noch bevor Hanna ein Wort erwidern konnte, wurde die Tür aufgerissen und Marion Gerster betrat den Raum. Ihr rechter Arm wurde von einem Mann im korrekten, dunkelblauen Anzug festgehalten, dessen schrankartige Schultern sowie eine kleine Ausbeulung in der Anzugjacke keinen Zweifel an seiner Funktion als Bodyguard zuließen. »Herr Volkmann, diese junge Dame behauptet, sie hätte hier eine Verabredung.« Mit deutlich gedämpfter Lautstärke fuhr er fort: »Soll ich sie rauswerfen?«

»Die ... junge Dame gehört zu mir! Ich habe sie gebeten, hierherzukommen.« Hanna zog die Hand des Bodyguards von Marions Arm. »Ich möchte Frau Gerster eine Frage stellen, von deren Antwort es abhängt, ob ich Ihnen allen hier sagen kann, wer Ayfer ermordet hat.«

»Ich ... ich weiß doch nichts ...«, stammelte Marion.

»Das werden wir sehen«, ließ Hanna Marions Einwand nicht gelten. »Können Sie uns sagen, wann Frau Kaya und Herr Volkmann sich getrennt haben? Ich meine, wann genau, an welchem Tag?«

»Deshalb zitierst du Frau Gerster hierher?«, fragte Friedrich mit einer Mischung von Erstaunen und Ärger. »Das haben wir doch längst geklärt. Ich selbst war ... quasi ... dabei, als Ayfer ihr Verhältnis mit Herrn Volkmann beendet hat. Das war am ... lass mich überlegen ...« Friedrich zog einen kleinen Kalender aus seinem Geldbeutel. »Ayfer wurde am 28. November ermordet. Die Trennung hat einen Tag vorher, also am 27., stattgefunden!«, freute sich Friedrich, dass ausnahmsweise er es war, der ein triumphierendes Lächeln aufsetzen konnte.

»Warum ist das eigentlich so wichtig, Frau Kollegin?«, erkundigte sich der Generalstaatsanwalt.

»Darauf komme ich gleich«, versprach Hanna. »Aber zunächst zu dir«, wandte sie sich an Friedrich. »Du hast durch die geschlossene Tür gehört, dass Herr Volkmann mit Ayfer telefoniert hat?«

»Dass es Ayfer war, wusste ich damals natürlich noch nicht. Aber dass sich eine Frau am Telefon von ihm getrennt hat, war wirklich nicht zu überhören!«

»Wir halten also fest, das einzige, was du wirklich mit Bestimmtheit sagen kannst, ist, dass du von längeren Pausen unterbrochene Äußerungen von Herrn Volkmann gehört hast. Der von dir daraus gezogene Schluss, das er mit jemandem telefoniert, ist zwar nahe liegend, aber keineswegs zwingend. Niemand kann ausschließen, dass er den Hörer nicht einmal in der Hand gehabt hat.«

»Schön. Von mir aus«, knirschte Friedrich. »Aber wozu sollte das gut sein?«

»Das wirst du gleich sehen. Aber vorher möchte ich von Frau Gerster wissen, wann die Trennung ihrer Meinung nach stattgefunden hat.«

Marion Gerster, die es nicht gewohnt war, im Mittelpunkt des allgemeinen Interesses zu stehen, überlegte krampfhaft. »Warten Sie ... ja, ich erinnere mich ... Ayfer stand weinend am Kopierer. Ich habe gefragt, was los ist. Erst hat sie nur geheult, aber schließlich kam es nach und nach aus ihr heraus, dass sie mit ihm Schluss gemacht hat, weil sie es leid war, sich ständig leere Versprechungen anhören zu müssen.«

»Na also!«, freute sich Hanna. »Machen Sie weiter!«

»Also, das Gespräch am Kopierer, das war ... an einem Tag, an dem ich abends zu Holger ... Sie wissen schon, der junge Mann in Waldhäuser Ost ... also ein Freitag ... mein Mann geht freitags immer zum Kegeln ... ja, gestern vor vierzehn Tagen, weil letzte Woche ist das Kegeln ausgefallen ...«

»Heute ist der 8. Dezember. Gestern vor 14 Tagen war also der 23. November. Dann wissen wir jetzt zumindest, dass die Trennung nicht erst am 27., sondern schon vor dem 23. November stattgefunden haben muss. Aber das hilft mir nicht weiter. Ich brauche das exakte Datum«, behauptete Hanna. »Hat Ayfer Ihnen nicht gesagt, wann *genau* sie sich getrennt haben?«

»Nein«, antwortete Marion. Es war kein vollständiger Satz aus ihr herauszubekommen. »Und da ich nicht neugierig bin ...«

»Was soll das ganze Gequatsche«, meldete sich Irfan überraschend zu Wort. »Die beiden haben sich am Donnerstag getrennt. Das muss der 22. gewesen sein.«

»Woher wissen *Sie* das?«, erkundigte sich Hanna überrascht.

»Sie hat es mir erzählt.«

»Ayfer? Ihnen?« Hanna war perplex.

»Ja, Ayfer mir. Das zwischen Ayfer und mir war schon lange nur noch Show. Für unsere Eltern. Ich bin seit einem Jahr mit Kadife zusammen.«

»Aha.« Mehr fiel Hanna im Moment nicht ein. »Fahren Sie fort!«

»An diesem Donnerstag ist Ayfer fix und fertig bei mir aufgetaucht und hat mir die ganze Geschichte erzählt«, berichtete Irfan weiter. »Ich weiß das, weil ich donnerstags immer in die Sauna gehe. Und als ich zurückkam, saß Ayfer im Treppenhaus.«

»Dann ...«, Hanna stellte sicher, dass alle sie sehen konnten, »... ist jetzt klar, wer Ayfer ermordet hat.« Sie ließ einige Sekunden verstreichen und verkündete dann: »Der Mörder ist unser Gastgeber. Es ist Dr. Martin Volkmann.«

* * *

Der Einzige, der von Hannas Eröffnung nicht besonders geschockt zu sein schien, war Martin Volkmann. Während alle anderen, teilweise mit offenen Mündern, dastanden, bemerkte Martin in einem Tonfall, als wälze er ein diffiziles juristisches Problem: »So so, das ist ja hochinteressant, ich bin also der Mörder.« Er legte eine kleine Kunstpause ein. »Ich gehe davon aus, wir werden in Kürze erfahren, *warum* ich die Frau umgebracht habe, die ich gelie ... mit der ich eine wunderschöne Zeit hatte.«

»Weil du erpresst wurdest.« Hanna kannte keine Gnade.

»Hanna, du enttäuschst mich! Ich hätte dir eine plausiblere Antwort zugetraut«, antwortete Martin gönnerhaft.

»Sagt dir der Name Bernhard Frühwirth etwas?«, ging Hanna nicht auf Martins Ton ein.

»Nein, keine Ahnung. Wer soll das sein?«

»Frühwirth hat eine Doktorarbeit geschrieben ...«

»Schön. Für ihn. Und?«

»Du hast bei ihm abgeschrieben. Deine eigene Doktorarbeit ist in weiten Teilen identisch mit der Arbeit von Bernhard Frühwirth.«

»Hanna, das geht zu weit!« Martin verlor jetzt doch die Geduld. »Muss ich ausgerechnet *dir* erzählen, dass man sich zu Beginn einer wissenschaftlichen Arbeit mit dem bisherigen Schrifttum auseinanderzusetzen hat?«

»Martin, es ist sinnlos! Katharina hat mir gestanden, dass und womit sie dich erpresst hat! Das erklärt übrigens auch, warum sie mit Leander Bluhm Hals über Kopf verschwunden ist.«

»So ein Pech aber auch, dass Katharina uns deine Abenteuerlichkeiten nicht bestätigen kann! Zu unser aller größtem Bedauern ist sie mit ihrem ... künstlerischen Förderer zu einem neuen Leben aufgebrochen. Profaner ausgedrückt könnte man allerdings auch sagen, sie sei mit ihrem schmierigen Liebhaber durchgebrannt. Aber wie auch immer«, fand Martin zu seinem vorigen Tonfall zurück, »tun wir einmal so, als ob ich tatsächlich abgeschrieben hätte. Und tun wir weiter so, als ob Katharina mich deshalb erpresst hätte – was kompletter Unsinn ist, weil sie von mir jederzeit freiwillig bekommen hat, was immer sie wollte –, dann muss die Frage erlaubt sein, warum ich Ayfer umbringe und nicht Katharina! Wer sich gegen eine Erpressung wehren will, wird im Zweifel den Erpresser umbringen und nicht einen völlig unbeteiligten Dritten! Das dürfte doch wohl auf der Hand liegen.« Martin strahlte Überlegenheit aus.

»Nicht ganz, Martin, nicht ganz. Der Erpresste wird diejenige umbringen, die er für die Erpresserin *hält*. Aber was ist, wenn er sich irrt? Wenn du jemanden für die Erpresserin gehalten hast, die es in Wirklichkeit gar nicht war? Von deinem Betrug wusste nur Katharina. Sonst niemand. Das hat sie mir ausdrücklich bestätigt.«

»Wunderbar! Wenn Katharina die Einzige ist, die von meinem angeblichen Betrug wusste, wie soll ich dann auf die absurde Idee kommen, dass Ayfer mich damit erpressen will?«

»Zum einen, weil du dir überhaupt nicht vorstellen konntest, dass die kleine, graue Maus, die du nach der ersten Verliebtheit in Katharina gesehen hast, zu so einer Aktion auch nur im Ansatz fähig wäre. Und weil aus deiner Sicht alles dafür sprach, dass Ayfer es war, die dir die entsprechenden Briefe geschickt hat.«

»Alles? Alles sprach dafür? Was bitte ist ›alles‹?«, fragte Martin spöttisch.

»Ayfer kannte deine Doktorarbeit. Sie stand in ihrem Bücherregal. Mit handschriftlichen Anmerkungen. Sie hat sie also aufmerksam gelesen. Und dann ... Friedrich, bist du bitte so gut und gibst mir die E-Mails?«

Friedrich verstand zwar wie alle übrigen im Raum kein Wort, kam Hannas Bitte aber nach.

»Hier!«, deutete Hanna auf ein Blatt. »Am 12. November hat Ayfer an dich geschrieben: ›Liebling, ich habe gerade im Katalog der Uni-Bibliothek herumgestöbert und eine Dissertation gefunden, die dich ganz bestimmt wahnsinnig interessieren wird!‹«

»Ja ... ich erinnere mich. Da war etwas mit einem Buch, das sie mir unbedingt zeigen wollte. Aber als wir uns dann trafen, hatten wir etwas anderes zu tun, als uns über wissenschaftliche Werke zu unterhalten«, grinste Martin frech.

»Das kann ich mir lebhaft vorstellen«, stimmte Hanna zu. »Die Dissertation wurde wahrscheinlich nicht mehr erwähnt und geriet in Vergessenheit. Das änderte sich jedoch schlagartig, als der erste Erpresserbrief ankam. Auf einmal hat es in deinem Kopf gearbeitet. Wer hat den Brief geschrieben? Katharina? Nein. So etwas würde sie nie tun. Dazu hätte sie gar nicht das Format. Aber wer dann? Nach einigem Überlegen fiel es dir wie Schuppen von den Augen: Die einzige, die außer Katharina noch in Frage kam, war Ayfer. Sie war – so deine Überlegung – im Rahmen ihrer ausgedehnten Literaturrecherchen für eine Hausarbeit auf die Doktorarbeit von Bernhard Frühwirth gestoßen. Dass es in dem Buch, das Ayfer in Wirklichkeit gemeint hat, lediglich um das Thema ›Sicherungsverwahrung‹ ging, und dass Ayfer deshalb meinte, du könntest es gut für deinen neuen Aufsatz brauchen, konntest du schließlich nicht wissen. Wenn Ayfer auch nur in Bernhard Frühwirths Dissertation geblättert hätte, wären ihr die Übereinstimmungen mit Sicherheit aufgefallen! Und weil die Arbeit von Bernhard Frühwirth deutlich vor deiner erschienen ist, konntest nur du von ihm abgeschrieben haben.«

Hanna blickte in die Runde, aber niemand hatte etwas zu sagen.

»Ayfer war stinksauer auf dich«, begann Hanna deshalb von neuem, »weil du sie hingehalten und dich nicht von Katharina getrennt hast. Nur Ayfer konnte es deiner Ansicht nach gewesen sein, die sich mit dir – zumindest hast du das zu diesem Zeitpunkt noch geglaubt – einen schlechten Scherz erlaubte.«

»Ich bin wirklich beeindruckt! Auf welche Konstruktionen ein einzelnes menschliches Gehirn kommen kann, wenn es der Phantasie freien Lauf lässt. Oder hast du vielleicht irgendeinen Beleg für deine haarsträubende Geschichte?«, wollte Martin provozierend wissen.

»Das habe ich. Allerdings! Wenn ich auch zugeben muss, dass mir insoweit ein unverzeihlicher Fehler unterlaufen ist.«

Friedrich spitzte interessiert die Ohren.

»Jedes Semester«, sprach Hanna weiter, als habe sie Friedrichs Reaktion nicht bemerkt, »predige ich meinen Studentinnen, dass es *die* Bedeutung eines Ausdrucks nicht gibt. Dass alles immer auch ganz anders gemeint gewesen sein kann. Und was mache ich selbst? Verhalte mich wie eine Anfängerin! Wenn auch mit tatkräftiger Unterstützung«, fügte sie mit einem Seitenblick auf ihren Ex-Mann hinzu.

Friedrich platzte der Kragen. »Entweder, du ...«

»Nur die Ruhe, ich werde euch sofort alles erklären. Friedrich, kannst du dich noch erinnern, was unser Sportwart vom FC Tübingen vorgeschlagen hat, um ein Stimmrecht der Frauen bei unserer Mitgliederversammlung zu verhindern?«

»Er wollte die Beitrittserklärungen umdatieren. Aber was um alles in der Welt ...«

»Du sagst es: Umdatieren! Genau das ist der Schlüssel zur Lösung des Falles! Unser Mörder hat nämlich ebenfalls etwas *umdatiert*. Und zwar den Zeitpunkt des Endes seiner Beziehung zu Ayfer.«

»Das ist doch Unfug!«, brauste Martin auf. »Warum sollte ich so etwas Absurdes getan haben?«

Statt Martin zu antworten, wandte sich Hanna an Friedrich.

»Gibst du mir bitte die E-Mails, die Ayfer und Martin einander geschrieben haben?«

Friedrich kam Hannas Bitte nach.

»Hier!«, las Hanna vor:

»›Dienstag, 27. November. Ayfer, das kannst du nicht machen! Das willst du doch nicht wirklich durchziehen? Ich komme morgen zu dir. Wir müssen unbedingt sofort miteinander reden.‹

– Sowohl Herr Holzwarth – was verzeihlich ist – als auch ich – was absolut unverzeihlich ist – sind ohne weitere Überlegung davon ausgegangen, dass es sich bei dieser E-Mail um eine Reaktion Martins auf die am selben Tag erfolgte Trennung von Ayfer handelt. Weil wir beide der Auffassung waren, dass die Trennung erst am 27. stattfand. Tatsächlich hatte Ayfer aber bereits am 22. mit Martin Schluss gemacht, wie uns Irfan gerade eben glaubhaft erläutert hat. Hätte Martin fünf Tage gewartet, wenn er wegen der Trennung ›sofort‹ mit Ayfer reden will? Wohl kaum! Nein, mit Martins E-Mail vom 27. war etwas ganz anderes gemeint! Das da …«, Hanna zog das Schreiben aus der Tasche, das sie schon Katharina gezeigt hatte, »… wurde bei der Staatsanwaltschaft abgegeben:

›27. November. Nicht alle, die so tun, haben wirklich eine weiße Weste: Bei einem von Ihnen gibt es da einen rabenschwarzen Fleck! Ein dunkles Geheimnis in der ›Akademischen Vergangenheit!‹ So viel für heute. Ich melde mich wieder!‹ Ein ganz simples Referenzproblem! Mit *das* war nicht die Trennung, sondern die Erpressung gemeint! Sie war das, wovon Martin sich nicht vorstellen konnte, dass Ayfer es wirklich *durchziehen* wollte!«

Hannas Auditorium brauchte einige Zeit, um das Gehörte zu verdauen. Vor allem in Friedrichs Kopf arbeitete es fieberhaft.

»Wenn man es so sieht«, meldete er sich als Erster zu Wort, »erscheint natürlich auch die E-Mail … Hanna, gibst du mir bitte das Blatt? … vom 21. November in einem völlig anderen Licht:

›Mittwoch, 21. November. Bist du denn total bescheuert? Wieso gehst du denn nicht ans Telefon, verdammt noch mal?! Was soll der Scheiß? Melde dich!‹ – Der *Scheiß*, von dem Herr Volkmann schreibt, ist nicht, wie wir angenommen hatten, Ayfers Anruf bei Katharina, sondern ebenfalls Ayfers schlechter Scherz, die Erpressung!«

»Also, entschuldigen Sie bitte, wenn ich mich einmische«, ließ Manfred Kramer vernehmen. »Aber für mich ist das alles ein wenig verwirrend! Könnten Sie das alles vielleicht in einen chronologischen Ablauf bringen, der auch für mich nachvollziehbar ist?«

»Sehr gerne, Herr Kollege«, antwortete Hanna bereitwillig. »Am 21. November ruft Ayfer bei Katharina an. Sie erzählt ihr von ihrem Verhältnis mit Martin. Ich gehe davon aus, dass es dieser Anruf war, der das Fass zum Überlaufen gebracht hat: Katharina entschließt sich, den bisher nur vagen Plan einer Erpressung wirklich in die Tat umzusetzen. Sie schreibt Martin einen entsprechenden Brief, und zwar ihm persönlich. Darin kündigt sie an, dass Briefe an seinen Dienstherrn folgen würden, wenn er nicht tue, was sie verlangt. Katharinas Mann geht aus den genannten Gründen davon aus, dass der Brief nicht von Katharina, sondern von Ayfer stammt. Deshalb schreibt er ihr ebenfalls am 21. eine E-Mail und fragt sie in sehr rüden Ton, was der *Scheiß* solle. Während er die Erpressung meint, glaubt Ayfer, dass er auf ihren Anruf bei Katharina anspielt. Am darauf folgenden Tag trennt sich Ayfer von Martin, ohne dass der erkennbar darauf reagiert. Erst als am 27., wie angedroht, der zweite Erpresserbrief bei der Staatsanwaltschaft auftaucht, wird er wieder aktiv. Es gelingt Martin zwar, seine Kollegen glauben zu machen, dass sich dieser Brief auf den Kollegen bezieht, der einen Aufenthalt in einer psychiatrischen Klinik hinter sich hat. Trotzdem schreibt er sofort eine E-Mail an Ayfer, die nicht nur sie, sondern auch Herr Holzwarth und ich gründlich missverstanden haben. Aber die E-Mails bleiben eine Gefahr für Martin. Er sucht sie nach dem Mord auf Ayfers Computer, um sie zu löschen. Weil sie auf dem für ihn nicht erreichbaren Notebook von Ayfer gespeichert sind, geht das aber nicht. Herrn Volkmann ist klar, dass die Polizei die E-Mails finden wird. Es bleibt ihm also nur eine Möglichkeit, uns in die Irre zu leiten. Er bestellt Herrn

Holzwarth in sein Büro und spielt ihm ein Telefongespräch mit Ayfer vor, um so zu suggerieren, dass die beiden sich erst am 27. November getrennt hätten. Und er hat Erfolg: Da wir unterstellten, die Trennung habe erst so spät stattgefunden, blieb das, was mit den E-Mails tatsächlich gemeint gewesen war, im Dunkeln, so dass ich zunächst nicht auf die Idee kam, Martin zu verdächtigen.«

Friedrich wollte sich jetzt nicht mehr länger an den Rand drängen lassen: »Wir können also mit Fug und Recht davon ausgehen, dass Martin Volkmann glaubte, von seiner Ex-Geliebten erpresst zu werden. Grund genug, sich an ihm zu rächen, hätte es für sie ja durchaus gegeben: Er hat lange genug das Spiel ›Irgendwann werden wir heiraten‹ mit ihr gespielt.«

»Herr Volkmann will also unbedingt mit Ayfer reden. Aber Ayfer schreibt nur zurück, es sei ›alles gesagt‹. Martin sieht keinen Ausweg mehr: Er beschließt, seine Geliebte zu töten«, führte Hanna den Gedankengang zu Ende.

»In sich klingt das nicht unschlüssig«, erkannte Manfred Kramer eher widerwillig an. »Was haben Sie dazu zu sagen?«, wollte er von Martin Volkmann in einem Ton wissen, der keinerlei Ausflüchte duldete.

»Wenn – ich betone: *Wenn* ich Teile meiner Doktorarbeit abgeschrieben hätte; *wenn* mich meine Frau deshalb erpresst hätte; *wenn* ich geglaubt hätte, dass Ayfer dahintersteckt; *wenn* ich so gewissenlos wäre, nicht einmal vor einem Mord zurückzuschrecken, *dann* könnte ich möglicherweise ein Motiv gehabt haben. Ein bisschen viele Konjunktive, findest du nicht, Hanna?« Martin hatte nichts von seiner Selbstsicherheit eingebüßt.

»Das ist doch alles an den Haaren herbeigezogen. Nichts weiter als Theorien und Hypothesen. Beweise? Fehlanzeige! Und überhaupt: Selbst wenn man unterstellen wollte, dass ich ein Motiv hatte, bin ich ja nun wirklich nicht der Einzige!

Hier! Bei Ayfers Bruder muss man nicht erst um zehn Ecken denken, um einen glasklaren Beweggrund für den Mord zu erkennen. Wiederherstellung der Familienehre. *Er* hat ein Motiv und *er* war zur Tatzeit am Tatort. Was willst du denn noch mehr?«

»Ja. Kemal war am Tatort. Aber ich glaube ihm, wenn er sagt, dass bereits auf seine Schwester geschossen worden war, als er zur Tür hereinkam. Du hörtest ihn kommen und verstecktest dich schnell in Kemals Zimmer. Ayfer stirbt in den Armen ihres Bruders, ohne ihm verraten zu können, dass du im Nebenzimmer sitzt. Kemal nimmt die Pistole mit, die du in der Aufregung liegengelassen hast, und will dann zu Irfan, den er für den Täter hält. Ich gebe zu, dass Kemals Aussage zunächst nicht sonderlich plausibel klang. Aber inzwischen spricht alles dafür, dass er uns die Wahrheit gesagt hat.«

»Bravo!« Martin klatschte spöttisch Beifall. »Wirklich intelligent konstruiert! Aber leider war deine ganze Mühe vollkommen umsonst. Ich sage es noch einmal: Selbst *wenn* ich ein Motiv gehabt haben sollte, komme ich als Täter absolut nicht in Betracht!«

»Und warum nicht?«, bellte Manfred Kramer.

»Weil ich in dem Moment, in dem die arme Ayfer erschossen wurde, hier in meinem Wohnzimmer gesessen habe! Und im Gegensatz zu dir, liebe Hanna, kann ich meine Behauptungen auch beweisen!«

»Da bin ich aber gespannt!« Hanna fixierte Martins Augen.

»Den Berichten von Herrn Holzwarth konnte ich entnehmen, dass die Tat etwa um 20.15 Uhr begangen wurde. Ist das korrekt so?«

»Das ist richtig. Mein Seminar ging bis etwa 20 Uhr. Vom Brechtbau bis in die Gartenstraße ist es ein Katzensprung.

Und Ayfer war mit Sicherheit erst wenige Minuten tot, als ich sie gefunden habe. Ihr Blut war noch nicht einmal getrocknet«, gab Hanna zu.

»Dann musst du mir jetzt erklären, wie ich Ayfer umgebracht haben soll, wenn ich exakt um 20.15 Uhr in meinem Wohnzimmer vor dem Fernseher saß!«

Hanna musste schlucken. Martin machte eine kurze Pause und sagte dann: »Meine Schwiegermutter kann das bezeugen. Elfriede, bist du bitte so gut, diesen Herrschaften zu schildern, wie das war an dem Tag, an dem die Sache mit dem Ziegelstein passiert ist?«

Alle Augen wandten sich Katharinas Muter zu.

»Diesen Abend werde ich mein ganzes Leben lang nicht vergessen!«, verkündete Elfriede. »Ich hatte zum Abendessen ein Viertel Rotwein getrunken. Wie immer. Nach dem Essen wurde ich plötzlich so müde, dass ich mich in meinem Zimmer aufs Sofa legen musste. Eigentlich wollte ich nach ein paar Minuten wieder aufstehen. Aber dann muss ich doch richtig eingeschlafen sein.«

»Würden Sie bitte zum Punkt kommen?«, wurde Hanna ungeduldig.

»Unterbrich mich nicht, Hanna!« tadelte Elfriede. »Ich habe also geschlafen, bis mich dieses fürchterliche Geräusch aufgeweckt hat. Irgendwelche rechten Spinner haben einen Ziegelstein durch mein Zimmerfenster geworfen. Eingewickelt in Packpapier. Mit Drohungen gegen meinen Schwiegersohn.«

»Ich erinnere mich«, meinte Friedrich. »Herr Volkmann hat den Ziegelstein mitgebracht, als er mir seinen Nachfolger vorgestellt hat.«

»Als ich dann«, nahm Elfriede verärgert über die neuerliche Unterbrechung ihre Erzählung wieder auf, »nach wenigen Sekunden wieder klar denken konnte, bin ich sofort ins Wohnzimmer gegangen. Und da saß Martin und hat sich wie jeden Mittwoch seine Lieblingssendung im Fernseher angeschaut.«

»Was war das für eine Sendung?«, fragte Friedrich.

»Forum Politik. Auf QR-TV.«

»Das stimmt. Dieses Magazin sehe ich auch sehr gerne. Immer mittwochs und freitags um 20.15 Uhr«, meldete sich der Generalstaatsanwalt zu Wort.

»Und als Sie aufgewacht sind, wie lange lief da die Sendung schon?«, bohrte Hanna nach.

»Sie hatte gerade erst angefangen. Die Moderatorin war erst bei der Begrüßung der Zuschauer.«

»Voilà! Das heißt zwingend, dass ich in dem Moment, in dem Ayfer erschossen wurde, hier in Hagelloch war. Was eine Zeugin bestätigt, die über jeden Verdacht erhaben ist, aufgrund besonderer Sympathie oder familiärer Beziehungen eine Falschaussage zu meinen Gunsten zu machen!«.

»Ihre Deduktionen von vorhin in allen Ehren, Frau Kollegin«, wandte Manfred Kramer ein, »aber das, was wir jetzt gehört haben, spricht in aller Deutlichkeit dafür, dass sie Herrn Volkmann zu Unrecht verdächtigen!«

Selbst bei dem künstlichen Licht konnten alle sehen, dass Hannas Gesichtsfarbe in ein milchiges Weiß wechselte. Sie blieb sekundenlang regungslos stehen. Dann murmelte sie: »Wenn Sie mich bitte für einige Minuten entschuldigen wollen ...«, ging zu Martins Schreibtisch, nahm sich das Kissen vom Stuhl, legte es auf den Boden, legte ihren Kopf darauf und streckte die Beine in die Höhe. Nach einigen Minuten stellte sie sich wieder aufrecht hin und begann, langsam im Zimmer auf und ab zu gehen. »Ja, das wäre möglich... wenn ... allerdings ...«, dachte sie halblaut nach.

»Hanna, was brütest du denn jetzt schon wieder aus?«, stichelte Martin.

»Ich stelle mir vor, wie es wirklich gewesen sein könnte. Frau Sendlinger, haben Sie mir nicht erzählt, Martin habe Ihnen erst vor wenigen Tagen einen DVD-Recorder geschenkt? Zum Geburtstag? Obwohl der Geburtstag längst vorbei war? Und obwohl er genau wusste, dass Sie Kinofilme im Fernseher nicht leiden können?«

»Ja, schon, aber ...?«

»Und das Einzige, was Sie an diesem Mittwoch auf dem Bildschirm gesehen haben, war, dass die Moderatorin die Zuschauerinnen begrüßt hat?«

»Ja, aber ...«

»Was also spricht dagegen, dass das, was Sie gesehen haben, die Sendung vom vorangegangenen Freitag war, die Martin aufgezeichnet und Ihnen am Mittwoch darauf vorgespielt hat?«

»Theoretisch nichts. Martin ging sofort mit mir nach oben, um sich die Bescherung anzusehen.«

»Und sind Sie danach noch einmal im Wohnzimmer gewesen? Oder haben Sie auf die Uhr auf Ihrem Nachttisch geschaut?«

»Nein, da steht keine. Das Ticken hat mich immer gestört. Ich habe mich wieder hingelegt. Martin gab mir eine Tablette zur Beruhigung und ich bin wieder eingeschlafen.«

»Wissen Sie, was ich glaube? Ihr Schwiegersohn schüttet ein leichtes Schlafmittel in Ihren Wein, damit er sicher sein kann, dass Sie schlafen, wenn er von Ayfers Wohnung zurück kommt. Er geht ins Haus, sieht nach, in welchem Zimmer Sie sich hingelegt haben, macht den Fernsehapparat und den DVD-Recorder startklar, geht wieder nach draußen, wirft den Ziegelstein durchs Fenster, kommt schnell zurück und sitzt friedlich in seinem Sessel, als Sie ins Wohnzimmer kommen.«

»Aber hätte nicht die Gefahr bestanden, dass Frau Sendlinger auf ihre Armbanduhr schaut und sieht, wie spät es wirklich ist?«, wandte Friedrich ein.

»Nein. Das Dienstmädchen Roswitha hat mir erzählt, dass Frau Sendlinger die Uhr verlegt hat. Wobei ich eher glaube, dass Herr Volkmann die Uhr an sich genommen und am nächsten Tag auf Frau Sendlingers Nachttisch gelegt hat.«

»Also wirklich, Hanna!«, fiel Friedrich ihr ins Wort. »Das wirst du Herrn Volkmann nie und nimmer nachweisen können!«

»Natürlich nicht! Weil es vollkommener Blödsinn ist!«, pflichtete Martin ihm bei.

»Wahrscheinlich habt ihr recht: Die DVD ist längst vernichtet, das Weinglas ausgespült und für Martins Fingerabdrücke auf dem Ziegelstein gibt es eine absolut plausible Erklärung«, musste Hanna zugeben.

»Dann sind wir genau so weit wie vorher«, brummte Manfred Kramer. »Sie haben nichts wirklich Handfestes gegen Herrn Volkmann in der Hand. Und solange das so ist, müssen wir aufgrund der Unschuldsvermutung davon ausgehen, dass er Ayfer Kaya nicht ermordet, sondern hier in seinem Haus ›Forum Politik‹ gesehen hat.«

»Vielen Dank, Herr Generalstaatsanwalt!«, triumphierte Martin. »Sie haben es exakt auf den Punkt gebracht.« Er blickte Hanna direkt in die Augen. »Gibt es vielleicht noch eine ähnlich abenteuerliche Geschichte, die du uns unbedingt noch erzählen willst? Wenn nicht, würde ich nämlich jetzt endlich wieder zurück zu meinen Gästen gehen!«

Hanna senkte den Kopf, sagte aber nichts.

»Also, meine Damen und Herren, gehen wir! Wir haben das – wie ich versichern kann – vorzügliche Büfett schon viel zu lange allein gelassen!«

Alle Anwesenden außer Hanna wandten sich bereits zum Gehen, als in Hanna plötzlich die alte Kampfeslust wieder erwachte. »Einen Moment noch!«, bat sie. »Martin, du sagst, dass du am Mittwoch, den 28. November, um 20.15 Uhr ›Forum Politik‹ auf QR-TV gesehen hast. Richtig?«

»Ja doch! Wie oft denn noch?«

Jetzt hab' ich ihn!

»Dann ist dein mühsam zusammengebasteltes Alibi keinen Pfifferling wert!« Ein Siegerlächeln machte sich auf Hannas Gesicht breit. Elfriede, die bereits auf dem Gang gestanden hatte, kam wieder zurück ins Zimmer. Auch die anderen hörten Hanna erneut aufmerksam zu.

»Interessierst du dich eigentlich für Fußball, Martin?«, bemühte sich Hanna um einen möglichst harmlosen Tonfall.

»Nicht die Bohne! Ich habe Besseres zu tun, als 22 Männern in kurzen Hosen zuzusehen, wie sie einem Ball nachrennen!«

»Das ist außerordentlich schade für dich! Wenn du dich nämlich für Fußball interessiertest, hättest du möglicherweise gewusst, dass am 28. November ein Pokalspiel live im Fernsehen übertragen wurde. Und soll ich dir sagen, von welchem Sender? Von QR-TV! Und soll ich dir noch etwas sagen? Das Spiel stand nach 120 Minuten immer noch unentschieden. Es gab ein Elfmeterschießen. Und QR-TV hat bis zum Schluss alles übertragen.«

»Du hast recht!«, meldete sich Friedrich. »Als ich den Hausmeister befragen wollte, lief der Fernseher und sie waren gerade dabei, die ersten Elfmeter zu schießen.«

»Friedrich, was täte ich ohne dich!«, sagte Hanna. Diesmal ohne jede Ironie. »Das bedeutet«, wandte sie sich wieder an Martin, »dass ›Forum Politik‹ vermutlich ausgefallen ist, zumindest aber frühestens ab etwa 21 Uhr 15 gesendet wurde. Selbst wenn wir unterstellen, dass du wirklich den Anfang der Sendung gesehen hast, wie deine Schwiegermutter und du behaupten, hättest du vorher alle Zeit der Welt gehabt, Ayfer zu ermorden!«

»Tja, mein lieber Herr Volkmann, langsam wird es wirklich eng für Sie. Sie hatten Motiv *und* Gelegenheit. Und als es darum ging, wo Sie um Viertel nach acht waren, da haben Sie uns ziemlich dreist angelogen. Für einen Haftbefehl reicht das, was wir jetzt gehört haben, allemal.« Friedrich setzte seine dienstliche Miene auf. Er ging zu Kemal Kaya, nahm ihm die Handschellen ab und marschierte auf Martin Volkmann zu. »Herr Dr. ... Herr Volkmann, ich nehme Sie vorläufig fest.« Die Handschellen klickten um Martins Handgelenke. »Ich nehme an, dass Sie Ihre Rechte kennen. Wenn nicht ...«

»Holzwarth, ich hänge Ihnen ein Disziplinarverfahren an den Hals, das sich gewaschen hat! Verlassen Sie sich darauf!«, wurde Martin laut. »Alles nur Hirngespinste einer Frau in den Wechseljahren! Kein Wort davon ist wahr!«

Jawohl! Weiter so!

»Ihr habt nichts! Nicht einen einzigen stichhaltigen Beweis! Jeder Referendar könnte euch eine solche Anklage in der Luft zerreißen! Herr Generalstaatsanwalt, bitte, gebieten Sie diesem unwürdigen Schauspiel Einhalt!«

»Tja ... also ... ich muss schon sagen ... die Beweislage ist wirklich etwas dünn ... wenn ich Ermittlungsrichter wäre, bekämen Sie vermutlich keinen Haftbefehl. Gibt es denn gar nichts, womit Sie Ihre Anschuldigungen belegen könnten?«, war auch Manfred Kramer skeptisch.

»Doch! Es gibt einen Beweis!«, trumpfte Hanna auf. »Martin, glaubst du wirklich, ich ginge ein solches Risiko ein? Mich hier hinzustellen und dich zu beschuldigen? Wenn ich nicht einen Beweis in der Hinterhand hätte? Hältst du mich wirklich für so bescheuert?«

»Und? Was soll das für ein Beweis sein? Bitte! Leg ihn vor, wenn du kannst! Ich bin wirklich gespannt!«, schrie Martin.

»Hier!«, verkündete sie strahlend, zog den Plastikbeutel, den Friedrich mitgebracht hatte, aus ihrer Tasche und entnahm ihm ein Stück weißen Stoffs. »Das ist der Schleier, den Ayfer um den Kopf trug, als ich sie fand. Und daran haben sie in Friedrichs Labor mikroskopisch kleine Faserspuren gefunden, die von einem dunklem Mantel aus Kaschmirwolle stammen«, bluffte sie. »Ich gehe jede Wette ein, dass wir genau einen solchen Mantel in deinem Kleiderschrank finden werden! Gehen wir nachsehen?«

»Nicht nötig«, sagte Elfriede. »Martin besitzt einen solchen Mantel.«

»Na bitte!«, strahlte Hanna. »Jetzt brauchen wir nur noch ein paar Fasern deines Mantels zum Vergleich. Und dann werden wir ja sehen, ob dein Mantel mit Ayfers Schleier in Berührung gekommen ist oder nicht!«

Martin schluckte trocken. »Und wenn?«, schnauzte er Hanna dann an. »Was beweist das? Allenfalls, dass ich möglicherweise *irgendwann* einmal mit diesem Ding in Berührung gekommen bin. Aber wer sagt, dass das am Tag des Mordes geschehen sein muss?« Martin gewann mit jedem Wort mehr Selbstsicherheit zurück. »Wir waren ein Liebespaar. Wir sind miteinander ausgegangen. Es ist Winter. Wundert es da noch irgendjemanden, wenn sich Fasern meines Mantels an ihrem Schleier finden? Kaum! Hanna, soll ich dir etwas sagen? Du machst dich absolut lächerlich!«

Ja! Komm! Mach weiter! Verlier die Kontrolle!

»Und überhaupt?«, tat Martin ihr lautstark den Gefallen, »Wer sagt mir, dass du nicht bluffst? Das ist nie und nimmer Ayfers Schleier! Der Fetzen da ist doch viel zu klein dafür! Los! Falte ihn auseinander!«

Gerne!

Hanna faltete den Stoff auseinander und zeigte ihn Martin. »Hier, siehst du, es *ist* Ayfers Schleier! Da! Das Einschussloch!«

»Einschussloch?« Martins Stimme überschlug sich. »Merkt denn hier eigentlich niemand, was für ein abgekartetes Spiel da gerade abläuft?«

Er schäumte. »Herr Generalstaatsanwalt! Glauben Sie ihr kein Wort! Sie will mich fertig machen! Sie und dieser ... Sheriff da! Mit manipulierten Beweismitteln! Aber nicht mit mir! Einschussloch? Dass ich nicht lache! Ich habe den Schleier doch erst ...«

Ja!!

Sekundenlang herrschte absolute Stille. Dann baute Hanna sich vor Martin auf. »Es ist durchaus richtig, was du sagst, Martin.« Ihr Ton war schneidend. »Ayfers Schleier kann kein Einschussloch haben. Du wurdest gestört: Kemal kam überraschend nach Hause. Aber clever, wie du nun einmal bist, erkanntest du sofort, dass darin auch eine Riesenchance für dich lag. Mit Hilfe des Schleiers und einiger zerrissener Unterhosen war es kein Problem für dich, den Verdacht auf Ayfers Bruder zu lenken.«

»Ich sage kein Wort mehr!«, verkündete Martin.

»Das ist Ihr gutes Recht«, bestätigte Manfred Kramer. »Herr Holzwarth, bitte führen Sie ihn ab!«

Mittwoch, 31. Dezember

»Hanna, kannst du kurz nachschauen, ob die hier so etwas wie eine Muskatreibe haben?«

Konrad Kästner stand mit umgebundener Schürze in der Küche einer Tiroler Skihütte und war gerade dabei, Käse in eine Schüssel zu reiben. Es sollte Käsefondue zum Abendessen geben.

Hanna und Konrad hatten noch vor Weihnachten mehrmals ein Glas Wein miteinander getrunken. Sie waren sich näher gekommen, und Hanna hatte den Vorschlag gemacht, Silvester gemeinsam in den Alpen zu verbringen. Obwohl Konrad keine Ahnung vom Skifahren hatte, war er sofort einverstanden gewesen, und so waren sie am letzten Tag des Jahres am Fuße des Kaisergebirges angekommen.

Dass Konrad offensichtlich etwas vom Kochen verstand, brachte ihm einen weiteren Pluspunkt ein.

Konrad und ich werden bei Kaminfeuer essen. Ein Gläschen Wein. Vielleicht zwei. Wir werden die Sessel zusammenrücken und ...

Ein energisches Klopfen an der Hüttentür riss Hanna aus ihren Gedanken. Konrad und sie blickten sich verständnislos an. Beide zuckten mit den Schultern. Schließlich öffnete Konrad die Tür.

»Hallo, ihr beiden!« Friedrich war allerbester Laune. »Magdalena hat mir erzählt, wohin ihr euch verkrochen habt. Und da ich noch ein paar Tage Urlaub hatte, habe ich mir gedacht, wir könnten doch ein paar nette Tage zusammen verbringen. Oh, ihr kocht gerade? Das trifft sich ausgezeichnet. Ich habe einen Bärenhunger!«